光文社文庫

文庫書下ろし

告ぐ雷鳥
上絵師　律の似面絵帖

知野みさき

KOBUNSHA

この作品は光文社文庫のために書下ろされました。

目次

本作品に登場する律を取り巻く人物たち

律《りつ》
上絵師。幼馴染の涼太と結ばれ、葉茶屋・青陽堂の若おかみに。お上御用達で事件解決のための似面絵も描いている。

涼太《りょうた》
青陽堂の跡取り息子。律とは幼馴染で夫婦に。人の顔を覚えるのが得意で御用聞きにスカウトされたことも。

慶太郎《けいたろう》
律の年の離れた弟。菓子屋・一石屋に住み込みで奉公している。

佐和《さわ》
青陽堂の女将で涼太の母。入婿の清次郎《せいじろう》は茶人でもある。

香《こう》
涼太の妹で律の幼馴染。薬種問屋・伏野屋の尚介《しょうすけ》に嫁ぎ、長男・幸之介《こうのすけ》を出産。

今井直之《いまいなおゆき》
律の仕事場の隣人で手習指南所の師匠。律を幼い頃からずっと見守り、力を貸している。

広瀬保次郎《ひろせやすじろう》
定廻り同心。読書好きで、本を通じて書物同心の娘・史織《しおり》と出会い結ばれた。

太郎《たろう》
元盗人。密偵として火付盗賊改の同心・小倉祐《おぐらゆう》介《すけ》に仕えている。

綾乃《あやの》
浅草の料亭・尾上の娘。涼太に想いを寄せていて律と気まずくなったこともあったが今は仲直りしている。

類《るい》
上野の呉服屋・池見屋の女将。モノを見る目は厳しいが律を見込んで上絵の仕事を頼んでいる。

六太《ろくた》
青陽堂の丁稚。綾乃に身分違いの想いを寄せているが……。

千恵《ちえ》
類の妹。嫁入り前に手込めにされた過去を引きずっていたが、明るさを取り戻した。

雪永《せつえい》
日本橋に住む粋人。千恵のことを長年想っている。

片桐和十郎《かたぎりわじゅうろう》
市村座の女形。息子・善一郎《ぜんいちろう》をアヘンで亡くし、売人一味をお上に密告。弔いのため律に彼岸花の着物を注文した。

伊三郎《いさぶろう》
律の父親で上絵師。妻の美和《みわ》が辻斬りに殺された時に手に怪我を負い、失意の末に同じ辻斬りの手にかかって亡くなった。後に律は両親の仇討ちを果たす。

第一章

にわか御用聞き

一

筆を置いて、律《りつ》は傍らの小箱を手に取った。

箱の中の薄布を開くと、平たい銀の鈴が現れる。直径は一寸半、厚さは半寸ほどの鈴の両面には彼岸花《ひがんばな》が透かし彫りで散りばめられている。

花のみの意匠は、己《おのれ》が少し前に描いた彼岸花の着物とお揃いだ。日本橋の小間物屋・藍《あい》井《い》で見かけたというこの鈴は、涼太《りようた》からの贈り物だった。達矢《たつや》という錺《かざり》師《し》の作で、律は前にも涼太から達矢が手がけた千日紅《せんにちこう》の意匠の簪《かんざし》をもらっている。

彼岸花の着物は片桐《かたぎり》和十郎《わじゆうろう》という役者の注文で、達矢は和十郎が藍井で披露した着物を見て意欲を掻き立てられ、鈴を作ろうと閃《ひらめ》いたという。

職人冥利《みようり》に尽きる話で、千日紅の簪は律のお気に入りでもあるから尚更だ。だが、一層嬉しかったのは涼太の心遣いであった。

世間では彼岸花は不吉な花とされている。着物の出来栄えに満足していた律でさえ、流産は己が彼岸花を描いたせいではないかと一度ならず思い悩んだほどであるから、涼太が同じように考えなかった筈はなかった。

だが涼太は、一言も律を責めるようなことは言わなかった。

それどころか、「あまりにも綺麗だったから」と、この鈴を買って来てくれたのだ。

鈴緒を取って揺らすと、「しゃらん」と軽やかな音がした。

銀色の「天上の花」からこぼれ出た音は、ゆっくりと水泡《すいほう》のごとく立ち昇り、天に帰ってゆくのが見えるようだ。思わず仰ぎ見た律が目を細めたところへ、鈴の音を追うように八ツの捨鐘《すてがね》が鳴り始めた。

細い花蕊《かずい》を傷《いた》めぬように鈴をそっと薄布に包み直すと、律は壁越しに隣人の今井直之《いまいなおゆき》に声をかけた。

「先生、一休みしませんか？」

「そうしよう」

八ツの茶を見越して、今井は湯を沸かしていた。律が盆に茶器を揃えたところへ、折よく涼太がやって来る。

「仕事はどうだ？」

「上々よ」

「そうか」

流産してから半月ほどが経ち、皐月《さつき》も早九日目となった。

菓子屋・まんまやの充《みつ》から頼まれた不忍池《しのばずのいけ》と蓮《はす》の暖簾《のれん》も、充のひ孫のための鞠《まり》の着物も三日前に池見屋《いけみや》に納めてあった。気を紛らわせるためにいつにも増して没頭しているのは否めぬが、巾着《きんちやく》を含め、けしておろそかな仕事はしていない。その証《あかし》に、暖簾も着物も類《るい》からささやかだが褒《ほ》め言葉を引き出した。

涼太とは事件のあらましを話したのみで、赤子の話は互いにどことなく避けている。今井宅での世間話はまずまずいつも通りなのだが、寝所での語らいはめっきり減った。無論、睦《むつ》みごとも控えたままである。

とはいえ、少ない言葉の端々にも涼太の労《いたわ》りは感ぜられる。茶の支度を涼太に任せるべく茶器を差し出すと、涼太は微笑と共に律を今井の向かいへ促した。

と、耳慣れた足音が二つ近付いて来て、開けっ放しの戸口からぴょこりとまずは密偵の太郎が、続いて定廻《じようまわ》りの広瀬保次郎《ひろせやすじろう》が顔を覗かせた。

「広瀬さまに太郎さん。どうぞ中へ」

茶葉を足しながら涼太が迎えると、保次郎は草履《ぞうり》を脱いで上がり込み、太郎は上がりかまちに腰かける。

「代わり映えしないものだが……」

「こちらは小倉《おぐら》さまから言付かってきやして……」

二人は見舞いを兼ねて申し合わせて来たらしい。保次郎は一石屋《いっこくや》、太郎は桐山《きりやま》の菓子の包みをそれぞれ差し出した。

「まあ、ありがとうございます。ちょうど少し甘いものが食べたいと思っていたところだったんです」

律は太郎とは小満《しょうまん》の後、保次郎とは朔日《ついたち》以来顔を合わせていない。努めて明るく礼を言うと、二人とも安堵《あんど》したように微笑《ほほえ》んだ。

「仕事はどうかね？」

「上々ですよ」

「それは重畳《ちょうじょう》」

「うん、そりゃ重畳だ」

頷き合う二人の気遣いに応えるべく、律はにっこりとした。

「お二人揃っておいでくださり助かりました。広瀬さまと小倉さまに一つお伺いしたいことがあったんです」

「なんだい？」

「なんなりと。殿にはしっかり伝えやす」

火盗改《かとうあらため》こと火付盗賊改《ひつけとうぞくあらため》の同心・小倉祐介《ゆうすけ》は、保次郎の友人にして太郎の「殿」で、太郎は主に小倉のもとで働いている。

「実は、綾乃《あやの》さんのことなんですが……」

「尾上《おのうえ》の綾乃さんだね？」

「あの娘さんがどうかしやしたか？」

身を乗り出した二人とは反対に、律はやや及び腰になって切り出した。

「ええと、それがですね……御用聞きになりたいそうで、広瀬さまと小倉さまにお伺いしてみて欲しいと頼まれたのです」

保次郎と太郎は揃って目をぱちくりしたのち、顔を見合わせた。

それから二人して律へ向き直ると、これまた揃って口を開く。

「とんでもない」

「莫迦莫迦《ばか》しい」

「悪い冗談はよしとくれ」と、保次郎は眉尻《まゆじり》を下げて困り顔になり、

「殿にお伺いを立てるまでもねぇ」と、太郎は腕組みをして鼻を鳴らした。

「そう――そうですよね」

律が胸を撫で下ろすと、横から今井と涼太が小さく噴き出す。

「当然だよ」

「たりめぇだ」

今井と涼太が口々に言うと、保次郎と太郎も苦笑を浮かべる。

「いやはや何を言い出すかと思いきや」

「ですが広瀬さま。綾乃さんは本気なのです。綾乃さん曰《いわ》く、涼太さんほどではないけれど人の顔をよく覚えているし、目端《めはし》も利く方だと……浅草界隈《かいわい》なら道も店もよく知っているから、きっとお上のお役に立てますと、大層張り切っているのです」

「ははは。綾乃さんが知っている者よりも、綾乃さんを知っている者の方が多いに違いないよ。浅草界隈なら尚更だ。それに御用聞きというのは探索のみならず、時には直《じか》に――目立たぬよう悪者の後をつけることもあるのだぞ。綾乃さんには到底務まらんよ」

「そうでさ。あんな別嬪《べっぴん》に目を付けられて、気付かねぇ男はいやせんぜ」

「うむ」

大きく頷いてから、保次郎は再び苦笑を漏らした。

「……という次第ゆえ、綾乃さんには、お律さんから穏便にお断りを入れてくれ」

「かしこまりました」

――御用聞きとなった暁には着物は新しく仕立てますわ。鼠色や紺色など目立たぬ色がよいですものね。頭巾もありきたりな色で揃えて、櫛《くし》や簪――お化粧も控えますわ――

そう意気込んでいた綾乃には悪いが、もとより律も無茶だと思っていたことである。

何はともあれ、これで約束は果たせたわ……

ほっとしながら茶をすすっていると、保次郎がおずおずと切り出した。

「お律さん、実はその……また似面絵《にづらえ》を頼めぬかと思ってだな……」

涼太が微《かす》かに眉をひそめた。

が、律はひとときと迷わずに頷いた。

「では、筆を取って参りますね」

「い、いいんですかい？」と、太郎が問い返す。

「ええ。似面絵はこれまで通りお引き受けしようと……そう決めていたんです」

ちょこんと二人に会釈をこぼして、律は仕事場に筆を取りに行った。

盗人の巾《きん》一味の似面絵を描いたことで、一味の卯之介《うのすけ》の妹のはるに逆《さか》恨みされ、結句流産してしまった。

彼岸花と同じく、似面絵を描いたことも律はここしばらく幾度となく悔いた。

だが彼岸花に非がないように、似面絵を描いたことが間違っていたとは思わなかった。

似面絵を描くのはもうやめようとくじけては、いつかの今井の言葉を思い出した。

――だが世の中、悪人ばかりではないよ。本当に困っている人なら助けたいと思わないか。

本当に困っている時に助けられたら嬉しくないか？――

また、悪人を捕まえることが、失われた赤子の供養にならぬかという思いもある。

――悪意に屈したくない。

悪人を野放しにはしておけない――

ゆえに、似面絵は変わらず引き受けようと数日前には決意していた。

「此度《こたび》は誰の似面絵を？」

今井の文机《ふづくえ》の前に座って律は問うた。

「……おはるだ」

躊躇《ためら》いがちに応えた保次郎の傍らで、涼太が眉間《みけん》の皺《しわ》を深くする。

「おはるさんの……」

「どうもすいやせん」と、太郎が頭を下げる。「思い出したくもねぇ面《つら》でしょうが、『夜霧のあき』――晃矢《あきや》――の行方《ゆくえ》がいまだつかめねぇんです」

夜霧のあきは、今までに合わせて五千両は盗んでいると思《おぼ》しき大泥棒の二つ名だ。つい四日前に涼太が藍井を訪ねた折に、このあきの本名は晃矢といい、錺師の達矢の双子の兄だということが知れた。はるは巾一味が捕まったのち、晃矢の隠れ家の家守《やもり》をしていたという。

「それで殿の上のお人が、おはるの似面絵もあった方が訊ねやすいと……晃矢の似面絵は前にお律さんが描いてくれたのをもとに別の絵師に描き足してもらったんで、此度も初めはそっちの絵師に頼んでみたんでさ。けれどもおはるはその、毒を含んだものだから、亡骸《なきがら》を写したものは鬼のようで、口伝えに描かせたものもどうも今一つな出来栄えでして……」

はるの顔なら、忘れたくとも忘れられぬ。

「判りました。お任せください」

はるは「役者」と呼ばれた兄の卯之介に似ていて、整った顔立ちをしていた。だが、十二歳で家を出て、十五歳で妻、十六歳で母となったせいか、どこか世間知らずで、顔つきや振る舞いにはあどけなさがあった。

　律を毒殺しようとしたものの、愛する娘のあきに己の悪事を知られて、不忍池のほとりで自害を図った。はるを止めようとしてあきは池に落ちて生死の境をさまよい、神仏にあきの命を乞うたはるは、あきが目覚めたのちに罪を認めて、神仏への「約束」を果たすべく再び自死を選んだのだ。

　ともすれば潤みそうになる目を誤魔化しながら、「母親」として死したはるの似面絵を律はしっかり描き上げた。

二

　二日後の昼下がり、律は三枚の鞠巾着を携えて池見屋へ向かった。

「うん、此度もしっかり描けてるね。次も頼むよ」

「はい」

　以前は五日に五枚描いていた鞠巾着は、昨年の葉月に籤引《くじび》きをやめて注文のみとし、値上げした分より良い物をと、三枚に減らしていた。一枚一枚丁寧に描いてはいるものの、己の悲しみや鬱念《うつねん》が筆に出ていないかと、類に受け取ってもらうまではつい冷や冷やする。

ささやかでも類の褒め言葉は嬉しいのだが、かつて涼太への想いが功を奏したように、流産も絵の糧《かて》になったのかと思うと複雑だ。

枷《かせ》になるよりはよいのだろうけど……

「おやつにはまだ早いか」

「そうですね」

池見屋では時折、類の妹の千恵《ちえ》に茶を振る舞ってもらうことがあるのだが、今は互いに気を遣わせまいとそれとなく避けている。

番頭の庄五郎《しょうごろう》、手代の藤四郎《とうしろう》と征四郎《せいしろう》、そして常から無愛想な丁稚《でっち》の駒三《こまぞう》までも、挨拶やお辞儀の端々に気遣いがこもっていて律はかえって心苦しい。青陽堂《せいようどう》の奉公人も似たようなもので、年嵩《としかさ》の者はいつもとそう変わらぬが、年若い者には己に対する遠慮が見られる。

「……今日はこれから、ちょっと浅草に行ってみようと思っているんです」

「そうかい。気を付けて行っておいで」

「はい。ではまた五日後に」

早々に池見屋を後にすると、律は池之端仲町《いけのはたなかちょう》を出て、上野の広小路《ひろこうじ》を東へ折れた。菊屋《きくや》橋《ばし》を渡って東本願寺《ひがしほんがんじ》の表門を通り過ぎると、三間町《さんげんちょう》を抜けて駒形堂《こまがたどう》から北へ進む。

仲見世《なかみせ》や浅草寺《せんそうじ》ではなく、今日は猿若町《さるわかまち》の和十郎を訪ねてみるつもりだった。

市村座《いちむらざ》の稽古場よりも先に長屋の方に寄ってみると、運良く和十郎は家にいた。

「お忙しいところお邪魔いたします」

「なんの。今日は若いのがほとんど舞台に駆り出されていてな。私は家でのんびりとさせてもらうことにしたのさ」

手土産に持って来た一石屋の饅頭を差し出すと、和十郎が茶を淹《い》れてくれた。

「着物の評判はすこぶるいいよ。そこそこ本気で注文を考えている者が幾人かいる」

「ありがたいことです」

「藍井の由郎《よしろう》さんもいたく感心していた。ちょうど店に来ていた錺師も、目を皿のようにしていたさ」

「その錺師が——達矢さんというのですけれど——作った鈴を、夫がのちに買って来てくれたのです」

これも持参した彼岸花の鈴を見せると、和十郎が目を丸くする。

「こりゃ見事な細工だな。お律さんの着物に負けてない」

「音もよいのですよ」

律が鈴を鳴らして見せると、和十郎は今度は目を細くした。

「着物とお揃いだから、由郎さんはこの鈴も和十郎さんにどうかと考えていらしたそうなんですが、夫が先に目を付けまして……どうもすみません」

「いやいや、私は着物ですっからかんで、こんな細工物にはとても手が出んよ」

和十郎は彼岸花に囲まれて死した息子の善一郎《ぜんいちろう》の供養を兼ねて着物を仕立て、次の葉月《はづき》の彼岸会《ひがんえ》の後に自ら命を絶つつもりだった。

律は赤子を、和十郎はおそらく善一郎を、それぞれ偲《しの》びながらゆったり茶を含んでいると、和十郎を呼ぶ声が聞こえた。

「倫《とも》さんか」

「おやつ時にすみません」

「何を殊勝なことを。おやつ時を狙って来たくせに」

「まあそうなんですが——おや、お客さんか。それも女の人とは珍しい」

「上絵師のお律さんだ」

「ああ、彼岸花の。ありゃ眼福でしたよ」

「恐れ入ります」

役者仲間だという倫乃介《とものすけ》は、和十郎より十年ほど若い三十代半ばの男だった。

律と短い挨拶を交わして、倫乃介は後ろを振り返る。

「どうもお邪魔さまですが、この子が和十郎さんに弟子入りしたいってんですよ」

「弟子入り？」

戸口からそろりと顔を覗かせたのは、律と変わらぬ背丈の少年で、風呂敷包みを背負っている。

「仁太《じんた》っていうんだそうです」

「だからなんだ？　私は弟子なんて取らないよ」

「まあ、そう言わずに話だけでも。さ、仁太、このお人が片桐和十郎さんだ。まずはご挨拶、それからさっき私に話したことを和十郎さんにもお話ししなさい」

にこやかに、仁太を促しつつ倫乃介は草履を脱いだ。

「仁太と申します……」

おずおずと名乗って仁太は深く頭を下げた。

仁太は十六歳で江戸生まれだが、六歳の時に母親を亡くして、父親と共に父親の故郷である上総国《かずさのくに》へ引っ越したという。

「父は大した稼ぎはありませんでしたが、芝居好きで、殊に和十郎さんを贔屓《ひいき》にしておりました。在所に戻ってからもことあるごとに芝居の――和十郎さんの話をしていたので、俺、いや私も和十郎さんと芝居に憧れて育ちました」

その父親が先日亡くなり、仁太は世話になっていた親類宅を追い出されたそうである。父親が生前話していた「友人」を頼りに再び江戸に出てきたものの、友人はとうに引っ越していて行方が知れず、あてを失った仁太はまずは幼き頃から耳にしていた「猿若町」を訪れることにした。

「力付けに、父が大好きだった和十郎さんをひと目見たいと思ったんですが、今はあまり表には出ていらっしゃらないようで……それで町をふらふらするうちに、私もその、芝居にかかわりたくなりまして」

「そうして声をかけたのが、和十郎さんの一番弟子のこの私ですよ。何やらご縁を感じませんか？」

「誰が一番弟子だ」

じろりと倫乃介を見やって和十郎は言った。

「大体、十六歳で下積みもなく役者になろうなんて……芝居ってのはそう甘くねぇ」

「おや、お師匠。お師匠だって下積みもなく、大分とうが立ってから役者になったじゃないですか」

渋面《じゅうめん》の和十郎とは裏腹に、倫乃介は愉しげだ。

「下積みはなかったが、私は思いつきで役者を志したんじゃない。――仁太ってったな。お前はそもそも、まともに芝居を見たことがないんじゃないか？」

「そ、それは……仰《おつしや》る通りです」

「そのなりで、女形《おんながた》になろうってのも身の程知らずだ」

切れ長の目には少年ながらに色気があるが、仁太の眉と唇は太めで肩も広い。手足が大きなことから今は律と同じくらいでも、これからどんどん背が伸びそうだ。

和十郎にずばりと言われて仁太はうなだれたが、それも一瞬だった。

「弟子入り云々《うんぬん》は倫乃介さんが言い出したことでして、私のような者には女形はおろか、立役だって難しいことは判っております。そんな大それたことは望んじゃいません。私はただ、和十郎さんのお傍で働けたらと……和十郎さんは、近頃は稽古場で指南することが多いとお聞きました。親類は旅籠《はたご》を営んでいて、私はなんでもやっていたので、家事は一通りこなせます。稽古場の掃除や修繕、炊事に洗濯、縫い物もできます。ですからどうか、市村座に置いてもらえないでしょうか？」

「無茶を言うんじゃないよ。一座にゃ、私だってお情けで置いてもらってんだ。私は見ず知らずの餓鬼《がき》の請人《うけにん》になれるような身分じゃない」

一座でいまだ頼りにされているからこそ、稽古場を任せてもらっているに違いないが、人一人の請人になるには相応の覚悟がいる。小柄ではあるが、十六歳ともなれば食い扶持《ぶち》は一人前かかるだろうから尚更だ。

和十郎がすげなくするのも無理はないと思いつつ、目の前の仁太はまだ大人とは言い切れぬ面立ちゆえに、律は同情を禁じえない。

「ですが、和十郎さん」と、倫乃介が口を挟んだ。「うちが駄目なら、こいつは『八重裏《やえうら》』で働くってんですよ」

「なんだと？　お前、八重裏がどんな店だか知ってんのか？」

和十郎は眉をひそめたが、仁太は躊躇いがちに、だが目はそらさずに頷いた。

「……はい。倫乃介さんに声をかける前に店の者に誘われたんです。私のような身寄りのない者は、口入れ屋を頼ったところで足元を見られてこき使われるだけだと。一方、八重裏ならそこそこ稼げるし、あの手の店にしては珍しく、借金がなければ月に四日、稼ぎがよければもっと休みをくれるとのことでした。あすこならここから近いし、役者や芝居好きの客も多いそうで、運が良ければ芝居見物に連れ出してもらえることもあるとか」

どうやら仁太の躊躇いは律に対してだったようだ。

八重裏というのはもしかして、男の人が色を売るお店……

いわゆる陰間茶屋《かげまぢゃや》ではなかろうかと思い当たって、律は思わずうつむいた。

三座の芝居を見たことのない律は猿若町界隈をよく知らないが、役者には――殊に女形には――男色が多いと聞いている。

「ちっ。とんでもねぇ野郎だな」

「そうなんですよ」

「莫迦野郎。とんでもねぇってのはお前のことさ、倫乃介」

「私ですか？」

「そうとも。下手な芝居はやめるんだな」

顔をしかめたのも束の間で、倫乃介はすぐにまた愉しげに口角《こうかく》を上げた。

「ありゃ、私はこれでも役者なんですがねぇ」

「八重裏にいくと言やぁ、私がうんと言うとでも思ったか」

「思いましたねぇ」

顎《あご》に手をやり、にこにこしながら倫乃介は続けた。

「けれども、八重裏の者が言ったことは本当でしょう。仁太みたいな餓鬼が口入れ屋を訪ねたところで、ろくな仕事にゃありつけません。下手をしたら、八重裏よりひどい茶屋に売り飛ばされるやもしれませんよ」

「そう思うんなら、お前が請人になりゃあいい」

「私にはお師匠ほどの人望がないんでね。稽古場に出入りさせるとなると、やはりお師匠の後押しがないと」

「お師匠だなんだと、気色悪い」

ふん、と和十郎は大きく鼻を鳴らし——仁太を見やって今度は大きく溜息をついた。

「まあ、私にも情けがなくもない。だが、一朝一夕《いっちょういっせき》に請人を引き受けるほどのお人好しでもない。今日明日は面倒見てやるさ。その後はお前次第だな」

「あ——ありがとうございます！」

「礼なら倫乃介に言うといい。倫乃介と一緒じゃなきゃ、一も二もなく叩き出してた」

「ははは、そいつはどうですかねぇ？　私が一緒じゃなくても、和十郎さんはこの子によくしたと思いますよ」

「そいつはどうだろうな？」と、和十郎が交ぜっ返す。「私は近頃、自分の見識がどうも信じられんからな」

二人の顔を交互に見やってから、仁太は畳に額をこすりつけて再び謝意を示した。

「ありがとうございます、倫乃介さん」

顔を上げた仁太へ、和十郎が穏やかに問う。

「荷物はそんだけか？」

「あ、はい」

仁太の風呂敷包みは律のひと抱えよりも小さく、着の身着のままとほぼ変わらない。

父親の伊三郎《いさぶろう》が死した後も、律には弟がいた。想い人に幼馴染み、良き隣人を始めとする長屋の皆が気遣ってくれ、住むところにも困らなかった。

でも、この子にはこの包みだけ……

倫乃介がいなくとも、和十郎は仁太に情けをかけただろう。

和十郎の目にも己と似たような同情心が浮かんでいるのを見て、律はそう思った。

三

「帰蝶座《きちょうざ》を？」

目を輝かせた律に、ほっとしながら涼太は頷いた。

「うん。だってお前はまだ、帰蝶さんの舞いを見たことがないんだろう?」

「そうなのよ。なんだか折が合わなくて……」

「まあ、此度も見物できるかは運次第だが、こんな機会は滅多にねぇ。たまには二人でのんびりしようぜ」

夕餉《ゆうげ》ののち、涼太が帳場で母親にして女将《おかみ》の佐和《さわ》と帳簿を検《あらた》めていると、父親にして茶人の清次郎《せいじろう》が顔を出した。

――そういえば、浅草の音丸《おとまる》さんに試しの抹茶をお渡しすると約束してたんだった。どうだ、佐和? 私の名代《みようだい》として、涼太に届けてもらうってのは? ほら、お律が着物を返しに行く折にでも――

――また、回りくどいことを……構いませんよ。そういえば、涼太は藪入りでもろくに休んでいませんからね。近頃は遊びに行くこともめっきり減りましたし、ここらで息抜きもいいでしょう。清次郎さんの名代なら、身なりはきちんと整えて行きなさい――

回りくどいのは佐和も同じで、察するに律を気晴らしに連れ出せということらしい。

帳場でひととき考えて、思いついたのが帰蝶座見物だ。

「よかった」

夜具《やぐ》の上で、律も安堵したように微笑んだ。

「何がよかったんだ？」

「だってほら、一緒に行こうって約束したのに、結句私だけ先に見に行っちゃったから」

——年を越したら一息つける。そしたら一緒に帰蝶座を見に行こう——

律とはそう約束していたのだが、年明けの藪入りに律は綾乃に誘われて、慶太郎《けいたろう》と六太《ろくた》を連れて帰蝶座を見に行った。ただし道中で丁稚の典助《のりすけ》を世話したために、帰蝶の舞いは見逃した。その後、もう一度帰蝶座を通りかかったことがあったそうだが、やはり帰蝶の舞いは見られなかったと聞いている。

「約束をやぶってしまって、悪いと思っていたの」

「お律は悪くねぇ。俺の都合がつかなかっただけだ。俺の方こそ、やっと約束が果たせそうでよかったよ」

「ふふふ」

夜具に包まりながら微笑む律をつい抱き締めたくなったものの、情欲を押しとどめて涼太は己もそっと身を横たえた。

懐妊して四箇月ほどだったからか、はたまたそういう体質だからか、律曰く、流れた時もその後も、そう痛みはなかったという。だが、流産してからまだ一月《ひとつき》と経っていない。清次郎や医者の恵明にそれとなく言われるまでもなく、しばらくは睦みごとは控えた方がよいと判じていたが、「しばらく」がどれくらいかは検討がついていなかった。

「用事は朝のうちに済ませちまおう。でもって、昼からは仲見世や広小路を回ろうや」

「ええ。お昼も屋台で何かつまみましょうよ」

愉しげな声に偽りは感ぜられず、涼太も夜具の中で笑みを浮かべた。

昨日、律は和十郎から彼岸花の着物を借りて来た。だが、浅草から帰って来たのが夕刻だったため、涼太は今日のおやつにようやく目にすることができた。広げた着物は由郎が称賛した通りの出来栄えで、涼太は「せっかくだから」と清次郎と佐和を呼びに行った。

「親父もおふくろも、あの着物には驚いてたな」

「涼太さんの鈴にもよ」

「鈴は俺が作ったもんじゃねぇ」

「そりゃ作ったのは達矢さんだけど、私には、あれは涼太さんの鈴よ」

己のために夫に大枚を使わせてしまったと思い、律は佐和や清次郎に鈴を披露するのを躊躇っていたそうである。しかし二人が己の着物だけを褒めそやすのがこそばゆく、着物と並べるべく鈴を取り出したという。

律を娶《めと》ってから九箇月ほどの間に、鈴の他、袷《あわせ》を一枚買ったのみだ。贅沢三昧《ざんまい》の嫁は困るが、あまりにも慎ましいと夫として何やら寂しい。袷を仕立てた後に、単衣《ひとえ》もどうかと話したのだが、「香《こう》ちゃんからお下がりをもらったから」と、律はあっけらかんとしていた。

——四日後、涼太は早めに朝餉《あさげ》を済ませて、五ツ過ぎに浅草花川戸町《はなかわどまち》の音丸を訪ねた。

清次郎と変わらぬ歳の三味線師の音丸は、茶の湯を嗜む粋人《すいじん》だ。長屋暮らしゆえ茶室はないが、片付いた家にはこだわりが窺える茶道具が揃っていた。

清次郎の代わりに茶の湯のもてなしを受け、ひととき茶の湯談に花を咲かせる。

やがて四ツの捨鐘が聞こえてきて、涼太は急いで暇を告げた。

律と四ツ過ぎに待乳山聖天《まつちやましようでん》で待ち合わせているのである。

「ご新造《しんぞう》さんも、池見屋のお類さんに見込まれているとは大したもんだ」

清次郎から聞いていたようで、音丸はにっこりとした。

「あれは、幼い頃からずっと上絵《うわえ》の修業しておりましたから……」

顔に出ぬよう努めているが、律への褒め言葉は快く、律を「あれ」などと気安く呼ぶのもまだ照れ臭い。

「早くおゆき。ご利益があるよう祈っとるよ」

「ありがとう存じます」

音丸の家から五町ほど北東にある待乳山聖天は、浅草寺を本山とする寺院の一つで、本尊の歓喜天――聖天――と十一面観音の他、境内には浅草七福神の毘沙門天《びしやもんてん》も祀《まつ》られている。

境内の随所には大根と巾着の印が見られ、巾着は「商売繁盛」、大根は「良縁成就」「夫婦和合」にご利益があるといわれている。

急ぎ足で山之宿町《やまのしゆくまち》と六軒町《ろつけんちよう》を抜けて待乳山聖天へ行くと、鳥居の前で律が待っていた。

「待ったか？」

「ううん、さっき着いたところよ」

池見屋に行ってからでは間に合わないと、律は昨日のうちに鞠巾着を納めて来た。涼太が音丸を訪ねる間に、ゆっくり浅草まで出て来た律は己に合わせた「よそ行き」で、着物こそ香のお下がりだが、簪は千日紅の平打ちだが、いつもより念入りに化粧をしている。

　のちに和十郎宅を訪ねることを考えてここで待ち合わせたものの、夫婦和合を象徴する絡み合う二本の二股大根には、涼太も気恥ずかしさと気まずさを覚えた。

だが、いつまでも避けちゃいられねぇ――

　睦みごとはさておき、流産からこのかた、話しておかねばならぬと思ったことを、ろくに話せていなかった。律を責める気は毛頭ないのだが、しばらくは何を言っても律を傷つけるように思えてつい無口になっていたのだ。

　やはり気恥ずかしいのか、気まずいのか、律はうつむき加減でお参りを済ませると、涼太が口を開く前におずおずと切り出した。

「あの……また赤子ができれば少しは気が紛れると思うのだけど、まだ……そんな気にはなれないんです」

「うん。そういうつもりで、ここで待ち合わせたんじゃねぇ。そりゃ、いずれまたとは思っちゃいるが……」

宝篋印塔《ほうきよういんとう》へ律をいざなって、涼太は律と向き合った。

「あのな、お律」

「はい」

「赤子のことは本当に……災難だった。けれども——少なくとも——お前が無事で俺は救われた。これからは一層大事にするからよ。お前も自分を大事にしてくれ」

「涼太さん……」

「お前はよくやった。慶太《けいた》が人質と言われちゃ、俺だっておはるに従うしかなかったさ。おはるはどうあれ、娘のおあきにゃなんの罪もねぇ。だから俺もきっと、おあきを助けるためなら無理をしただろう。だから——だからどうしようもねぇんだけどよ。それでもやっぱり、お前には無理や無茶をして欲しくねぇ」

「あの、似面絵のことは、けして無理は——」

「うん」

頷きつつ、涼太は目頭を揉《も》んでしかめ面をほぐした。

「似面絵でもなんでも、もう捕物にはかかわるなと言いてぇところだが、少しでもお上の役に立ちてぇと思ってるのは俺も同じだ。だから、似面絵はまあ、お律がそうしてぇなら続けりゃいいさ。けど、もしもやめたくなったら意地を張るこたねぇからな」

「……はい」

しかと頷いてから、涼太を見上げて律は続けた。

「でもあの、無理も無茶もしないように努めますけど、約束はできないわ。だって、もしもまた大切な人の大事があったら――殊に命にかかわるようなことであったら、私、きっとまた無理してしまうと思うんです」

「お律」

「けれども、それも涼太さんも同じでしょう？」

「む……」

思わず眉根を寄せた涼太へ、律は小さく口角を上げた。

「とはいえ、私が無理をすると、結句涼太さんにも無理をさせてしまうことが多いから、なるたけしないように努めます」

「むむ」

涼太は再び唸《うな》ったが、目を細めて微笑む律が眩《まぶ》しく、つられて緩《ゆる》みそうになった頬をわざと膨らませてそっぽを向いた。

「……なんでぇ、回りくどいこと言いやがって」

「涼太さん、ありがとう」

「うん？」

「だって、涼太さんだってつらいのに……」

ぽろりとこぼれた涙には、涼太より律の方が驚いたようだ。

「嫌だわ、もう」

慌てて袖を目元へやった律へ、涼太は手ぬぐいを差し出した。

笑顔に無理が見えなくとも、悲しみが消えた訳ではない。

「すまねぇ。早速お前に無理させちまったな」

「ううん。無理してないから涙が出たのよ」

首を振って、律は涙の染み込んだ手ぬぐいを胸にやった。

「私、涼太さんと一緒になってよかった」

「なんでぇ今更――俺はずぅっとそう思ってきたぞ」

おどけて返すと、律の口元に笑みが戻った。

「さ、和十郎さんのところへ行こう。早くしねぇと昼までに広小路に着けねぇや」

「ええ」

律の案内で市村座の稽古場に行き、和十郎に着物を返した。

和十郎は稽古の最中、涼太たちは浅草広小路への道中とあって、挨拶を交わすだけにとどめたが、稽古場を出る前に律が玄関先にいた少年に声をかけた。

「仁太さん」

「ああ、ええと、お律さんでしたね。上絵師《うわえし》の」

「まだこちらにいるということは、市村座で雇ってもらえたのね？」

「それはなんとも……」と、仁太は言葉を濁した。「ですが、おっぽり出されないよう、精一杯働いてます」

仁太に見送られて、涼太たちは稽古場を後にした。

広小路への道のりで涼太は律からいきさつを聞いた。仁太はほんの五日前、彼岸花の着物を借りた折に和十郎宅にふいに現れたという。

「お父さんを亡くして、一人ぼっちなんですって。だから、和十郎さんは余計に同情したんじゃないかしら」

「そうだなぁ」

律と変わらぬ背丈ゆえに幼く見えるが、十六歳なら「男」といって差し支えない。いくら朋輩《ほうばい》の頼みでも、初対面の身元の定かではない男を家に置くなど涼太にはとてもできぬ。だが、血はつながっていないが、和十郎の息子の善一郎は十七歳で家を出たと聞いている。和十郎もその昔、似たような年頃で家を出て役者を目指したそうだから、律が言うように仁太に並ならぬ同情を寄せたのだろう。

つつがなく九ツ前に広小路に着き、屋台で蒸し饅頭を買って帰蝶座へ向かうと、九ツの鐘と共に帰蝶の舞いが始まった。

「涼太さん、ついてるわ」

「たまたまだ。いや、お前の執念じゃないか?」

「執念だなんて、もう!」

むくれたのは振りだけで、律の目は帰蝶の舞いに釘付けだ。

涼太が帰蝶の舞いを見たのは五年ほど前になるが、三十路《みそじ》前と思しき帰蝶には衰えがまったく見られない。むしろ舞いはますます軽やかに、華やかに、老若男女《ろうにゃくなんにょ》を魅了している。

感心しつつも、つい商売人の好奇心からざっと見物客を数えていると、律と同じように食い入るように舞台を見つめている綾乃と六太が目に留まった。

綾乃さんに誘われたんだろう――

六太はまだ届け物の荷を背負っている。ゆえに、舞いが終われば速やかに仕事に戻るに違いないと踏んで涼太は見逃すつもりだったが、舞いが終わると六太がふとこちらを振り向いてぎょっとした。

「わ、若旦那。どうも申し訳ありません！」

慌てて駆けて来た六太が深々と頭を下げた。

急ぎ足で追って来た綾乃も、六太の隣りで必死に訴える。

「私がお誘いしたんです。六太さんがお帰りになるついでに遣いに出て来たので、先に一緒に帰蝶座を覗いてみようと……六太さんは断ったのですけれど、ちょうどお昼だから一休みしてもいいでしょうと、私が無理矢理引き止めたんです」

「ははは、一休みはちっとも構いませんよ。六太、顔を上げなさい。咎めるつもりはなかったんだ。黙っていようと思っていたのに、お前はなかなか鋭いな」

涼太が苦笑を漏らしたところへ、律が通りすがりの男を呼び止めた。

「もし！　そこの藍鼠《あいねず》の——両滝縞《りょうたきじま》の着物のお方！」

四

思ったより大きな声が出たことに、律のみならず、涼太や六太、綾乃も驚いたようだ。

藍鼠の着物を着た者は辺りに幾人もいたが、両滝縞と聞いて、男は己のことかと気付いたらしい。

「俺のことかい？」

振り向いて、のっしのっしと近付いて来たのは六尺近い大男だ。

「はい。大声でお呼び止めしてすみません。私は律と申します。覚えていらっしゃらないかもしれませんが、睦月《むつき》に馬喰町《ばくろちょう》であなたさまに助けていただきました。その節はまことにありがとうございました。——あなた、こちらの方が私と典助を助けてくだすったんです」

「ああ……」と、涼太も思い出したようである。「これから話は聞きました。変な輩《やから》を一喝《いっかつ》して追い払ってくださったとか。私は神田相生町《あいおいちょう》の青陽堂の涼太と申します。妻と奉公人を助けてくださったこと、心よりお礼申し上げます」

夫婦として人前で涼太を「あなた」と呼ぶことも、涼太に「これ」と呼ばれるのも、どうもまだ慣れない。照れ臭さを隠しつつ、律は涼太の横で一緒に頭を下げた。

「ああいや、そんなてぇしたことじゃ……」

盆の窪に手をやった男を見て、綾乃が笑い出した。

「賢《けん》さんに一喝されたら、大抵の輩は裸足《はだし》で逃げ出すわ」

「綾乃さんはこの方をご存じで？」

「ええ。賢さん――賢次郎《けんじろう》さんはええと、さる一家の親分の右腕なんです」

とっさに大工一家が浮かんだが、綾乃の口調からして、どうやらやくざ者の一家らしいと踏んだ。返答に困った律の横で、涼太が如才《じよさい》なく微笑んだ。

「さようでしたか。うちは葉茶屋《はちゃや》なのですが、尾上さんのおかげで浅草にもぽつぽつ贔屓してくださる店が増えて参りました。茶葉が入用の際は、どうぞよしなに」

「そうかい？　いいのかい？」

試すように問うた賢次郎へ、涼太はにこやかに頷いた。

「もちろんです。尾上さんのつてなら間違いありませんから」

「ははは」

笑い声を上げてから、賢次郎は律の方を見た。

「やつらの悪さは、赤間屋《あかまや》の隠居にはちゃあんと話しておいたからよ」

「赤間屋ですって？」

綾乃が声を高くして眉をひそめた。

「ああ。こちらのご新造さんと奉公人に絡んでたのは、赤間屋の連中だったのさ。浅草なら俺の手で締め上げてやるとこなんだが、馬喰町じゃ怒鳴りつけるのがせいぜいでな」

「赤間屋というのは、綾乃さんもご存じなほど悪評高い店なのですね」

「ええ、まあ……」

しかめ面で律に応えたのち、綾乃は気を取り直したように期待に満ちた目で問うた。

「ところでお律さん。御用聞きの件はどうなりました？」

「御用聞き？」

素《す》っ頓狂《とんきよう》な声を上げた賢次郎に、綾乃は重々しく頷いた。

「私、御用聞きになりたくて、お律さんに頼んでいたんです。御用聞きになった暁には、赤間屋の連中みたいな不届者《ふとどきもの》をじゃんじゃん捕まえてやりたいわ」

「綾乃さんが御用聞き……けど、どうしてお律さんに？」

「お律さんは上絵師にして、南町奉行所御用達の似面絵師でもあるのです。涼太さんもお律さんも定廻りの広瀬さまと昵懇《じつこん》の間柄ですのよ」

「ほう、上絵師にして似面絵師とは多才だな。そして定廻りの旦那と昵懇たぁな。しかし、綾乃さんが御用聞きってのは……」

　感心顔から苦笑を浮かべた賢次郎に、律も困り顔を向けてから応えた。

「そうなんです。あの、綾乃さん、残念なお知らせなのですけれど、町奉行所も火盗改も綾乃さんのような良いところの娘さんを御用聞きには駆り出せないと……」

「まあ！　うちは父で三代目の、老舗《しにせ》ともいえない店よ」

「あははははは。尾上の娘だってだけじゃねぇ。綾乃さんみてぇな別嬪にゃ、御用聞きは務まらねぇよ。女はどうかしらねぇが、綾乃さんにつけられて、気付かねぇ男がいるもんか。下手したら、岡惚れされたかと思い違いするやつや、綾乃さんの気を引くために、悪さをするやつだって出てきそうだ。不届者をとっ捕まえるにしても、綾乃さんは一つも武芸の心得がねぇだろう？」

「そ、それは、これから――」

「甘い、甘い。いいとこの娘さんはまったく世間知らずで困るぜ」

「もう……！」

　頰を膨らませて綾乃はむくれたが、賢次郎がずばりと言ってくれたのはありがたい。

　六太も安堵したようで、涼太と見交わして微笑を漏らす。

「……結構ですわ。皆さんのお邪魔をしないよう、私はそろそろ退散いたします。六太さん、引き止めてしまってごめんなさいね」

「あ、いえ」

「賢さんはこれからどちらへ？」

「六軒町にちと用があってな」

「あら、じゃあ花川戸町までご一緒しても？　祖父のお遣いなの」

「俺は構わねぇが——」

「私だって構いませんわ。では皆さま、ごきげんよう」

まだ御用聞きになれぬ無念さがそこここに滲み出ていたが、綾乃はちょこんと頭を下げて、賢次郎を促した。

「さ、行きましょう、賢さん」

綾乃は五尺ほどしか背丈がないため、賢次郎と並ぶとどうもちぐはぐだ。しかし、仰ぐように賢次郎に話しかけた綾乃はすぐに笑顔を取り戻して楽しげだ。

二人の背中を見送る六太が、なんともいえぬ顔をしている。綾乃に憧憬を抱いている六太は、どうやら賢次郎に少々嫉妬しているらしい。

微笑ましさに、思わず緩みそうになった口元を律は引き締めた。己も六太と同じ年頃に、やはり「身分違いの恋」を胸に秘めていたからだ。

「六太さん、お腹は空いてない？　届け物の前に何か一緒に……ねぇ、涼太さん？」

「うん。ちょいとそこらで一緒に食ってかないか？」

口々に誘ってみたが、六太は小さく首を振った。

「いえ、ちゃんと握り飯を持って来ましたから。油を売った分、先を急ぎたいですし、若旦那たちのお邪魔をしたとあっては恵蔵《けいぞう》さんに叱られます。どうかお二人でごゆっくり」

指南役の恵蔵を持ち出してややおどけると、六太は足早に雑踏へ紛れて行った。

「六太さんは本当に律儀なんだから」

「まあ、それがあいつのいいところなんだが……なんにせよ、綾乃さんと帰蝶さんの舞いを見られたんだ。六太も今日はついてたようだな」

「ええ」と、頷いてから、律は苦笑を漏らした。「私もついてたわ。帰蝶さんの舞いもそうだけど、賢次郎さんのおかげで、あまり角を立てずに御用聞きを断ることができたもの」

「ははは、そうだな……」

六太に言われた通り、律たちは広小路をゆっくり一回りして、寿司やら団子やらを合間につまんでから家路に就いた。

五

綾乃が長屋に現れたのは翌日の昼下がりだ。

着物は利休鼠色《りきゅうねずみいろ》、帯は灰汁色《あくいろ》と、綾乃にしては地味な身なりで菅笠まで被っているのだが、整った顔立ちや身についた優雅な立ち居振る舞いは隠せていない。

「お仕事中にすみません」

「いえ。どうぞお上がりください」

菅笠を取って上がり込んだ綾乃が、真剣な面持ちで律の真向かいに腰を下ろした。

「着物と帯は祖母のお古ですわ。菅笠は店の物を借りましたの」

「さ、さようで」

「どうです？　これなら一見して私とは判らぬでしょう？」

笠を被っていれば無論判らぬが、笠を取れば律には一目瞭然だ。着物が年寄り臭いだけに、佳麗《かれい》な顔立ちが一層際立っているといってもいい。

「そ、そう――やもしれませんね」

もしや、まだ御用聞きを諦めていないのでは……？

そう推察したが、案の定であった。

「本日はお願いがあって参りました。似面絵を描いていただきたいのです。赤間屋の三人組の似面絵を、それぞれ一枚ずつお願いいたします」

「綾乃さん……」

溜息を押しとどめつつ、律は首を振った。

「悪者の似面絵は、お上の御用でしか描かないことにしているのです」

お上の御用でしか描かぬというのはつまらぬ似面絵を断るための方便で、いつもなら綾乃のためならやぶさかではない。だが、赤間屋の者たちとなるとお上の御用の範疇《はんちゅう》だろう。

「いずれお上の御用になりますわ。お律さんたちに難癖つけたのも、赤間屋の三人組に違いありません。やつらは、直《なお》の父親の仇《かたき》でもありますの」

「仇ですって？」

「ええ。睦月にお話ししましたでしょう。直の父親——長吉《ちょうきち》というのですけれど——は、大喧嘩の数日後に亡くなったと」

直こと直太郎は尾上の丁稚で、父親にして板前だった長吉は、喧嘩で頭を殴られたかぶつけたかしたらしく、数日寝込んだのちに死したと聞いた。

「往来でいじめられていた奉公人を助けたんでしたね。いじめていたのは同じ店の者——それが赤間屋の三人だというのですね？」

「その通りです。三人の内、一人は赤間屋の次男ですのよ」

赤間屋は馬喰町の旅籠だが、続きで飯屋も営んでおり、大層繁盛しているそうである。

「次男の名は茂郎《しげろう》といいます。店主が次男に甘いものだから莫迦息子がつけ上がって、腰着の二人と徒党を組んであちこちで悪さをしているんです。馬喰町や両国では煙たがられているものだから、近頃はよく浅草まで出て来ているみたいなのです。賢さんから聞きましたよ。お律さんはあいつらに拐《かどわ》かされそうになったんですってね？」

「拐かしは大げさですけれど、居酒屋かどこかで酌をさせられるところでした」

「居酒屋で済んだかどうか判りませんよ。あいつらなら、よからぬところへ連れ込んで、その……無体なことをしたやもしれません」

手込め、という言葉を口にするのははばかったようだが、顔を赤くしたのは羞恥ではなく怒りかららしい。

「あいつらに悪さされて、泣き寝入りした者がたくさんいると思うのです。似面絵があれば、あいつらの今までの悪事を探れます。ですからお律さん、どうかお願いいたします」

そう言って綾乃は深々と頭を下げた。

典助に言いがかりをつけてきた三人組なら、他に悪さをしていても驚かぬ。悪者を捕まえるためなら似面絵にての助力は惜しまぬものの、綾乃は自ら探る気満々である。

「綾乃さん」

少しばかり、年上らしい厳しい声を律は繕った。

「似面絵を描くのは構いませんが、綾乃さんにお渡しすることはできません。綾乃さんは御用聞きではないのですから、無茶な訊き込みもおやめください」

「無茶だなんて」

「三人組が悪さを繰り返しているというのなら、綾乃さんが探りを入れるのは危険が過ぎます。次に拐かされ、無体なことをされるのは綾乃さんかもしれないのですよ？」

「ですが、私は直のために長吉の仇を討ちたいのです」

「お気持ちは判りますが……」

綾乃には明かせぬが、律もかつて両親の仇を自ら探り回ったことがある。質屋の徳庵《とくあん》や仇の小林吉之助《こばやしきちのすけ》に騙されたとはいえ、己が軽はずみに御用聞きの真似事をしたせいで、結句己のみならず、涼太を危険に晒してしまった。

綾乃を二年前の己と重ね、律が内心溜息をついたところへ、足音が近付いて来た。

「これはこれは」と、顔を出した太郎が綾乃を見て苦笑を漏らした。「尾上の娘さんじゃねえですか」

「ほう」と、太郎の後ろから覗いた小倉も微苦笑《びくしょう》を浮かべる。「来客中にあいすまない」

「あ、小倉さま」

律と一緒に綾乃も慌てて頭を下げた。

尾上は昨年、巾一味に金蔵《かねぐら》の蓄えをそっくり盗まれた。よって一味の捕縛に尽力した小倉は綾乃も見知っている。

顔を上げて、太郎をまじまじと見つめた綾乃へ律は言った。

「こちらは太郎さんといって、小倉さまの、その、御用聞きのような方です」

「存じておりますわ。前にお律さんと駒形堂の近くの呉服屋で、夫婦の真似事をされていた方でしょう」

昨年の如月《きさらぎ》のことである。

「お、覚えていらしたんですね」

「無論です」と、澄まして応えて綾乃は胸を張った。「人の顔はよく覚えている方だと言いましたでしょう。一時はお律さんのいい人だと思い違いした方なのですから尚更です。お名前は聞きませんでしたが、のちにあれはお上の御用だったのだと涼太さんからお伺いしました。ですがまさか、あなたが小倉さまの御用聞きだったとは……私は綾乃と申します。どうかお見知りおきを」

「はあ、そりゃとっくに存じておりまさ」

目を輝かせて名乗った綾乃に、たじたじとなって太郎は律の方を見た。

「あの、お律さん、件《くだん》の話は?」

「御用聞きの件でしたら、お断りの旨、先日お伝えいたしました」

「しかし、綾乃さんのその格好は……?」

「馬喰町に目を付けている悪者がおりますの。うちの奉公人を殺《あや》めたやつらですわ」

「尾上の奉公人が殺された?」

太郎が問い返し、小倉も身を乗り出したが、綾乃が事の次第を話すとすぐに落ち着きを取り戻した。

「喧嘩の果て——しかも亡くなったのが数日後じゃ、殺されたとは言い切れやせんぜ」

諭《さと》すように太郎が言うのへ、綾乃は怯《ひる》まずに言い返した。

「承知しておりますわ。当時もお上にはてんで相手にされませんでしたから。けれども、やつらには必ずや余罪があります。ですから、お律さんに似面絵を頼みに参りましたの」

「お律さん……」

「お、お断りしたところです。似面絵は描きますが、のちほど広瀬さまにお預けするつもりで……」

「それなら私が預かろう」

にこやかに、だが同心の威厳を湛えて小倉は言った。

「人死《ひとじに》を出すような喧嘩をする輩なら、尚更女子が近付いてはならぬ。広瀬に——町奉行所には私からしかと伝えておくゆえ、御用聞きごっこはやめなさい」

「小倉さま……」

「似面絵の方はしっかり頼む。似面絵があった方が、捕まえやすいのは確かだからな」

「……はい」

懇願しても無駄だと悟ったらしく、綾乃は——渋々だが——頷いた。

綾乃の言葉通りに似面絵を描き始めてすぐ、律が睦月に出会った三人は綾乃の言う「三人組」だと明らかになった。

四箇月前に一度きりしか見ていない律はぼんやりとしか思い出せなかったが、幾度か目にしているとはいえ「人の顔はよく覚えている方」だと豪語した綾乃は、実に細かに三人組の顔を覚えていた。加えて、両手や指先を使って部位の長さ大きさを伝えるのがうまく、律のうろ覚えの記憶をみるみる鮮明にした。

いつもよりずっと早く三人分の似面絵を仕上げて小倉に渡すと、横から綾乃が念を押す。

「広瀬さまにどうかよろしくお伝えくださいませ。何か、他にも私にできることがあればいつでも馳せ参じますゆえ」

「うむ」

後ろ髪を引かれるごとく暇を告げた綾乃を、しっかり木戸まで見送って戻ると、小倉と太郎が苦笑と共に律を労《ねぎら》った。

「いやはや、太郎から話を聞いた時はてっきり冗談かと思ったが、御用聞きを志願するだけあって物覚えはよいな。伝え方も的確であった。どんな顔だか、私にもすぐにおよその見当がついたぞ。似面絵を描かせる才はお前よりありそうだ」

「悔しいですが、仰る通りで。うっかり感心しちまうとこでした。危ねぇ、危ねぇ」

褒め言葉はまたぞろ綾乃の「野心」に火を付けると判じて、二人とも似面絵を描く間は努めて厳しい顔をしていたらしい。

「さて、やっとこちらの話ができるな」

三人組の似面絵を傍らに置いて、小倉が切り出した。

「先だって無理を言ったばかりで心苦しいのだが、実は、私も今日は似面絵を頼みに参ったのだよ」

「無理だなんてとんでもありません。お上の御用ならいくらでも描きます」

「ありがたい」と、短く礼を言って、小倉は声を落とした。「……涼太と今井先生には知られても致し方ないが、この似面絵のことはくれぐれも内密に頼みたい」

「承知いたしました」

「描いて欲しいのは、朋輩なのだ」

はっとした律へ、小倉は囁《ささや》き声で続けた。

「先月太郎が、晃矢の似面絵を描き直してくれと頼んだことがあったろう？」

律は、夜霧のあきこと晃矢の似面絵を二度描いている。初めの一枚は千住宿《せんじゅしゅく》を探っていた小倉の朋輩――中尾浩二郎《なかおこうじろう》というそうである――に渡ったのだが、中尾は他の仕事に夢中で晃矢の探索を後回しにしていた。業《ごう》を煮やした上役が、他の者に似面絵の写しを渡すよう中尾に命じたところ、中尾は絵師の家に向かう道中で舟から落ちて、似面絵を台無しにしてしまったと聞いていた。

「私はやつが舟から落ちたというのが、どうも信じられんのだ」

小倉は晃矢探しを兼ねて市中を見廻るうちに、偶然中尾はその日は一日中某所にいたことを知り、中尾を疑うに至ったらしい。

「もしや、似面絵はわざと水に浸しておしゃかにしたのではないかと……とすると、やつは晃矢に通じているやもしれぬ」

火盗改に裏切り者がいるなど、にわかには信じ難いが、隠れ家が明らかになって尚、晃矢の行方がさっぱりつかめぬというのもおかしな話だ。

似面絵の中尾は丸顔にやや太めの眉、下唇が厚めで磊落《らいらく》そうな顔立ちをしている。上役には相談済みだが、当面は小倉と太郎のみで探るそうで、律は同じものを二枚描いた。

「ありがたい。これでやつの名を出さずに訊き込みができる」

太郎と頷き合ってから、小倉は続けた。

「そういえば、お律さんは栄屋《さかえや》の一件でも活躍されたとか」

「いいえ、活躍されたのは藍井の由郎さんです」

栄屋は万屋《よろずや》兼駕籠《かご》屋で、千恵と律の他にも、いくつもの拐かしにかかわっていた。

「そう謙遜せずともよいものを……まあ、それはさておき、晃矢はどうも栄屋の客でもあったようなのだ。栄屋の大福帳から、広瀬が調べていた昨年の白山権現《はくさんごんげん》での拐かしも栄屋の仕業で、駕籠の行き先が晃矢の隠れ家だったと知れたのだ」

「盗みだけじゃ飽き足らず、拐かしにまで手を染めてたんでさ」と、太郎。

「拐かされた人は見つからぬままだそうですね」

「だが、隠れ家の近所の者によると、その子は隠れ家でしばらく達者にしていたようだ」

「その子？　拐かされたのは子供なのですか？」

「ああ、広瀬から聞いていなかったか。拐かされたのは十二歳――いや、今なら十三歳の男児なのだ」

十三歳なら慶太郎と一つしか違わない。

「どうしてそんな子供を？　まさか売り飛ばすためですか？」

ふと八重裏の名が頭をかすめて、律は思わず眉根を寄せた。

「それが判らねぇんです」と、太郎が応えた。「金が入用なら、晃矢ならちょいと盗みに入りゃ済むことで、子供を攫《さら》って売り飛ばすなんて面倒をするたぁ思えやせん。晃矢は女好きじゃねぇが、稚児《ちご》好みでもねぇ。どちらかというと餓鬼は嫌っていたような……」

「これ、太郎」

小倉にたしなめられて、太郎ははっと口をつぐんだ。

「その子の親兄弟は、さぞ案じていることでしょうね」

「うむ。もう八箇月になるが、何か知らせがないかと、いまだ日をおかずに奉行所まで出向いて来るそうだ」

律を騙した徳庵は江戸払《えどばらい》になった。千恵を攫った栄屋の駕籠舁きの圭二《けいじ》は打首、余罪の多かった店主と番頭は磔《はりつけ》に処せられたと聞いている。

栄屋に絡んだ悪事はひとまず落着したと思っていたが、小倉の沈痛な面持ちを見て、律は不意に言うに言われぬ不安に駆られた。

六

小倉に諭されてようやく諦めたかと思いきや、綾乃は四日後に再び長屋に現れた。

あれからも勝手に一人で訊き込んで、なんと三人組の悪事を知っていると思しき女を探し出して来たという。

「綾乃さん……」

律の呆れ声をよそに綾乃は続けた。

「やつらの行きつけの店を見つけたのです。両国広小路の近くの野田屋《のだ》という居酒屋です。そこで働いているお秀《ひで》さんという方なのですけれど、三人組のことを訊ねたらさっと顔色が変わって――何かご存じなのですわ」

「でも、何かは教えていただけなかったのでしょう？　やつらに通じている人やもしれないじゃありませんか。今頃やつらに、綾乃さんのことを言いつけているやもしれません」

「そんなことはありません。勘働きがしましたの。お秀さんはやつらを疎《うと》んじています」

勘働き、などと御用聞きらしき言葉を使って綾乃は誇らしげに胸を張ったが、それも一瞬で、すぐにおもねるように律の顔を窺った。

「ですが、お秀さんは口が堅くて、私のことも小娘だと侮《あなど》っているようで……それで、その、ついお律さんのことをお話ししてしまいましたの」

「私の？」

「ええ。お上御用達の女似面絵師を知っている、って」

女似面絵師……

己は一上絵師と思っているがゆえに、「似面絵師」、ましてや「女」などと付けられるのは不本意ではある。だが、こういったことが気に障るのは、己が男と張り合っている、そして似面絵師を軽んじている証でもあると律は思い直した。

「申し訳ありません」と、綾乃は頭を下げた。「でも、なんとかお秀さんにお話を伺いたくて……お律さんは人相を聞いただけで似面絵を描くことができる、似面絵は人探しに大層役に立っているとお話ししたところ、随分興を示されたのです。これも私の勘なのですが、お秀さんもどなたかお探しの人がいるようでしたわ。――ですから、お律さん、私と一緒に来ていただけませんか？」

上目遣いに頼み込む綾乃は大真面目かつ、きりりと愛らしく、男でなくともついほだされそうになる。

いけない、いけない――と、律は慌てて首を振った。

「御用聞きごっこはおやめになるよう、小倉さまから戒められたばかりじゃありませんか」

「しかし、お律さん――」

「しかしもかかしもございません」

きっぱりと言って、律は綾乃をまっすぐ見つめた。

「仇を討ちたいというお気持ちは判りますが、危険なのは三人組だけではありません。『類は友を呼ぶ』という俚諺《りげん》がありますでしょう。悪者は悪者に通じているものです。お秀さんはそうでなくとも、野田屋は三人組とぐるやもしれませんよ？　また悪者は、道理に反することをなすから悪者なのです。よって私どもには思いもよらぬ事由《じゆう》、形で悪事を働くことがあります」

しばし躊躇い、律は再び口を開いた。

「……かくいう私も、似面絵を描いただけで逆恨みされ、結句流産してしまいました」

「えっ？」

絶句した綾乃に、律は先だっての、はるとのいきさつを話した。

「そんなことが……」

「もしも綾乃さんの働きで三人組がお縄になったら、たとえ世間がどう裁こうとも、三人組の親兄弟や深い仲の女の人たちの中には、綾乃さんを恨む者が出てくるでしょう。恨まれるのは綾乃さんだけとは限りません。回り回って、直太郎さんを逆恨みする者が出てくるやもしれません。また、素人の私どもが下手に訊き込みをすることで、お秀さんのような証人がいることを悪人に勘付かれ、危険に晒してしまうことだってありうるのです」

「それは……」

「お秀さんのことは近日中に必ず広瀬さまにお伝えします。お秀さんも三人組も、どうかお上にお任せくださいまし」

うなだれる綾乃を説き伏せて帰すと、四半刻《しはんとき》余りで八ツが鳴った。

今井は今日は、上野の恵明《けいめい》を訪ねていて留守である。ゆえに仕事場で茶の支度をしていると、湯が沸くのを見計らったがごとく、涼太、それから保次郎と、相次いで現れた。

「広瀬さん！」

「そんなに驚くことないだろう。お邪魔だったかい？」

「いえ、ちょうど綾乃さんのことで、お話があったものですから」

「またか。先日、釘を刺しておいたと小倉が言っておったが」

「ええ。ですが――」

「ですが、なんだね？」

苦笑を浮かべた保次郎へ、律は先ほどの綾乃とのやり取りを話した。

「まったく綾乃さんには困ったものだな」

茶を淹れながら呆れる涼太へ、保次郎も頷いた。

「年頃の娘が一人で居酒屋に出入りするなぞ、危険極まりない。私からも、きつく言っておかねばなるまいな」

「お願いいたします」

「だが、女性がお秀さんとやらに話を訊くのは良案やも……」

「えっ？」

声を揃えて驚いた律たちを交互に見やって、保次郎は盆《ぼん》の窪《くぼ》に手をやった。

「三人組の似面絵はちゃんと小倉から受け取って、既に馬喰町を廻る者に託したよ。その者が早速《さっそく》辺りへ伺ったところ、綾乃さんが言うように三人組には悪評ばかりで、叩けば埃《ほこり》が出そうだとのことだった。だが、長吉との喧嘩は殺しとは言えぬから、三人組を探るのは後回しにせざるを得ないとも……ただしやつらの噂から、どうやら綾乃さんの懸念は当たっていた……つまりその、やつらは女性に無体を働いたことがあるようだ」

「では、もしやお秀さんも――ううん」と、律はすぐに打ち消した。「もしもそうなら、やつらの行きつけの店で働く筈がありませんね」

「うむ。だがたとえば、かつて一緒に働いていた女性が――なんてことはあるやもしれない。どのみち、この手のことは女同士の方が話しやすいだろう。男が下手に問い質《ただ》せば、かえって貝のごとく口を閉ざしてしまうやもしれぬ。訴人《そにん》なくして、やつらをしょっ引くことはできんよ」

眉をひそめて、涼太が横から口を挟んだ。

「だからといって、お律や綾乃さんに御用聞きの真似はさせられやせん」

「うん、まあ、その通りなんだがね」

「でも」

思わず言い返した律を、涼太と保次郎が揃って見つめた。

「でもそうやって、お上が後回しにしているうちに、また誰か嫌な思いをするのではないでしょうか？」

――当時もお上にはてんで相手にされませんでしたから――

そう言った綾乃が、亡き父親の伊三郎と重なる。

母親の美和が殺された後、「奉行所に任せろ」と言いながらも、伊三郎は自ら似面絵を持って仇を探し続けた。

頼りになれども、町奉行所も火盗改も人手は限られている。過去の悪事よりも目先の悪事、小さな悪事よりも大きな悪事を先んずるのは致し方ないこととはいえ、無念を抱えたままの者はけして少なくない筈だ。

「まさか、お律。お前はこの話に乗り気なのか？　危険を犯すなと、今しがた綾乃さんを論したばかりじゃないか」

「乗り気というんじゃありませんけど、三人組をのさばらしておくのは気が咎めます。私なら綾乃さんほど目立ちませんし、女の人からお話を聞くくらいならそんなに手間じゃありません。お秀さんは似面絵に関心があるようですから、似面絵と引き換えにならお話ししてくれるんじゃないかと……」

渋面を崩さぬ涼太の正面に向き直り、律は努めて穏やかに己の思いを口にした。

「綾乃さん、長吉さんの――直太郎さんのお父さんの仇を討ちたいって言っていました。だから余計に肩入れしてしまうんです。あいつの悪事がもっと早く知れていたら、おっかさんもおとっつぁんも死なずに済んだかもしれない……そう思うと、三人組がまた新たに悪さをする前にとっ捕まえて、懲らしめてやりたいんです」

あいつ、と律が呼んだのは小林吉之助で、美和や伊三郎を含めて、律たちが知っているだけでも十二人も殺めていた。

律の顔をじっと見つめ返すことしばし、涼太は深い溜息を漏らした。

「野田屋が三人組の行きつけなら、野田屋で話し込むのはまずい。どこか密談できるところへ――それこそ尾上にでも、お秀さんに足を運んでもらえりゃいいんだが」

「だったら、それこそ綾乃さんに頼んでみるのはどうかしら？　座敷を用意していただくくらいなら、なんの危険もないでしょう？　少しでもお手伝いいただければ、綾乃さんにも満足してもらえるやも」

「ますます調子に乗るやもしれねぇぜ」

「もちろん、そうならないよう、広瀬さんからしかとお伝えしてもらわねばなりません」

「もちろん、しかと諭しておくよ」と、保次郎。「しかし、そうとなると、万が一にもお律さんや綾乃さんに危険が及ばぬよう段取りはしっかりつけねばな。お律さんは野田屋には近付かぬ方がいい。つなぎは太郎にでも頼んでみるか……」

「俺が務めましょう。お律が会う前に、お秀さんがどんな人だかこの目で確かめておきてぇです。万が一にも三人組と通じていねぇかどうか、信じるに足るお人かどうか──けど、広瀬さん、此度のことと御用聞きになることは別ですぜ」

「そりゃ承知しているさ。だが涼太、お前が助けてくれるなら安心だ。太郎ではどうも胡散《うさん》臭《くさ》い──いや、太郎は見張りも芝居もうまいんだがね。こういった、女性を相手の役回りには向いてないと思うのだよ」

微苦笑を漏らしてすぐに、保次郎は顔を引き締めた。

「……二人の比ではなかろうが、先だってのおはるの件は私も大層無念に思っている。あのようなことがあったにもかかわらず、変わらず似面絵を引き受けてくれ、此度はこのような申し出まで……お律さんには──涼太にも──まこと感謝に堪えぬ」

誰も見ていないとはいえ、町人の律たちに厳かに頭を下げてから保次郎は続けた。

「常日頃──冗談半分、だが半ばは本気で──二人を御用聞きに誘ってきたことも悔いている。太郎を得た小倉が少々羨ましく、ついつまらぬ望みを抱いてしまった。けれども、二人を危険に晒すのは私の本意ではない。念には念を入れてことにあたりたいゆえ、私に少しばかり時をくれ」

七

保次郎が三人組の似面絵を託したのは、三池《み いけ》勝九郎《しよう く ろう》という隠密《おんみつ》廻り同心だった。

悪事の証を得られそうだ――と、保次郎が頼み込み、三池がまず野田屋へ向かった。秀にそれとなく三人組のことを訊ねたところ、綾乃と同じ手応えを感じたという。

――お秀はやつらを疎んじて……否、憎んでいるようだった――

保次郎から知らせを受けて、今度は涼太が野田屋を訪ねた。涼太の見立ても綾乃や三池と変わらず、涼太なりに秀の人柄を見極めた上で、町奉行所ではなく「綾乃に頼まれた」として話を切り出した。

――似面絵師のお律は実は私の女房でして……似面絵はお上の御用でしか描かないことにしているのですが、綾乃さんはうちの得意先の娘さんですし、お秀さんがもしも人探しをしているようなら手助けもやぶさかではないと――

野田屋は九ツに店を開けるため、秀には朝のうちに尾上に来てもらうことになった。尾上の座敷の支度を含めて手筈が整ったのは、綾乃と保次郎が長屋を訪ねて来た六日後だった。

五ツ前に尾上に着いた律を、綾乃はそわそわしながら迎えた。

案内された座敷は常から密談に使われているようで、店の奥まったところにあった。

「お上の御用として、お秀さんがいらしたら誰にも近寄らぬよう言い渡してあります。言われた通り、茶櫃《ちゃびつ》も支度しておきました。お茶請けには干菓子を買って来ましたわ。こうも朝早いと菓子屋が開いてませんから、昨日のうちに」

茶菓子は頼んでいなかったのだが、綾乃の張り切りようが、張り詰めていた律を解きほぐした。

「流石《さすが》、綾乃さん。お心遣いが細やかですね」

律が微笑むと、綾乃ははにかみながらも心持ち胸を張った。

「手筈もよろしいですね？　お秀さんがいらしたら――」

「台所にお湯をもらいに行って、勝手口で三池さまを待ちます。何事もなければ、そのままお湯を運び、もしも何かつなぎがあれば、湯が沸くまでしばしかかると知らせに参って、お律さんと代わります。――抜かりはありませんわ」

三池が調べた限り、三人組は用心深いとはいえぬようだ。秀とのかかわりも、調べに気付いた様子もないものの、「念には念を」という保次郎の意向で、秀の行き帰りを三池が尾行することになっている。

「二人きりになっても、世間話に徹してください。けして問い詰めてはなりませんよ」

「心得ておりますわ。お話はお律さんにお任せするよう、広瀬さまからも仰せつかっております」

胸を叩かんばかりに綾乃が頷いたところへ五ツが鳴って、ほどなくして女中が秀の到着を知らせた。

綾乃自らが案内して来た秀は、丸顔につぶらな瞳をしていながら、化粧っ気のない、険《けん》のある顔をしている。目の下の隈《くま》や目尻の皺から三十路近くかと思いきや、己とそう変わらぬ年頃らしいと、秀が向かいに座ったのちに律は推察した。

「お湯をもらって来ますわね」

手筈通りに綾乃が座敷を出て行くと、律は努めて穏やかに口を開いた。

「ご足労くださりありがとうございます」

「似面絵を描いてくださるというから来たんです」

つっけんどんに応えて探るように己を見た秀へ、律は真摯《しんし》に話しかけた。

「綾乃さんやうちの人から聞きました。お秀さんはどなたか——大切な人をお探しだと」

「……ええ、そうです」

大切な、という言葉が効いたのか、秀の顔から険が少し引いた。

「私は、許婚《いいなずけ》を探しているんです」

「お許婚が行方知れずなのですか？」

「そうですよ」

逃げられた——という訳ではないらしい。

秀の眼差しは鋭いが、すがる女の執念を律は感じなかった。

「いつ、行方知れずになったのですか？」

「三年前です」

三年前と聞いて、律は先日に続いて再び父親を思い出した。つたない似面絵を携えて、一人で妻の仇を探していた伊三郎が死してから、もうじき三年にもなるのだ。

似面絵と引き換えに、三人組の悪事を明かして欲しい——そう持ちかけるつもりであったが、思い直した。

「三年も探してこられたとは……まずは下描きをいたしますゆえ、お許婚のお顔を思い出せる限り教えてくださいませ」

律が筆巻きを手にすると、秀の顔が微かに驚いた。

文机に紙と墨は、綾乃が「抜かりなく」用意してあった。

秀よりも己の気を鎮めるために茶を淹れるつもりであったが、茶汲みは綾乃に任せることにして、律は下描きを描き始めた。滞りなく湯を運んで来た綾乃は、茶汲みを頼まれて少しばかり戸惑いを見せたものの、すぐに澄まして支度にかかる。

茶を含みつつ、ぽつりぽつりと許婚の顔立ちを口にするうちに、秀の刺々《とげとげ》しさはすっかり取れて、情愛と憂慮が相混じった顔になった。

三人組の話はどうなったのかと、うずうずしている綾乃を時折目でたしなめながら、律は丁寧に似面絵を描き上げた。

秀の許婚はやや面長で、頬骨と顎が目立つものの、弧を描いた眉と目元の笑い皺に愛嬌《あいきょう》がある。笑うと笑窪《えくぼ》ができると聞いて、口角を心持ち上げて笑窪を描き足すと、秀がさっと手ぬぐいを取り出して目頭に当てた。

しばしうつむいて嗚咽《おえつ》を飲み込むと、秀は顔を上げて律と綾乃を交互に見やった。

「この人……私の許婚は清吉《せいきち》さんといって、赤間屋で働いていました」

「赤間屋で？」

綾乃は声を高くして問い返したが、すぐさま律をちらりと見て肩をすくめた。

「では清吉さんは、赤間屋の遣いか何かで行方知れずになったのですか？」

「そうとは言い切れないのですが、私は赤間屋を——あすこの茂郎さんと何かあったのではないかと——疑っています」

真剣な面持ちで、秀は声を低めて話し始めた。

秀と清吉は両国の同じ長屋で生まれ育った幼馴染みであった。二人は三年前の文月《ふみづき》の藪入りに祝言を挙げることになっていたが、約束の十六日の朝、清吉は帰って来なかった。

「清吉さんのご両親は大分前に亡くなっていて、身寄りもいません。ですから、清吉さんは藪入りにはいつもうちに帰って来てました。他に行くあてもないのに、待てど暮らせど帰って来ないものだから、道中で何かあったのではないかと、父が八ツ過ぎに赤間屋を訪ねてみたんですけれど、清吉さんは昨日のうちに店を出たと……翌日、私も清吉さんを探しに出かけて、やはり赤間屋を訪ねてみたところ、茂郎さんが――」

――心変わりしたんだろうさ。お前と一緒になるのが嫌になったか、他に二世《にせ》を契った女がいたか、はたまたその両方で、どこぞへ駆け落ちしたんじゃないのかい？――

「そんな筈ないんです。あの人は子供が生まれてくるのをとても楽しみにしていました。今まで身内同然だった私の親兄弟と、本当の身内になれるとも……」

「お子さんがいらっしゃるんですか？」

「はい。もう四つになります」

秀曰く、二人は三年前の睦月の藪入りで、祝言を待たずに契りを結んでおり、清吉は皐月には秀の懐妊を知っていた。

「清吉さんはすぐさま旦那さまに願い出て、所帯を持つ許しを得たと言っていました。あの人が律儀なのは、私が一番よく知ってます。子供や私を置いて出奔《しゅっぽん》するような人じゃありません。祝言の前に情を交わしたのは、お店からなかなか許しをもらえないのに、私が業《ごう》を煮やしたからなんです」

三年前の清吉は二十二歳で、二十歳になってからの二年の間に幾度か所帯を持ちたい、通いになりたい旨を店に申し出ていたのだが、その度に「まだ早い」だの「今少し男を上げてからにしろ」だのと、時に嫌み交じりに、時に冗談めかして拒まれていた。そんな中、同輩が近所の店の娘を孕《はら》ませて、娘の父親の後押しもあって、見事祝言にこぎつけた。

「それなら、私たちも――と、私があの人を焚きつけたんです」

秀は清吉より一つ年下、つまり律と同い年だ。三年前でも二十一歳だったがゆえに、「行き遅れ」の焦りもあったのだろう。

「まさか本当に一度で身ごもるとは思わなかったのですけれど、それゆえに、やはり私たちは夫婦になるべくしてなるのだと、あの人と喜び合いました」

秀が茂郎を疑うには理由があった。

赤間屋の跡取りは茂郎の兄の卓郎《たくろう》なのだが、二人の母親がまだ二人が幼き頃、卓郎を庇《かば》って死したことから、父親にして店主の州一郎《しゅういちろう》は卓郎を疎むようになったそうである。

「旦那さんはその分、茂郎さんを可愛がるようになり、茂郎さんは腰巾着の二人と遊び放題になりました。勝手気ままに育ったものだから、ちょっと気に食わないことがあると当たり散らしたり、気晴らしに気に入らない奉公人に嫌がらせをしたり……」

清吉は卓郎を慕っていたがために茂郎に嫌われており、度々理不尽な言いがかりや嫌がらせを受けていた。祝言の許しがなかなか出なかったのも、茂郎が州一郎に何やら吹き込んでいたのではないかと秀たちは疑っていたという。

「清吉さんが行方知れずとなったのは、茂郎さんから何かやんごとないことを押し付けられたか、脅されたかしたのではないかと……けれども、番人や岡っ引きの旦那にかけあっても、茂郎さんと同じような心無いことを言われて、お上はあてにならぬと見切りをつけて、自ら探ることにしたんです」

両親の後押しもあり、子供の乳離れを待って母親に子守を任せた。茂郎の行きつけの野田屋を見つけて、働き始めたのが一年ほど前であった。

「身元の確かな者しか雇わぬというので、偽名は名乗れませんでした。ですが、茂郎さんが私に気付いた様子はありません。化粧を濃くしていることもありますが、あいつとは一度しか顔を合わせていませんし、一奉公人の伴侶の名前や顔などなんの関心もないのでしょう。けれどもあなたが――綾乃さんが現れて、思わずあいつの手先かと疑ってしまいました」

「とんでもありませんわ」

むっとして否定した綾乃へ、秀は微苦笑を返した。

「だって、あなたのような見目好い娘さんが、あんなちぐはぐな地味な格好をして来たものだから、てっきり茂郎さんが私に気付いて、自分の女に私を探らせようとしているのかと思ったんですよ」

「そんな……」

茂郎の女と思われたことよりも、ちぐはぐな格好と言われたことの方が、綾乃にはこたえたようである。

「綾乃さんもまた、お秀さんと同じく三人組を探っていたのですよ。さ、綾乃さん、長吉さんのことをお秀さんにお話しなさって」

しょんぼりとした綾乃が気の毒になって、律は綾乃を促した。

長吉が死に至ったいきさつを聞いて、秀は顔を曇らせ——憤った。

「長吉さんが救ったのは、昇太《しょうた》という者ではないでしょうか？」

「名前は聞きませんでしたわ。まだ若い奉公人だとしか……」

「野田屋で、あの三人は何度も昇太という者を話の種にしています。どうもやつらの憂さ晴らしの餌食《えじき》になっているようで案じていました。他にも女の人の名前をいくつか……やつらの女だけでなく、その、おそらくやつらに悪さされたと思しき人たちの……」

女一人ゆえ、男三人に下手に問い質すのは躊躇われ、秀は野田屋では盗み聞きのみにとどめていた。よって悪事の証拠といえるものはまだつかんでいなかったが、女たちの名前を始め、盗み聞いた三人組の悪事にかかわる話を全て律たちに明かしてくれた。

「残念ながら、いまだ清吉さんの名は一度も聞いていないのですけれど……」

「お上はあてにならぬとお秀さんは仰いましたが、定廻りの広瀬さまは信頼に足るお方です。どうか、三人組のことは広瀬さまにお任せして、お秀さんはくれぐれもやつらに目を付けられぬよう用心してください」

「そんなこと言われたって、すぐには信じられませんよ」

「そ、そう言わずに」

慌てた律へ、秀はゆっくりと微笑んだ。

「――でも、お律さんがそう仰るのなら、今一度お上を信じてみます。似面絵は三人組の委《い》細《さい》と引き換えに――きっとそう言われるだろうと思ってここへ来ました。けれども、お律さんはすぐに私の言い分を信じて、駆け引きなしに似面絵を描いてくださった。流石、お上があてにする似面絵師さん。人を見る目がおありだわ」

「そんなんじゃないんです」と、律は首を振った。「駆け引きするつもりだったのですけれど、なんだか父を思い出してしまって……」

「お父さんを?」

「ええ。……私の母は、八年前に辻斬りに殺されました」

綾乃も知らなかったのだろう。秀と共に、律の横で息を呑んだのが判った。

「父も絵師――上絵師だったのですが、辻斬りに切りつけられて、利き手を傷《いた》めてしまいました。父は母亡き後、私や弟には内緒で、五年ほどずっと一人で辻斬りを――母の仇を探し続け、三年前に無念のうちに亡くなりました」

「お父さんもお亡くなりに……」

「父は辻斬りの顔を見ていて、お上は人相書《にんそうがき》を作ったそうです。しかし、ただ字を連ねただけの人相書よりも、顔を写した似面絵の方がずっとよい手がかりになります。同じ絵師でも父は似面絵は今一つでしたから、一言相談してくれればよかったものを——と、私は今もって悔しくてなりません」

秀と綾乃の沈痛な面持ちをほぐすべく、律は微笑と共に付け足した。

「私がお秀さんをすぐに信じたのは、綾乃さんや町奉行所の同心さま、そしてうちの人のお墨付きがあったからです。三人組がこれより先、悪さができぬよう、今までの悪さの罰が下るよう、そして清吉さんが無事にお戻りになるよう、心より願ってやみません……」

八

「昇太さんとお話しできないでしょうか？　喧嘩の様子を詳しく聞きたいですし、もしかしたら清吉さんの行方を知っているやもしれませんわ。それに、茂郎が店主に贔屓されているのなら、跡取りの卓郎さんはこちらの味方になってくださるやも」

秀を帰したのち、綾乃は目を輝かせて色めき立った。

律も綾乃と考えを同じくしていて、昇太という奉公人に直に話を聞いてみたいと思わぬでもなかった。しかしながら、涼太や保次郎の顔を思い出して、今にも赤間屋に飛んで行きそうな綾乃へ精一杯眉をひそめて見せた。

「昇太さんや卓郎さんとお話しするのはお上のお仕事ですよ。綾乃さんはくれぐれも赤間屋に——野田屋にも——近付かぬようにしてください」

「……承知しております。ですが、何か判ったら私にもすぐに教えてくださいね」

秀から聞いた話はその日の八ツに涼太と今井、それから申し合わせてやって来た保次郎と三池の四人に伝えた。

——保次郎が再び長屋へ現れたのは、水無月《みなづき》は五日目の昼下がりだ。

「三人組はおととい、大川で溺れて死したよ」

「えっ？」

驚き声を上げた律の隣りで、茶を淹れようとしていた手を止めて涼太が問うた。

「どういうことですか？　三人ともいっぺんに？」

「そうだ。三人とも、いっぺんにだ」

「どういうことですかな？」と、今井も目を丸くして問い返す。

「それが、あれからですね——」

律から秀の話を聞いて、保次郎はまず赤間屋の昇太と卓郎を訪ねたという。

「二人とも、清吉の出奔はおかしいと思っていたそうです。けれども、主の州一郎が『あの恩知らずめ』『店の恥だ』などと立腹して、皆に口止めしたがために、奉公人の多くは茂郎たち三人組の言い分を信じて、いつしか清吉は許婚を捨てて別の女と駆け落ちしたことになっていた、と」

保次郎から話を聞いた昇太と卓郎が、茂郎や州一郎へ探りを入れる間に、三池は秀が盗み聞いた名前などを手がかりに三人の女たちをあたった。内二人は――嘘かまことか――三人組など知らぬと首を振ったが、一人から手込めの証言を得ることができた。

「三池から知らせを受けたのがやはりおとといのことでして……赤間屋の事情を鑑みて、近々店主ではなくご隠居に話しにゆこうとしていたところ、ご隠居の方が昨日うちまで出向いて来て、茂郎たちの死を教えてくれました。ご隠居は卓郎から相談を受けて、おとといの昼下がりに茂郎を呼び出したそうです。諸々《もろもろ》の悪事について問い詰めたところ、茂郎は慌てふためき、取り巻きの二人を連れて逃げ出したそうで」

三人は日暮れを待って両国橋の船着場から舟に乗ったが、舟は大川の中ほどで転覆したそうである。船頭は泳いで岸にたどり着いたが、辺りは既に真っ暗で捜索はままならず、三人は翌朝、土左衛門《どざえもん》となって見つかったという。

「天罰が下ったのでしょうか……?」

つぶやくように律は問うたが、今井は「どうだろう?」と首をかしげて保次郎を見た。

「ご隠居は、他には何も?」

「……ご隠居は茂郎たちが逃げ出したのち、州一郎も問い詰めたそうです。三年前、本当は何があったのだ、と。すると州一郎曰く、駆け落ちかどうかは定かではないが、清吉は藪入りの前日、州一郎の遣いで店の者には内密に金を持って品川宿《しながわしゆく》へ行き、遣いを果たさずに逃げたそうです。ご隠居がすぐさま卓郎を品川宿に送ったところ、三年前の藪入り前に、清吉と思しき男が癪《しゃく》を起こして死んでいたそうで……内密の遣いだったがゆえに、清吉は店のお仕着せを着ておらず、身元が判らぬままに無縁仏とされたとか。野辺送りをした者が財布を預かっていたそうで、その者から聞いた仏の顔かたちからしても、清吉に間違いないとのことでした」

「そんな都合のいい話が」

「ある筈ねぇ」

律を遮《さえぎ》って、涼太が呆れたように首を振った。

「清吉を殺めたのは茂郎たちじゃねぇですか？　憂さ晴らしが高じてか、はたまた清吉に悪事の証を握られたかでもしたんでしょう。三年前に州一郎が立腹していたのは、祝言を許したにもかかわらず清吉が出奔したと茂郎に吹き込まれたからで、遣いの話は此度でっち上げられたものじゃねぇでしょうか？　清吉の形見の財布は茂郎が持っていたか、亡骸が店のどこかに埋まっていたか……とすると、三人組が死したのは天罰なんかじゃねぇ。おそらくご隠居が、それこそ店の恥にならねぇようにと、裏で手を回したんじゃ……？」

「うむ」と、保次郎は頷いた。「私の推《お》し当ても似たりよったりだ。だが、上からはもう捨てておけと言われたよ。ご隠居は良州《りょうしゅう》という名で通っている粋人でね。昔気質《かたぎ》の道理をわきまえたお人で、馬喰町の他、千住や品川宿でも顔らしい。ただ、そんなお人でも、親の欲目かあまり出来の良くない息子を――州一郎を信じて、店を任せていたようだ。茂郎が好き勝手しているることや、卓郎がないがしろにされていることには気付いていたものの、親が収めることとして、強く口出しすることはなかったそうな」

しかしながら、己の甘さが結句此度の始末を招いたとして、良州は早々に卓郎を仕込んで、来年には州一郎を隠居させ、卓郎に赤間屋を継がせると保次郎に――お上に――誓った。

保次郎が良州から預かった清吉の形見の財布には、安産祈願にご利益があるといわれている水天宮《すいてんぐう》の護符が入っていたという。

「清吉さん、藪入りをさぞ心待ちにしていたでしょうに……」

綾乃から長吉の死を聞いた時の、秀の憂い顔が思い出された。

やんごとない事由だろうが、三年の間、清吉からはなんの知らせもなかったのだ。秀は胸のどこかで既に清吉の死を覚悟していたのではなかろうか。

それでも一縷《いちる》の望みをかけていた秀と、我が子を抱くことなく死した清吉の無念を思うと目頭が熱くなり、律は滲んだ涙へ袖をやった。

「お律さん。此度の件で、我ら町奉行所の者は皆、忸怩《じくじ》たる念を抱いたよ。我らの力及ばず、綾乃さんやお秀さんに不快な思いをさせてしまった。殊に『あてにならぬ』と言われたのはこたえたな」

――お上にはてんで相手にされませんでしたから――

――心無いことを言われて、お上はあてにならぬと見切りをつけて――

小倉は綾乃から、律は秀から聞いた言葉をそれぞれ保次郎に伝えていて、保次郎もまたそれらを事の次第と共に町奉行に話したそうである。

「清吉が行方知れずになって三年と聞いて、私はなんだか伊三郎さんを思い出したよ。伊三郎さんが亡くなって、もう三年になるのかと……伊三郎さんも、我らにはがっかりしていたことだろう。我らがもっとしっかりしていれば、伊三郎さんは一人で仇を探し回ることもなく、危険な目に遭うこともなかっただろうに――」

「今更、栓無いことです」と、今井。「皆さまの呵責《かしやく》はこれからに活かしてくだされば。町奉行所は――火盗改も――少なくとも私どもの知る方々は、よくお務めに励んでいらっしゃる。まったくありがたいことです」

「先生の言う通りです」

今一度目元を袖口で拭いつつ、律は頷いた。

「広瀬さんや三池さまのおかげで、清吉さんの行方が判りました。お秀さんにはつらい知らせになりましょうが、何も知らぬままでいるよりはよいかと」

綾乃さんや、訴人になろうとした女の人も、少しは気が晴れるだろうか……

もしも、真相が涼太や保次郎の推し当て通りなら、長吉の死はさておき、三人組は良州に「死罪」を決断させるだけの罪を犯していたことになる。

さすれば三人組に同情心はないのだが、血のつながった孫を含めて「身内」を始末せざるを得なかった良州の心情を思うと、何やら胸が痛んだ。

「昇太は近々、卓郎と一緒に尾上にお礼とお悔やみを伝えにゆくと言っていた」

清吉がいなくなって以来、三人組の嫌がらせの的になっていた昇太は、己を庇った長吉が死していたことを此度の件まで知らなかったそうである。

「直太郎さんもきっと喜びますね」

おとっつぁんの死は無駄じゃなかったと——

直太郎に描いた長吉の似面絵と共に、伊三郎の顔を思い出しながら、律は改めて保次郎へ向き直った。

「微力ながら、またお力になれることがあればいつでも仰ってください。——ああでも、御用聞きではなく、似面絵師として」

「かたじけない。これからもお律さんに助けてもらえるのは心強いよ。もちろん、似面絵師として」

微苦笑を浮かべて、保次郎は頰を指で掻いた。

「実はだな……実は本日も似面絵を頼みたく……」

「あら、じゃあ筆を取って来ますね」

保次郎が探しているのは、先だって捕まった留八《とめはち》という男の弟だという。留八は阿芙蓉《あふよう》売りで、和十郎の密告で捕まった一味の一人であった。

「弟は阿芙蓉売りにはかかわっていなかったそうでな。兄は一味の者と共に死罪になったんだが、処せられる前に弟に形見を渡して欲しいと頼まれて、断り切れなかったのだよ」

だが弟は、もしもの折に兄と落ち合うことになっていた旅籠にはもういなかった。

保次郎は弟の顔を知らぬが、兄とは双子のように似ているらしい。

「といっても、十年歳が離れているそうだから、背丈や身体つきはまるで違うし、顔立ちもそっくりそのままではなく、まあ、十年前の己を見るような、と言っていた」

やや面長の顔に切れ長の目、唇と眉はどちらかというと太く、そこはかとない男らしい色気がある――と、保次郎の言葉通りに描き進めると、見覚えのある顔になってゆく。

「広瀬さん。この弟の名は、もしや仁太ってんじゃねぇですか？」

律の手元を覗き込んでいた涼太が横から言うと、保次郎が声を上ずらせた。

「ど、どうしてその名を？」

律が仁太との出会いを語ると、保次郎は眉をひそめた。

「確かに留八の在所は上総だったが、二人とも江戸に出てきて十年余りになる筈だ」

「では、仁太は和十郎さんに嘘をついたのか」と、今井。

「もしや仁太は、仇討ちのために和十郎さんに近付いたんじゃねぇでしょうか？　和十郎さんの密告で兄貴が捕まったから……」

「まさか。留八を始め、阿芙蓉売りの一味は密告者が誰かは知らなかった。——うん？　涼太はどうして知ってるんだい？」

「私が聞いたんです」

横から律は口を挟んだ。

「端午の節句に、和十郎さんの息子さんの話をした折に。でも誰にも——涼太さんと先生の他には——話していません」

「お律さんはそうでも、和十郎さんはどうだろう？　……まいったな。ともかく私は和十郎さんを——いや、仁太を訪ねて来るよ」

仁太さんが仇討ち——

それなら多少強引に和十郎に近付いたのも合点がいくが、律には仁太に悪心《あくしん》があるようにはとても思えなかった。

己の見る目のなさに落胆しながら、律は慌ただしく長屋を出て行く保次郎を見送った。

九

涼太と和十郎を案じつつ床についた翌日。

朝のうちに綾乃に赤間屋の一件を知らせようと身支度をしていると、和十郎がひょっこり現れた。

「和十郎さん！　ご無事でよかった。心配していたんです」

「うん。そうじゃないかと思ってな。ああ、出かけるところだったのかい？」

「ちょっと浅草に用がありまして」

「そんなら浅草までお伴させてくれ」

とんぼ返りになるが、阿芙蓉売りが絡んだことなら、長屋よりも道中の方が話しやすい。

尾上へは少し回り道になるが、神田川沿いに出て、和十郎とのんびり東へ向かった。

はたして仁太は留八の弟で、兄の仇を討つべく和十郎のもとへやって来たという。

「まあ、もしかしたらと疑ってはいたんだがな……」

「そうなんですか？」

驚いた律に、和十郎は苦笑をもって頷いた。

「ああ。なんだか、顔に見覚えがあるような気がしたんだ。初めはもしや、私を贔屓していたっていう父親を見かけたことがあったのかと思ったんだが、八重裏の名を聞いて思い出したのさ。八重裏にも阿芙蓉売りの一味が出入りしていてな。やつらのことを調べた折に、十年後の仁太のような——つまり留八を見かけていたんだよ」

——とんでもねぇやつだな——

そう和十郎が言ったのは、やはり仁太のことだったのだ。

「では初めから……？　でも、それならどうして——」

問いかけて、律は口をつぐんだ。

和十郎がいまだ死を望んでいるのではないかと思ったからだ。

「どうしてだろうな。まだちっと投げやりになっていたのやもな」

困り顔で、つぶやくように応えて和十郎は続けた。

「密告は悔いちゃいない。やつらがいなければ死なずに済んだ命はいくつもあった。だが私にとって善一郎がそうだったように、どんな生き様だろうが、仁太にとって留八は大事な身内だったんだ。私は密告で『憂さ晴らし』を果たしたのだから、仁太が意趣返しでそうしたいなら、甘んじてみようかという気になったのさ」

定廻り同心が己を訪ねて来たと知って、仁太は一度は逃げ出そうとした。だが、保次郎が留八から形見を預かっていると聞いて思いとどまり、身の上を偽っていたこと、仇討ちを考えていたことを、保次郎と和十郎に白状した。

——けれども、どうしても踏ん切りがつかなくて——

仁太の父親は幼い頃に亡くなっていて、仁太はおぼろげにしか覚えていないらしい。ゆえに父親から聞いたというのは嘘だったのだが、仁太は和十郎のことをよく知っていた。

「というのも、仁太は善一郎と幾度となく話したことがあったってんだ」

留八と仁太はもとは九人兄弟で、仁太は二親が留八が最後の子だと思った十年後に生まれた。四十路《よそじ》に近かった母親は産後の肥立ちが悪くて一年と経たずに亡くなり、父親も翌年、他の兄弟もろとも流行病で亡くなった。取り残された留八と仁太は、近所の末彦《すえひこ》という男に引き取られたという。やがて上総国で食い詰めた末彦は、二人を連れて江戸へ出た。

「この養父の末彦も仁太が七つの時に病で亡くなったそうだ。留八は末彦を実の親父のように慕っていてな。だから善一郎に何度か、私のもとへ帰れと勧めたことがあったんだとさ」

末彦亡き後、金に困った留八は阿芙蓉売りになった。善一郎が女のために家を出た年と同じく、九年前のことである。

留八は仁太が阿芙蓉売りにかかわることをよしとせず、「獲物」を家に連れて来ることはなかった。ゆえに、善一郎を家に連れて来たのは――弟と引き合わせたのは――心から善一郎を案じてのことだったに違いない――と、仁太は言った。

――和十郎さんの芝居のことは、全て善一郎さんから聞きました。善一郎さんは、和十郎さんのことを本当に慕っていました。本当は、きっと帰りたかった……――

――兄貴は善一郎さんによくしたのに、和十郎さんの――善一郎さんの親父さんの密告で兄貴は捕まって……私は悔しくて、和十郎さんに仇を返してやろうと思ったんです――

しかしながら和十郎と共に寝起きするうちに、また稽古場で役者の皆と親しむうちに、復讐を躊躇うようになっていったそうである。

「私も、仁太が私の昔の芝居をあれこれ語るのが嬉しくてな。ついついあいつの目論見《もくろみ》を忘れそうになったもんだ。善一郎がまた思いの外、私の芝居を覚えていたようでな……」

歩きながらゆえ顔はよく見えないが、和十郎の声が震えた。

留八が保次郎に託した形見は、上総国の玉前《たまさき》神社の護符だった。

「もうぼろぼろなんだが、仁太たちの母親から父親に、父親から末彦に、そして末彦から留八にと、順繰りに渡されてきたものだそうだ」

――今際《いまわ》の際《きわ》に、親父から託されたんだ。「仁太を頼むぞ。一人前になるまでしっかり面倒みてやってくれ」って。あいつは一味にゃなんのかかわりもねぇ。俺はもう守ってやれねぇが、あいつももう十六だ。広瀬さま、後生でさ。どうかあいつにまっとうに暮らしていけと……俺や親兄弟の分も長生きしてくれと伝えてくだせぇ――

玉前神社は上総国一之宮《いちのみや》――国で一番社格が高い神社――で、祭神は玉依姫命《たまよりひめのみこと》――海神にして姉の豊玉姫命《とよたまひめのみこと》から御子を託された女神――である。玉依姫命が乳母神《うばがみ》として親しまれていることから、玉前神社は安産や子育てに殊にご利益があるといわれている。

自ずと律は、水天宮の護符を財布に仕舞っていた清吉を思い出した。

広瀬さんがおとっつぁんを思い出したのは、護符を二つも預かっていたからでもあるんじゃないかしら――

「……護符とお律さんが描いた似面絵を見て、仁太は泣き出しちまってね。ほら、あれはどちらかというと、あいつより留八に似ていただろう？　まるで兄貴があの世から戻って来てくれたみてぇだ、なんて言うものだから、年甲斐もなくもらい泣きするところだった」

恥ずかしげに盆の窪に手をやった和十郎へ、律は申し出た。

「あの……よかったら、もう一度善一郎さんの似面絵を描きましょうか？」

善一郎の似面絵は、善性寺の近くの彼岸花の地で一度描いたが、善一郎の実の母親に渡してしまったから和十郎の手元にはない。

律を見つめて、和十郎は穏やかに微笑んだ。

「ありがとうよ、お律さん。けどまあ、今は遠慮しておくよ。倅の顔は一月前に拝ましてもらったばかりだからな。今は余計な涙を仁太に見せたくないんだ。そのうちあいつが落ち着いたら、改めてこっそり頼みに来るやもしれん」

「いつでも仰ってください」

微笑み返して、律は問うた。

「ということは、これからも仁太さんは和十郎さんのところに？」

「仁太は阿芙蓉にはかかわりがなかったし、私もこうしてぴんぴんしている。広瀬さまがお咎めなしと太鼓判を押してくだすったから、あいつには好きにしろと言ってある。まあ、稽古場にも馴染んできたし、しばらく辞める気はないようだ」

いつしか瓦町《かわらまち》を通り過ぎ、御蔵前《おくらまえ》にさしかかっていた。

左手に八幡宮が見えてきて、律はふと思い出した。

「仁太さんは、どうやって和十郎さんが密告者だと知ったのでしょうか？」

「ああ、それは広瀬さまにも訊かれたな。どうも、夜霧のあきってやつが知らせたらしい」

「夜霧のあきが？」

留八は捕まる前に、仁太に家を出て馬喰町のとある旅籠にゆくよう伝えたそうである。だが、のちに落ち合う筈だった留八が結句お縄になって、仁太は途方に暮れた。

家はもともと阿芙蓉売りの一味が手配したもので、お上の手が回っていて帰れない。持ち合わせもあまりなく、旅籠も早々に出てゆかねばならぬと思い悩んでいたところ、夜中に一人の男が密やかに現れて、仁太に沈黙を促しながら囁いた。

――お前の兄貴は、片桐和十郎という役者の密告で捕まったのだ――

夢か幻かと仁太はしばし疑ったが、和十郎が善一郎の父親であることと、善一郎が阿芙蓉にはまって死したことを思い出して男を信じた。

「薄闇に顔はよく見えなかったたってんだが、仁太から背格好を聞いて、広瀬さまが夜霧のあきってやつやもしれないと……なんでも稀代《きたい》の大泥棒らしいな。少し前に千住宿で起きた盗みもそいつの仕業じゃないかってんで、火盗改に知らせにゆかねばと、広瀬さまは険しい顔をしてすぐに帰って行かれたよ」

晃矢はどうして仁太さんのもとへ――？

新たな疑問を胸に、律は和十郎と駒形堂の前で別れた。

十

尾上を訪ねると、綾乃は既に三人組の死を知っていた。

「賢さんが教えてくれましたの」

律が推察した通り、賢次郎は浅草のやくざ一家の者で、それゆえに変事――殊に浅草から両国界隈の――には耳が早いらしい。

綾乃は隠居の良州の言い分には顔をしかめたが、涼太や保次郎の推し当てに合点したように頷いて、清吉の形見を知ると目を潤ませた。

「それにしても、お律さんは始終落ち着いていらして流石でしたわ。似面絵の腕はもちろんのこと、お律さんの話し方がよかったから、お秀さんもあのように素直に、すぐに打ち解けてくださったのでしょう」

「買いかぶられては困ります」

真面目な綾乃の褒め言葉がこそばゆく、律は苦笑を浮かべて言った。

「買いかぶってなどおりませんわ。私も見習わなくてはなりません。残念ながら、私は絵心は今一つなので似面絵は描けませんけれど、次の機会に備えて話し方と茶汲みの腕を磨いておきますわね」

「綾乃さん……次はありませんよ。広瀬さまからそうお伺いしていますでしょう？」

呆れ声を抑えて問うた律へ、綾乃はしれっとして応えた。

「広瀬さまは、私のような者が一人で勝手に訊き込むのはならぬとお叱りになりましたが、座敷の手配りはありがたいとも仰せられました。うちは常から要人の、時にはお武家さまの密談を預かることもありますの。座敷を手配りするだけなら、なんの危険もありませんわ」

「それは……」

「それに、素人が一人で勝手をしてはならぬということは、裏を返せばどなたか——たとえば火盗改の太郎さんみたいな、玄人のお伴やお遣いならいいんじゃないかしら？」

「それは違います」

言下に律は否定したが、綾乃は曖昧な笑みを浮かべて話を変えた。

「これも賢さんが教えてくれたのですけれど、広小路に新しい炙り餅の屋台が出てるんですって。じきに九ツになりますし、一緒に行ってみませんこと？」

「まさか、訊き込みではありませんね？」

「まさか。磯辺焼きがとっても美味しいそうですわ」

「ただのお餅屋でしたらご一緒いたします」

喜ぶ綾乃と表へ出ると、ちょうど店先に六太が来ていた。

「お律さんもいらしてたんですか」

六太は得意先回りの道中らしい。

「これからお律さんと広小路でお餅をつまむのだけど、六太さんも一緒にいかが？　お律さんと一緒ならいいでしょう？　ねぇ、お律さん？」

「あ、いえ、私は――」

首を振る先から六太の腹が鳴って、律も綾乃も噴き出しそうになる。

「急いでないなら、一緒に一休みしましょう」

先日気を遣わせてしまった埋め合わせに律が誘うと、顔を赤らめながら六太は頷いた。

餅屋は帰蝶座からほど近いとのことで、帰蝶座を目指して歩いてゆくと、遠目に背丈のある賢次郎を認めて綾乃が手を振った。

「賢さん！」

駆け寄る綾乃に続いて足を速めると、賢次郎は噂の餅屋の前にいて、帰蝶と手妻師の彦次《ひこじ》も一緒だった。

「おや、お三方お揃いで」

彦次は護国寺の参道沿いの茶屋・八九間屋《はちくまや》の手妻師《てづまし》なのだが、帰蝶座の英吉《ひできち》・松吉《まつきち》兄弟に手妻を指南しに、それにどうやら帰蝶に惚れ込んで、暇を見繕っては浅草に通って来ている。

「賢さんお勧めの磯辺焼きを食べに来たんです。――帰蝶さんたちも賢さんをご存じだったんですね？」

「そりゃあ、浅草で賢さんを知らぬのはもぐりでしょう」

「俺ぁ、今日初めてお目にかかったが……」

にこやかに応えた帰蝶の隣りで、彦次は何やら歯切れが悪い。

「磯辺焼きもいいんだが、昆布餅もなかなかだぞ」と、賢次郎。

「あら、じゃあ一つずつ食べようかしら」

綾乃に倣《なら》って、律も磯辺焼きと昆布餅を六太の分と合わせて注文した。

律たちが餅が焼けるのを待つ間に、賢次郎は食べかけの昆布餅を平らげて暇《いとま》を告げる。

「賢さん、もう行っちゃうの？」

「まあ、今日はゆっくりお話しできると思いましたのに」

綾乃と帰蝶はそれぞれ残念がったが、彦次と六太は黙ったままだ。

「ははは、そう油を売ってばかりにゃいかねぇんでな」

目を細めて笑う様は、強面《こわもて》ながら人懐《ひとなつ》こい。

「じゃあまたな」

ぐいっと一つ伸びをすると、賢次郎は悠然たる背中を見せて去って行く。

賢次郎が人混みに紛れて遠ざかると、昆布餅を片手に彦次が問うた。

「……綾乃さんも、賢次郎さん贔屓なのかい？」

「もちろんですわ。賢さんは頼りになるお方ですもの」

綾乃が即答すると、六太が少しばかり目を落とす。

仏頂面になった彦次の傍らで、帰蝶は大きく頷いた。

「ほんにその通りですわ、綾乃さん。賢さんはなんだかんだ、私ども芸人にも気を配ってくださいます。遊んでいるように見えますけれど、ああして賢さんが睨《にら》みを利かせてくださるおかげで、ここは揉めごとが少なくて、とても居心地がいいんです」

「賢さんのおかげで、ここらは前よりずっと穏やかになったと祖父も言っていました」

帰蝶に応えて、綾乃は彦次に向き直る。

「稼業のせいで煙たがられることもあるようですけど、並の――善良な町の者に手を出す方ではありません。弱きを助け強きをくじく――まさにそんな殿方ですのよ、賢さんは」

「ちぇっ。あの見目姿にその男気《おとこぎ》じゃあ、さぞかしもてるんだろうなぁ」

男気はともかく、律の目には強面の賢次郎はそう「見目好い」男ではない。

しかしながら、彦次の口調や六太の表情から察するに、男二人の目には大層な色男に映っているようだ。

「なんだか太刀打ちできる気がしねぇ……なぁ、六太？」

「そ、そうですね……」

彦次のぼやきに口ごもった六太の横で、綾乃がくすくすと笑い出す。

「彦次さんたら――焼き餅を食べながら焼き餅焼くなんて可笑《おか》しいわ」

「そら、焼き餅の一つや二つも焼きたくならぁな。久方ぶりに、浅草まで顔を出してみりゃあ、賢さん、賢さん、ときたもんだ」

己を恨めしげに見やった彦次に、帰蝶はにっこりと、無言で艶やかな笑みを返した。

「ちぇっ」

再び舌打ちを漏らしてから、彦次は餅屋に声をかけた。

「なぁ、親爺さん。まだ暖簾や幟《のぼり》を仕立ててねぇなら、いっそ『やきもちや』って名にしちゃどうでぇ？」

餅屋の屋台はありふれた作りで、側壁に「もちや」と書かれているのみである。

「ただの『もちや』よりも『やきもちや』の方が売れると思うのよ。帰蝶座の傍なんだから尚更さ。ほら、たとえば帰蝶さんに見惚れた男が、焼き餅焼きの女に尻をつねられたとしてよう。『これお前、焼き餅はやきもちやの親爺《おやじ》に任しとけ』『そんならお前さん、一つじゃ足らないよ。磯辺焼きに昆布餅もつけとくれ』――なんてよぅ」

「あはははは。そりゃあいいな。いただこう」

声を上げて笑いながら、餅屋は律たちを手招いた。

「ほい、焼き餅が焼き上がったぞ。熱いから気を付けてな」

まずは昆布餅を一口齧《かじ》った綾乃へ、彦次が問うた。

「どうです、綾乃さん？　焼き餅のお味は？」

「美味しいわ。とっても美味しい」

「そうでしょうとも」

嫌み交じりに返した彦次へ、くすりとして向けた帰蝶の眼差しは温かい。

久方ぶりだから、意地悪したくなったんじゃ……？

ちらりと律が窺うと、気付いた帰蝶が微苦笑を浮かべた。

昆布餅は噛むほどに練り込まれた塩昆布がじわりと味わい深く、磯辺焼きは海苔《のり》と醤油、どちらも新鮮で香り高い。

「ふふふ、こんな焼き餅なら悪くないわね」

無邪気に目を細める綾乃を眩しげに見つめて、六太はゆっくりと、時を惜しむがごとく餅を食《は》んでいる。

そんな六太の初々《ういうい》しさに、律と帰蝶、彦次は思わず笑みをこぼして見交わした。

第二章

鬼子母神《きしもじん》参り

一

瓜坊《うりぼう》を描いた布を、律は丁寧に畳んで風呂敷に包んだ。

二月《ふたつき》余り前に香《こう》から頼まれた、幸之介《こうのすけ》の産着《うぶぎ》用の布である。

瓜坊は幸之介が生まれてまもなく贈ったお包《くる》みと揃いの意匠で、仕事の合間に少しずつ描いてきたものだ。反物は池見屋から仕入れたが、仕立屋は頼んでいなかった。香が自ら仕立てたいと言っているからである。

朝のうちに届けに行こうと、律は四ツ過ぎに仕事場を出た。

「わぁ！　りっちゃん！」

香が歓声を上げると、抱っこされている幸之介が目を丸くした。

が、それもほんの一瞬で、すぐに目を細めて、母親に倣うがごとく口を開く。

「あー」

「幸之介、りっちゃんよ」

「あー」

「あら、幸ちゃんはもうおしゃべりできるのね」

「ふふ、まだ『あー』と『ぶー』の二言だけよ」

「ぶー」

幸之介の相槌《あいづち》に、律と香は同時に噴き出した。

香の顔を見るまでは、どことなく落ち着かなかった。

流産してこのかた、香に会うのは初めてだ。

香の出産と幸之介の誕生は変わらず喜ばしいのだが、二人を思い出しながら瓜坊を描いているると、そこはかとない羨望の念が湧いた。

お秀さんと話した時も……

もう四歳になる子供がいると聞いて、微かにだが、秀を羨む気持ちが律の胸中には確かにあった。

香は嫁いで三年余りも待ち望んだ上での懐妊に出産、秀は子供の父親である許婚を亡くしている。人それぞれに、幸、不幸があると承知していても、今は赤子の姿や話を見聞きするだけで、つい「羨ましい」と思ってしまう。

「遅くなってしまったけれど、頼まれていた瓜坊を描いてきたわ」

「ありがとう。嬉しいわ。やっぱり、りっちゃんのお包みが一番よ」

意匠を合わせるべく、卯月にお包みを借りたままになっていた。

「着物も早く着せたいわ。ふふっ、どっちの瓜坊もなんて愛らしいの」

お包みと産着用の布を並べて目を細めた香に、律は内心ほっとした。

合間に幾度か手を休め、羨望が筆に出ぬよう努めて描いた。鞠巾着と同じように、仕事はきっちり果たしたつもりだったが、香の喜ぶ顔を見るまではやはり多少の不安があった。

「りっちゃん、ありがとう」

改めて礼を口にしてから、香は躊躇いがちに問うた。

「……身体の方はもういいの？」

「うん。もうすっかりよくなったのよ」

「だからって無理は禁物よ」と、香は念を押した。「あのね、りっちゃん。こんなのは大して慰めにならないのは、私が一番よく判っているのだけれど……」

まっすぐ見つめる瞳が僅かに陰るのを見て、律は香に皆まで言わせず問い返した。

「香ちゃんも、流産したことが……？」

「ええ。――母さまから聞いたの？」

「ううん。けれども、お義母さまも長屋のみんなも、『ままあること』『珍しいことじゃない』って慰めてくれたから……」

――……災難でしたね。ですが、起きてしまったことは仕方ありません。まずは身体を休めなさい――

やはり目をそらさずに慰めの言葉を口にした佐和が、今の香に似た陰りのある瞳をしていて、律は佐和にもおそらく流産の過去があるのだろうと推察していた。

でも、お義母《かあ》さまに似ていると言ったら、香ちゃん、またむくれちゃいそう――

思わずくすりとしそうになるのへ続き、胸がきゅっと詰まって熱くなる。

嫁いびりを含め、懐妊までの香の苦労はそこそこ知っていたものの、流産していたとは律は露ほども知らなかった。

「今はまだ、ちょっとつらいわ」

香の友情と真心を感じればこそ、正直に律は明かした。

「起きたことは仕方がない、ままあることだと自分に言い聞かせても、やっぱりどうにも気が晴れないの」

「うん……まだ時も浅いし……」

「ええ。今しばらく、時が過ぎるのを待つしかないと思うのよ」

もごもごと言葉を濁した香へ、律は努めて明るく頷いて見せた。

「――ねぇ、香ちゃん。幸ちゃんを――ああもう、紛らわしいわね。幸之介さんを描いてもいいかしら？」

「幸之介を？」

「お義母さまとお義父さまにお土産にしたいの」

佐和も清次郎も、律の前では幸之介の話を避けている。

「涼太さんも先生も、お店のみんなも、私ももちろん、幸之介さんの成長を楽しみにしてるのよ。でも、皆が皆こちらにお邪魔できないし、香ちゃんも川北《かわきた》まで遊びに来るのはなかなか難しいでしょう？　だから、これからは折々に幸之介さんを描いて、みんなに成長ぶりを見てもらいたいのよ」

嬉しげに、すぐさま香は頷いて、早速女中の粂《くめ》に文机と墨を持って来るよう頼んだ。

手足が見えるようお包みを解いて寝かせた幸之介に、紙の上では瓜坊の産着を着せて、律は全身を描いた。

「背丈はちょうど二尺ほどかしら？」

「ええ。目方は昨日で一貫六百匁《もんめ》に少し足りないくらいよ。尚介《しょうすけ》さんが十日ごとに背丈も目方も計っているの」

待ちに待った子宝、しかも跡取り息子である。香の夫の尚介も幸之介の成長を日々気にかけているのだろう。香から聞いて、律は隅の方に日付と背丈、そして目方を書き入れた。

「幸之介さん、達者に育ってね」

律が話しかけると、幸之介は寝転がったまま「あー」と片手を挙げた。

「あら、じゃあ、指切りげんまん」

小指を形ばかり幸之介の手に添えると、幸之介は一寸ほどしか長さのない指を広げ、律の小指の先をつかんで微笑む。

「あー」

指先と共に、目頭もじわりと熱くなる。

滲みそうになった涙を瞬《しばた》いて誤魔化すと、律は「約束よ」と幸之介に微笑み返した。

「りっちゃん、お願い。私にも同じのを一枚描いてちょうだい」

「お安い御用よ。もちろんお代は結構よ」

いつもの調子に戻って、律は写しを描いたのち、顔だけの似面絵と、香が幸之介を抱っこしている絵もそれぞれ二枚ずつ描いた。

お代の代わりに、と香がくれたのは玫瑰花《まいかいか》だった。浜茄子《はまなす》の蕾《つぼみ》からできる生薬《きぐすり》で、血の巡りをよくして調経――月のものを整える――や疲労に効力があるという。

「あのね、りっちゃん。お上の御用よりも、りっちゃんの方が私たちにはずっと大切よ。だから、これからはけして無理や無茶はしちゃ駄目よ」

「はいはい」

「もう！　私は真面目に話しているのよ」

むくれる香へ、律は苦笑を漏らして応えた。

「だって、香ちゃん、涼太さんとおんなじこと言うんだもの」

「お兄ちゃんと？　――もう！」

ぷっくり頬を膨らませた香を見て、幸之介が目を細めて笑う。

「ふふふ。こんなお顔をしているけれど、あなたのお母さんは友達思いの優しい人よ」

「もう、りっちゃんたら――」

笑いながら伏野屋《ふしのや》で昼餉《ひるげ》を馳走してもらい、九ツを半刻ほど過ぎてから律は暇を告げた。

水無月も十一日となり、大暑《たいしよ》まで半月もない。

暑さの増した昼下がりにゆっくり京橋から日本橋へと歩む途中で、律はふと藍井に寄ることにした。

錺師の達矢へ、礼と賛美の言葉を伝えてもらおうと思ったのだ。

暖簾をくぐると、店主の由郎がすぐにこちらを見て微笑んだ。

「いらっしゃいませ、お律さん」

「うん？　お律さん？」

上がりかまちで小間物を眺めていた男が振り向いた。

二

「おや、お久しぶりです。覚えておられないやもしれませんが、涼太の友人の勇一郎《ゆういちろう》です」

「もちろん覚えております。お久しぶりです」

勇一郎は日本橋の、藍井からそう遠くない扇屋・美坂屋《みさかや》の跡取りだ。奉公人に混じって十二歳から店で働いている涼太と違い、勇一郎は同じ跡取りでもいわゆる「ぼんぼん」で、店にはたまに顔を出す程度、「遊ぶのが仕事」だと豪語している遊び人である。

律は一昨年の霜月《しもつき》に一度だけしか顔を合わせていないが、顔立ちも身なりも整っている勇一郎はすぐに思い出せた。

「お律さんは、今日は何をお買い求めに？」

由郎が口を挟む前に勇一郎が問うた。

「今日は、達矢さんにお礼を言付けに参ったのです。あの、買い物じゃなくて、どうもすみません」

由郎に向かって小さく頭を下げると、由郎は「とんでもない」と、にこやかに応えて律を上がりかまちに促した。

「先日の鈴、本当に見事な細工でした。音も雅《みやび》やかで……大層気に入ってます」

大層慰められている——

そう言いかけて、思いとどまった。涼太が事件や流産のことを由郎に話したとは思えぬし、よしんば話していたとしても、他の客の前で同情を買うようなことは言いたくない。

「それはようございました。お律さんからのお言葉とあらば、達矢も殊に喜ぶでしょう」

「達矢さんは鈴も作るんですか？」と、勇一郎。

「銀細工なら、大概のものは手がけていますよ、あいつは」

「鈴か……うん、それもいいな。けれどもどっちにしろ注文か……」

勇一郎は、今日は何か達矢の作った物がないかと藍井を訪ねて来たという。

「女のご機嫌取りにね。ほら、前にお話しした」

「ああ、明神《みようじん》さまの傍に住んでいるという……」

「そうそう、そいつです。このところどうも機嫌が悪くて困ってるんです。これからちと顔を出しに行くんですが、何か贈り物を買って行こうと、なんなら近頃噂の錺師の達矢の簪でもと思って来たんですが、今は売り切れとのことでして」

「勇一郎さんにお話ししていたところなんですが、どうも達矢に目を付けた好事家《こうずか》がいるようでしてね。あいつと取引のある小間物屋では、達矢の物だけ、軒並み売り切れになっているそうです」

「まあ、羨ましい」

職人として隠さず本音を漏らすと、由郎は苦笑を浮かべた。

「達矢にはいい話なんですが、急に引っ張りだこになってしまってうちは困ってます。今日だって、せっかく勇一郎さんがいらしてくださったのに」

由郎には「目をかけてもらった」恩があると、達矢は藍井の注文は多めに引き受けているものの、他の小間物屋もないがしろにはできず、しばらく仕入れの見通しはないという。

「他におのとが――ああ、女の名がのとってんです――気に入りそうな物がないかと、いろいろ見せてもらってたところなんですが、どれも今一つしっくりこなくてね。どうです、お律さん？　何かお勧めの品はありませんか？」

「そう言われましても……女の人にはそれぞれ好みがあります。おのとさんをよくご存じの勇一郎さんがお見立てになった方が確かですし、おのとさんも喜ぶことでしょう」

「ううん、そうか」

顎に手をやってから、勇一郎は由郎を見やった。

「残念だが、今日は見合わせるよ、由郎さん」

「お望みに添えずどうもすみません」

「どうせ注文するなら、あいつの好みの物をあつらえたいしなぁ」

「どうぞよしなに」

なんとはなしに共に藍井を出ると、勇一郎はにっこりとした。

「お律さんはこれからどちらまで？」

「うちに帰ります。もう用事は済みましたので」

「では、十軒店《じっけんだな》辺りまでご一緒してもよろしいですか？」

「はあ……」

涼太の友人なれば無下にもできず、律は頷いた。

律に合わせているのか、ぼんぼんならではか、勇一郎の足取りはゆったりしている。

問われるがままに、道中で達矢の簪や鈴の出来栄えを話した。

「先ほど由郎さんからも聞きましたよ。千日紅に彼岸花とは面白い」

「でも、奇をてらったというようでもないのです。意匠としてはそう見ませんが、どちらも馴染み深い花ですもの」

「そうだなぁ。おのとには白い花が似合うんだが、椿《つばき》や菊《きく》、牡丹《ぼたん》、百合《ゆり》なんかはありきたりだな。ありきたりでなく、奇をてらってもいない白い花を描いてくれと言われたら、お律さんなら何を描きますか？」

「似合うかどうかは、おのとさんの姿かたちにもよりますけれど——私ならそうですね、木《もく》蓮《れん》、辛夷《こぶし》、小手毬《こでまり》、浜茄子……」

「浜茄子？　浜茄子ってのは赤紫色の花でしょう？」

「白い浜茄子もあるそうですが、すみません、忘れてください。ちょうど友人から浜茄子の生薬をもらったところだったのと、能登国《のとのくに》には一面浜茄子の海辺があると、前に指南所のお師匠さんから聞いたことがあったような……それで、おのとさんのお名前から、つい」

「あはははは」と、勇一郎は磊落に笑った。「いやいや、当たらずとも遠からずだ。おのとは能登国の出だから『のと』というらしい」

「えっ？　そうなんですか？」

「──私は信じちゃいませんがね」

「そ、そうなんですか?」

繰り返した律へ、勇一郎は茶目っ気たっぷりに微笑んだ。

「能登国で生まれ育ったから、のと──そう、おのとから聞いて、便宜上もそういうことにしてあるんですが、いくらなんでもそりゃないでしょう。偽名にしてもお粗末だから、かえって問い質す気をなくしちまいましてね。ずっとそのままになっているんです」

「さようで……」

「名前はもとより、生国《しょうこく》も偽りだろうと踏んでいます。だがまあ不便はありません──いや、なかったんですよ、これまでは」

「と、仰いますと?」

「そりゃ、お律さん。雪隆《ゆきたか》に永《えい》さん、涼太とくれば──ああ、ちょいとお待ちを」

室町の八百屋の前で足を止めて、勇一郎は店先にいた男に声をかけた。

「まだ枇杷《びわ》があるんだね」

「へぇ。ですが、今年はもうこれで終わりかと。探せばないこたないんですが、盛りはもう過ぎちまいましたから、うちじゃこれで仕舞いです。うちはなんでも、旨いものしか置かないことにしているんでね」

「うん、これは旨そうだ。五つ全て包んどくれ」

「一つ二十文、五つで百文になりますが」

「構わんよ」

二十文もあれば蕎麦《そば》やうどんが食べられる。枇杷一つには高値だが、室町の表店《おもてだな》だけあって五つとも深い橙《だいだい》色《いろ》で丸々としている。

「おのとの好物なんですよ」

八百屋を離れてから、勇一郎は少しばかり照れ臭そうに言った。

「あの、先ほどのお話ですけれど、もしや勇一郎さんは近々おのとさんとご一緒に……？」

跡取り仲間の五人の内では、瀬戸物屋の雪隆が一番初めに一昨年の春に、続いて酒問屋の永之進《えいのしん》が昨年の春、涼太が秋に祝言を挙げている。本屋の則佑《のりすけ》はさておき、勇一郎はやはり昨年の春に嫁取りする筈が、どうやら流れたようだと涼太から聞いていた。

「ええ」と、微苦笑を浮かべて勇一郎は頷いた。「いい加減――則佑に先を越される前に身を固めようかと思いましてね。となると、家の者を説き伏せるためにも、おのとには身元を明らかにしてもらわねばなりません。今日は妻問いがてらに、身の上を詳しく訊いてみようと目論《もくろ》んでいたんですがね。手土産が枇杷だけじゃあどうも格好がつきませんから、妻問いは次に持ち越すことにします」

「身の上も……」

実名も身の上も知らぬ女に妻問う気なのかと、律はついまじまじと勇一郎を見つめてしまった。

そんな律を見つめ返して、勇一郎は自嘲めいた笑みを漏らした。

「ははは、実のところ、私はおのとのことをちっともご存じじゃないんですよ」

三

翌日、昼下がりに鞠巾着を納めに池見屋の暖簾をくぐると、律の顔を見てすぐに手代の藤四郎が奥へ引っ込んだ。

何事かと立ち止まった律へ、客の相手をしていた同じく手代の征四郎がにっこりとする。

「ちょうど今、お律さんに着物を注文したいというお客さんが来ているんです」

「まあ、そうでしたか」

顔をほころばせたところへ、藤四郎が戻って来て律を奥の座敷へと促した。

「七ツまでには来ると話していたんだがね」と、類。「七ツまで待たせるのは悪いから、言伝を預かるか、駒三に呼びに行かせようか迷ってたのさ」

客の名は三右衛門《さんえもん》で、小石川《こいしかわ》の三河屋《みかわや》という仕出屋の隠居だという。

「先だって、こちらで孫のために鞠巾着を買うたんじゃが、それを見初《みそ》めた向かいの志摩屋《しまや》の隠居が、お律さんの腕を見込んで着物を注文したいと言い出しての」

「鞠巾着のような、鞠の意匠の着物を、ということでしょうか？」

「いや、まさか。詳しくは聞いてはおらんが、遠方のご友人へ、贈り物にしたいとのことじゃったからの。とすれば、意匠が鞠ということはあるまいよ」

鞠の着物でもありがたいが、そうではなさそうだと知って律の胸は更に浮き立った。

「隠居は峰次郎《みねじろう》さんというんじゃが、峰次郎さんは足腰が弱いで、とても上野までは来られんで、儂《わし》に遣いを頼んできたんじゃよ。引き受けてもらえるようなら、後日駕籠を寄越すで、志摩屋までご足労願えんかということじゃ。意匠を含めてこまごま相談したいそうでな」

「もちろんお引き受けいたします。ですが、駕籠は結構です。どうも私は駕籠に弱くて酔いやすいので、歩いてゆく方が気楽なのです」

「けれども、うちも志摩屋も関口水道町《せきぐちすいどうちょう》――江戸川橋の近くにあるんじゃ。女子《おなご》の足じゃ大変じゃろう？」

「江戸川橋なら護国寺より近いですもの。それなら私の足でも平気です」

「そうかね。じゃあ、そのように峰次郎さんに伝えておこう」

「どうぞよしなに」

明日あさっては困るが、しあさって以降ならいつでもよいと聞き、六日後――次に池見屋を訪ねる翌日――の朝のうちに伺うことにする。

「間に合うかね？　ゆっくり昼からでもいいんじゃが？」

「せっかくですから、のちほど少し音羽町《おとわちよう》を見て回ろうと思います。道のりは存じていますし、朝一番に発《た》ちますので、できるだけ早く――遅くとも四ツ過ぎには志摩屋に着けるようにいたします」

「ははは、そうじゃな。儂も実は寛永寺詣《かんえいじもう》でを兼ねて来たんじゃよ。お参りはもう済ませたが、広小路で家の者に土産を買うてゆかねばならん」

三右衛門を見送ってから鞠巾着を納めると、律は浮き浮きしながら家路を折り返した。

着物の注文は四箇月ぶりだ。雪永や和十郎のつてではなく、鞠巾着を「見初めて」というのが律にはまた嬉しかった。

長屋の少し手前で八ツを聞いた。既に茶の支度をしていた涼太と今井に喜び勇んで志摩屋行きを告げると、涼太がみるみる顔を曇らせる。

「注文は喜ばしいが、江戸川橋まで一人で行くのか?」

「そのつもりだけど……」

「約束したろう? 護国寺には二度と一人で行かねぇと」

一昨年は質屋・堀井屋の徳庵に騙されて、昨年は堀井屋の跡地に開いた茶屋・八九間屋から紗江《さえ》という女の後をつけて、律は囚われの身となった。八九間屋は音羽町の八丁目と九丁目の間にあり、音羽町は町全体が護国寺へ続く参道である。

――だがなぁ、お律。もう二度と一人で護国寺に行くんじゃねぇぞ――

二度目の拐かしから無事に戻った律は、涼太から——冗談交じりにだったが——そう言われていた。

「でも、志摩屋は江戸川橋を挟んで護国寺とは反対側だし、ついでに鬼子母神《きしもじん》さまにお参りして来ようかと……」

本当は八九間屋も訪れて、彦次の手妻を見物できたら、などとも考えていたのだが、しかめ面の涼太を前にしては口にするのははばかられた。

尻すぼみになった律を見て、涼太は気を取り直したように言った。

「そのうち二人で行こう、とも約束したからな。俺が同行できればいいんだが、六日後は茶会に呼ばれているんだよな」

それでなくとも、先月二人で帰蝶座を見に行ったばかりである。

「八ツ過ぎでよかったら、私が一緒に行ってもいいんだが、朝のうちとなると難しいな」

今井は朝のうちは指南所で教えているがため、出かけるとしたら昼過ぎになる。

「長屋の皆もそれぞれ仕事があるからなぁ。誰か他に——そうだ、綾乃さんを誘っちゃどうだい？」

今井が言うのへ、律と涼太は揃ってつぶやいた。

「綾乃さんですか……」

「綾乃さんか……」

思わず顔を見合わせたところへ、保次郎が顔を出した。

「綾乃さんがどうしたんだい？　また無理難題を言ってきたのかい？」

「ああ、いえ」

涼太が保次郎の茶を淹れる傍ら、律が事情を話すと、保次郎は苦笑を浮かべた。

「そりゃ、涼太が案ずるのは無理もない。そして、ふふ、綾乃さんか。綾乃さんなら喜んで引き受けてくれそうだが、確か、昨年綾乃さんと一緒に護国寺を詣でた折には、掏摸《すり》騒ぎに遭ったんだったたな」

「ええ。綾乃さんのせいじゃありませんけれど……」

「だが、またもしも何かあったら、綾乃さんのことだ。張り切って御用聞きごっこに乗り出すのだろうな」

「そう。そうなんです、きっと」

そう度々事件が起きるとは思えぬが、護国寺近辺における己は「当たりが悪い」。

「はははは。それなら、うちのと一緒に行くのはどうだい？」

「うちの――というと、史織《しおり》さまと？」

「うむ」と微苦笑を浮かべてから、保次郎は躊躇いがちに言った。「史織も折々に鬼子母神参りに出かけているんだがね。もっぱら入谷《いりや》の方なんだ」

入谷なら真源寺《しんげんじ》、雑司ヶ谷《ぞうしがや》なら法明寺《ほうみょうじ》に、それぞれ鬼子母神が祀られている。青陽堂からはもちろん、保次郎の屋敷がある八丁堀《はっちょうぼり》からでも真源寺の方が近く、史織の実方《じつかた》である片山家が湯島天神《ゆしまてんじん》の近くにあることからも、史織は鬼子母神参りといえば真源寺で、法明寺は一度しか訪ねたことがないという。

保次郎と史織は律たちより二月早く祝言を挙げたが、いまだ懐妊の兆しはないようだ。

「雑司ヶ谷へもお参りにゆこう、ゆこうと話してはいるんだが、なかなか折が合わなくてだなぁ。一人で行かせるにも、母上が同行するにもちと遠いし、何より嫁姑《よめしゅうとめ》が一緒に鬼子母神参りというのは、どうも気まずくないかね？」

「そうですね……」

青陽堂に嫁いで十箇月になる。もとより尊敬していた姑の佐和とは大分馴染んできたものの、共に子宝祈願にゆくのは何やら気まずい。だが此度の鬼子母神参りは、子宝よりも水子の冥福と厄払い、そして幸之介の健やかな成長を律は祈願するつもりだった。

「志摩屋なら、江戸川橋の袂《たもと》からすぐだから、迷うことはないだろう」

「広瀬さんは志摩屋をご存じで？」と、涼太。

「ああ。峰次郎という隠居には会ったことがないが、志摩屋はそこそこ大きな店だ。町の者に重宝されているし、護国寺詣での者たちが立ち寄るから繁盛している。そうだ、お律さん。なんなら八九間屋にも案内してやってくれないか？　手妻が見られればめっけものだが、金鍔《きんつば》で一服するだけでも史織はきっと喜ぶよ」

茶屋なら以前、須田町《すだちょう》の角屋《かどや》へ連れて行ったことがあった。茶屋に行く機会はそうないらしく、楽しげに団子を頬張っていた史織を思い出しながら、律は涼太を窺った。

「史織さまと一緒ならいいでしょう?」

「しかし、女二人というのはなぁ……」

昨年、綾乃と護国寺を詣でた時も、やはり女二人では不安だと涼太が言い張り、六太が同行することになった。だが、鬼子母神参りとあらば、姑同様、奉公人の伴はされる方もする方も気を遣う。

「鬼子母神さまにお参りにゆくのだもの。女二人の方が気安くていいわ。そもそも、私の仕事にお店の誰かを割くのはよくないわ」

律が言うと、保次郎も付け足した。

「そう案ずるな、涼太。少しばかりだが、史織には護身術を伝授してある」

「はあ。まあ、広瀬さんがそう仰るなら……」

保次郎が志摩屋を知っていたこともあってか、涼太はようやく頷いた。

「とはいえ、史織さまがご一緒なら尚更、道中気を付けて行くんだぞ? 怪しい者や騒ぎは番屋に任せて、けして首を突っ込むんじゃねぇぞ?」

「もう、判ってますったら」

律が大げさにむくれて見せると、今井と保次郎が揃って笑みをこぼした。

四

店の上がりかまちで涼太が客に振る舞う茶を淹れていると、表から「いらっしゃいませ」と丁稚の亀次郎《かめじろう》が客を迎える声が聞こえた。

暖簾をくぐって来た男に「いらっしゃいませ」と続けて声をかけてから、涼太は男が勇一郎だと気付いた。

いたずらな笑みを一つ寄越した勇一郎に、番頭の勘兵衛《かんべえ》がすぐさま気付いて、ちょうど客の相手を終えた手代の作二郎を目で促した。

「若旦那、代わりましょう」

「すまない。頼んだよ」

さっと傍らに来た作二郎に茶汲みを代わってもらうと、涼太は勇一郎へ会釈をこぼす。

「これは美坂屋の若旦那。さあ、どうぞ奥へ」

何ごとかと訝《いぶか》しみながら、涼太は勇一郎を店の奥へ促した。

五ツに店を開けてから一刻《いっとき》と経ていない。店者なら仕事に励んでいる刻限でも、ぼんぼんの勇一郎ならまだ眠っていてもおかしくなかった。

幸い、佐和も清次郎も留守である。勇一郎を店の方の座敷へいざなうと、涼太は仲間内の気安い口調で問うた。

「どうした、一体?」

「どうしたもこうしたも、おとといお律さんと顔を合わせたからか、久方ぶりにお前の顔も拝みたくなったのさ」

昨年睦月の混ぜ物騒ぎからこのかた、跡取り仲間との集いに顔を出すことはめっきり減った。商売も危ういと、騒ぎの後はそれどころではなく、葉月に律を娶ったことでますます足が遠のいた。仲間内では一番年上の永之進がやはり嫁取りしたこともあり、もはや皆で花街《かがい》に繰り出すことはなく、飲みごとも五人が揃ったのはこの半年で一度きりだ。

「ふうん。どうせ女を——おのとさんを訪ねたついでだろう? そういや、お前もとうとう身を固めるそうだな?」

一昨日、藍井で勇一郎と会ったことは律から聞いていた。勇一郎はのとに求婚するつもりで、贈り物の小間物を探していたというのである。

「それが、どうも怪しくなってきた」

「なんだと? ああ、もしや家の者が渋っているのか?」

のとはどうやら名前や生国を偽っているらしい——と、これもまた律から聞いている。

「おふくろはもとより不承知さ。親父の方は罪人でさえなければよいと、まあ承服してくれている。けれども当のおのとがなぁ……」

「美坂屋には嫁ぎたくねぇってのか？」

「うん、まあ、そういうことかもな」

「どういうことだ？」

「いなくなっちまったんだ」

「えっ？」

「いなくなっちまったんだよ。おのとが。置文《おきぶみ》もなく」

繰り返して勇一郎は笑ったが、紛れもない自嘲であった。

「いつ？」

「おとといか、さきおとといか。もう少し前ということも」

勇一郎はのとを、神田明神の西側の門前町の隅に住まわせていた。庭が猫の額ほどしかない小さな家だが、歴代の借り主は皆、妾宅《しょうたく》として使ってきたそうである。

「おととい、お律さんと別れた後に訪ねてみたら、おのとは留守だったのさ。あいつは時折ふらりと留守にすることがあるんだが、そういう時はちゃあんと置文があってだなぁ。此度は文が見当たらねぇもんだから、ちょっと近所に用足しに出かけただけだろうと……」

だが夜が更けても、のとは帰らなかった。

翌朝、近隣の者や番屋に問うてみるも、誰ものとの行き先を知らず、勇一郎が唯一知っていたのとの女友達を訪ねてみるも、女は弥生《やよい》に江戸を出て郷里の安芸国《あきのくに》に帰っていた。

「囲われているだけでは退屈だからと、のとはしばらく、ほら、妻恋町《つまごいちょう》のこい屋で働いていたんだが、他の女たちと反《そ》りが合わないとかで、二月ほど前に辞めちまったんだ。それからはいくつか内職を請け負ってたが、俺はよく知らねぇんだよ」

こい屋は茶屋でのとの家からそう遠くない。勇一郎は念のためこい屋も訪ねてみたが、のとは辞めて以来、店には顔を出していないらしく、のとと懇意にしている者もいなかった。

もう一晩待ってみようと勇一郎は昨夜も妾宅で過ごしたが、のとは帰らず、またなんの知らせもままに夜が明けた。

「置文がなかったってのが気になるな」

「そうなんだ。俺に飽いていたならいたで、そう書き置いててくれりゃあよかったんだが」

再び自嘲を浮かべると、勇一郎はきまり悪そうに切り出した。

「それでなぁ……今日は実は、お律さんにおのとの似面絵を頼めないかと思って来たのさ」

「そうか。じゃあついて来い」

短く応えて、涼太はすぐさま勇一郎を律の仕事場へ案内した。

昨日池見屋を訪ねたばかりの律は、仕事場で鞠巾着を描いていた。

律も勇一郎の訪問に驚いたが、事情を話すとただちに似面絵に取りかかる。

うりざね顔ののとは二重の上がり目で、眉はやや太く眉尻がきりっとしている。口は大きめで、唇は鼻と同じくぽってりとしていて愛らしい。

同じものを二枚描いてもらうと、懐《ふところ》へ手をやった勇一郎をとどめて涼太は言った。

「貸しにしとくさ」

「じゃあ、借りとくさ。お律さん、どうもありがとう。仕事の邪魔をして悪かったね」

「いえ。おのとさんの無事を祈っております」

「ははは、今頃家でくつろいでいる——なんて落ちだったらいいんですがね」

勇一郎と共に表へ出ると、涼太は二枚の似面絵の内、一枚を勇一郎に差し出し、もう一枚を己の懐に仕舞った。

「定廻りの広瀬さまが言うには、俺には人探しの才があるらしい。仕事に差し障りがない範囲で探してやるから、もう少しおのとさんのことを教えてくれ」

「助かるよ」と、勇一郎は素直に頷く。「実はお前のこともあてにして来たんだ。お前なら川北に顔が利くと思ってな」

ちゃっかりした台詞《せりふ》だが、いつもの精彩さを欠いている。

そんなに惚れていたとはな……

美坂屋は青陽堂より間口が狭く、奉公人も少ないが、日本橋という場所柄、今ならおそらく青陽堂よりも売上がある。遊ぶ金には事欠かないようだが、小さくとも妾宅で女を囲う費えは莫迦にならぬに違いない。そこそこ入れ込んでいるらしいと踏んではいたが、まさか妻問いを考えているとは思いもよらなかった。

「おのとは、そうだな……背丈はお律さんと変わらないな。だが、お律さんより細っこい。いや、薄っぺらいというべきか。胸や腰に丸みがなくて、それなのに猫の皮を被った豹みてえな色気があったんだよなぁ……」

勇一郎の惚気《のろけ》に苦笑しながら更に聞くと、のとはかつては伏見座《ふしみざ》という一座の旅芸人で、三年前に江戸に出てきた折に勇一郎が見初めて、伏見座から請け出したそうである。身請けにあたって尽力してくれたのが、勇一郎の今は亡き祖父の久三《きゆうぞう》と鉄砲町《てつぽうちよう》に住む丈右衛門《じようえもん》という隠居だった。

「もしや、伏見屋の隠居の丈右衛門さんか？　そのお人ならうちの得意客だ」

伏見屋は呉服屋で、いまや古希《こき》を過ぎた丈右衛門は涼太の亡き祖父・宇兵衛《うへえ》と昵懇だったと聞いている。

「古巣に帰ったってこともありうるか……」

勇一郎が知らないだけで、帰郷した女の他にも、のとには友人知人がいたことだろう。だが、今は他に手がかりがないため、涼太たちは丈右衛門を訪ねてみることにした。

一旦店に戻ると、新しく入った煎茶を少し包んで、涼太は勘兵衛に囁いた。

「美坂屋を伏見屋のご隠居のところへ案内することになった。悪いがしばらく店を頼むよ」

「かしこまりました。――ごゆっくり」

微笑を浮かべた勘兵衛に見送られて、涼太は店を出た。

丈右衛門は佐和の得意先ゆえ、涼太が訪ねることは滅多にない。勇一郎も同様らしいが、丈右衛門は快く迎えてくれた。

「宇兵衛さんと久三さんの孫が仲良しだったとはな」

涼太と勇一郎は同い年だ。二十五歳にもなって「仲良し」などと言われるのは気恥ずかしいが、丈右衛門からしたら自分たちはまだまだひよっこだろう。

「私どもも驚きました。互いの祖父が、二人とも丈右衛門さんと昵懇だったとは」

勇一郎が言うのへ、涼太は付け足した。

「ええ。勇一郎とは友を通じて知り合ったものですから」

この「友」というのは本屋の則佑である。

「ふふ、歳を取るごとに顔見知りが増えて世間が狭くなる——いや、広くなるのか」

微笑を浮かべた丈右衛門からひとしきり二人の祖父の想い出話を聞いたのち、おもむろに勇一郎が切り出した。

「実は、本日はおのとのことをお訊きしたくて参りました」

「おのと……？」

「はい。三年前に伏見座という芸人一座から身請けした女です。丈右衛門さんが尽力してくださったと祖父から聞きました」

「伏見座か……うむ、そんなこともあったたな。同じ『伏見』のよしみで、贔屓しておったんだ。それで久三さんから、孫のために力を貸してくれと頼まれたんだった」

「その節はお世話になりました」

「うむ」

「ですがこの度、そのおのとが行方知れずになりまして……丈右衛門さんは、もしやおのとの身元や伏見座の興行先をご存じではありませんか？」

「うん？　身元なら手形に書かれていただろう？　身請けの際に検めなかったのか？」

「私はまったく。祖父はおそらく」

のとのことは、のと自身から聞いた今年二十二歳という年齢と、能登国の生まれ育ちということしか知らぬのだと、勇一郎は神妙に明かした。

「ですが、生国が能登国というのはでまかせだと思うのです。名前も一座での仮の名ではなかったかと」

「仮の名、仮の身の上と疑いながら、お前は問い質しもせず、三年もねんごろに過ごしたのか。呆れたもんだ。だが、そういうところも久三さんに似ておるな。ふ、ふ、そもそも旅芸人の女に一目惚れして入れ込んで、店を継がぬうちから妾宅を持つなんぞとんでもない」

「はあ」

呆れた、とんでもない、と言いつつも、亡友に似ている勇一郎を目の当たりにして丈右衛門は愉しげだ。今少し記憶を呼び起こすべく、勇一郎がのとの似面絵を広げて見せると、丈右衛門は目を見張って口元へ手をやった。

「驚いたな。よう描けておる。お前が描いたのか？」

「いえ、お律さん——涼太のご新造さんが」

「ああ、年始にお佐和さんと挨拶に来てくれた……確か上絵師だったな」

「はい」と、今度は涼太が応えた。「お律は似面絵も得意でして、時折、町奉行所や火盗改に頼まれて描いています」

「ほう。そりゃすごい嫁をもらったな」

「はい」

「ははは、素直でよいな。お前のことも聞いとるぞ、涼太。お佐和さんは何も言わんが、隠居の身だと噂話に事欠かぬからな。しっかり者に育って何よりだ」

律への褒め言葉はもちろんのこと、宇兵衛の友人だった丈右衛門に「しっかり者」だと言われると、祖父に跡継ぎとして認めてもらえたように思えてつい頬が緩くなる。

「……能登国で生まれ育ったというのは嘘だ。おのとは京生まれだと儂は聞いた」

似面絵を眺めながら丈右衛門が言った。

「京ですか」と、勇一郎が眉をひそめる。「京言葉なぞ、あいつから一言も聞いたことがありませんが」

「旅芸人だからな。それに、京には良い想い出がないと言っていたような……」

伏見座は一箇所に数箇月から半年と長く留まる分、江戸には数年おきにしか訪れぬらしい。贔屓にはしているが、旅の一座なれば文のやり取りなどはなく、丈右衛門も三年前に見たきりだという。

結句、出自《しゅつじ》が京――らしい――ということの他は何も判らず、肩を落とした勇一郎とは鉄砲町で別れて、涼太はひとまず店に戻った。

五

明け六ツから半刻と経たぬうちに、史織を乗せた駕籠が青陽堂に着いた。

慌てて迎えに出た律へ、史織は苦笑交じりに言った。

「すみません。思ったより早く着いてしまいました」

「いいえ。広瀬さまが、なるべく早く駕籠に乗せると仰っていましたから」

青陽堂から江戸川橋――関口水道町の志摩屋――まで一里半ほどの道のりだ。律たちの足では、寄り道せずに行っても一刻近くかかるがゆえに、五ツには発ちたいと思っていた。

史織が鞠巾着を手にしているのを見て、律は顔をほころばせた。

学問好きの史織が注文した鞠巾着には、書物に筆、それから硯《すずり》が描かれている。

「お誘いありがとうございます。雑司ヶ谷まではなかなかお参りに行けなかったので嬉しいです。でも、ご迷惑ではなかったかしら？」

「とんでもありません。広瀬さまから事情をお聞きになりましたでしょう？　史織さまのおかげで助かりました」

「まことにありがとう存じます」と、律の隣りで涼太も頭を下げる。「お律のお目付役を快く引き受けてくださって」

「旦那さまからも仰せつかってきました」と、史織は微笑んだ。「お任せくださいな。お律さんが余計なことに首を突っ込まないよう、しっかり見張りますから」

共に、昨晩のうちに作っておいた握り飯で、朝餉はとうに済ませてある。早く着けば着いたで、その分向こうでのんびりできると、律たちはひとときと待たずに青陽堂を発った。

史織は時折、青陽堂で茶葉を買うついでに律の仕事場にも顔を出すが、最後に会ったのは二月余り前──彼岸花の着物を手がけている最中だった。仕事の邪魔をしては申し訳ないと、手短に香の出産と律の懐妊への祝辞を述べただけで帰って行ったため、こうしてゆっくり話すのは実に久方ぶりだ。

町中を離れ、神田川沿いに出てから史織が躊躇いがちに切り出した。

「あの、お律さん、遅ればせながら……お悔やみ申し上げます」

保次郎から時々事件の話を聞くという史織は、はるの一件も顚末まで知っていた。

「史織さま」

史織の困り顔をほぐすべく、律は微笑を浮かべて見せた。

「広瀬さまからも労《いたわ》りのお言葉をいただきました。お二方のお心遣い、痛み入ります」

「ああ、ごめんなさい。こういう時にどうしたらよいのか、どうもよく判らなくて」

そういえば、綾乃さんからもこの辺りで、詫び言を切り出されたことがあった――

護国寺詣での前に、律との「仲直り」を図ったあの時の綾乃の潔さを思い出しながら、律は――今度は心から――にっこりとした。

「お互いさまです、史織さま。私もこんなことは初めてで、よく判っておりませんから。ですが、史織さまのお気持ちは偽りなく嬉しゅうございます」

続けて此度の鬼子母神参りの目的を語ると、史織もようやく愁眉《しゅうび》を開く。

「伏野屋でお香さんと幸之介さんを目の当《ま》たりにしたらやはり羨ましくて、あの一件がまた悔やまれて……けれども、あの一件があったからこそ、幸之介さんには――他の、どこの誰のお子さんでも――ますます健やかに育って欲しいと思うのです」

これもまた偽りない願いであった。

なんだかんだ、お参りは律自身のためである。

こうして、お参りでもしながら折り合っていくしかない――

「私も幸之介さんと、他の皆の赤子の無事をお祈りいたします」と、史織。「近頃、赤子のことを見聞きする度に何やら鬱々《うつうつ》としてしまって……我ながら浅ましくて、恥ずかしく思っていました。鬼子母神さまも、さぞ呆れていらっしゃることでしょう。今日はしっかりお詫びしないと……ああ、やっぱりご一緒できてよかった」

「私もですよ、史織さま」

微笑み、頷き合うと、律たちは少し足を早めた。

江戸川橋から法明寺の鬼子母神堂まで更に半里余りある。着物の注文取りに半刻ほどかかるだろうから、急ぐに越したことはない。

史織は赤間屋の一件や仁太のことも保次郎から聞いていて、綾乃の「活躍」や和十郎の振る舞いなどを語るうちに石切橋《いしきりばし》が近付いた。

父親の伊三郎が亡骸で見つかった川向うを通りすがりにちらりと見やって、律は胸の内で手を合わせる。悲しさや悔しさはいまだ確かに残っているが、死地へのわだかまりは薄れてきていた。綾乃や六太と歩いた時もそうだったのだが、今は涙しながら見つめた亡骸よりも、父母が生きていた頃の姿の方がより鮮やかに思い浮かぶのだ。

これも時の癒やしに違いない――

石切橋を通り過ぎると小日向水道町で、同町を抜けてまもなく江戸川橋に着いた。

江戸川橋を南へ渡ると、番屋で聞くまでもなく志摩屋はすぐに見つかった。

律の訪問は知らされていたようだ。店先で名乗ると店者はにこやかに律を迎えたが、史織に気付くと戸惑い顔になった。

「お連れさまがいらしたとは……」

「お構いなく」と、史織が応えた。「お仕事の邪魔をするつもりはありませんので、私は近くの茶屋で待ちますから」

「しかし……あの、あなたさまはお武家のお内儀さまとお見受けいたしました。無礼を承知でお訊ねしますが、どちらさまでございましょうか？」

律は丸髷《まるまげ》、史織は島田髷《しまだまげ》で、史織の方が武家の女らしく髷を高めに結ってある。着物はそう違わぬものの、帯は律が角出し、史織が小文庫と、やはりそれぞれの身分に多い締め方をしていた。そもそも髷や帯を除いても、立ち居振る舞いに育ちが現れているのだろう。

「町同心の広瀬の嫁にございます」

「町同心？　広瀬さまと仰いますと……ああ！　定廻りの――ちょ、ちょっとお待ちを」

史織の返答を待たずに、店者は慌てて奥へ駆け込んだ。

店先で待たされることしばし、戻って来た店者が腰を低くして史織を先に奥へと促した。

「広瀬さまのお内儀さまを、茶屋でお一人でお待たせするなどとんでもございません。さあ、どうぞ座敷の方へいらしてください。お律さんとご一緒に……」

史織が定廻り同心の妻であることはあっという間に伝わったようで、座敷までの短い間にもすれ違う者が皆、深く頭を下げる。

座敷で待っていた隠居の峰次郎も例外ではなく、恐縮しながら律たちを招き入れた。

「倅《せがれ》は仕入れで留守にしておりまして……私は足が不自由なもので、お迎えに上がれず申し訳ございません。しかし、広瀬さまのお内儀さまが、どうしてお律さんと……？」

「お律さんは、うちが贔屓にしている青陽堂という葉茶屋の若おかみなのです。お律さんが小石川までお出かけになるとお聞きして、私もちょうど少し遠出がしたかったものですから、お律さんに頼み込んで連れて来てもらったのです」

「ははあ、さようで……」

史織に促されて、律は矢立《やたて》と紙を取り出した。

「あの、墨をお借りできないでしょうか？」

「うん？」

「意匠や寸法などを紙に描きながら、おおよその注文をお伺いしておきとうございます」

「ああ、そんな大げさにせずともよいのです」

史織が気になるのだろう。峰次郎は律にも慇懃《いんぎん》な口調で応えた。

「ご友人への贈り物とお聞きしましたが、どんなお着物にいたしましょう？」

「どんな、というと……？」

「紋印はもちろんのこと、花や草木、鳥、山や川など、なんでもお好みの絵を描きます」

「ああ、なるほど。花や草木に鳥……そうですな。それならええと、『らいの鳥』を描いてもらいましょうか」

「らいの鳥、ですか……」

らいの鳥は雷鳥《らいちょう》の異名である。ぼんやりと丸っこい鳥が思い浮かんだが、しかとは思い出せず、思いもかけぬ注文に律は内心うろたえた。

「友人は何やら、らいの鳥が気に入っておりましたでな。うん、それがいい。らいの鳥で頼みます。どんな絵かはお任せしますよ。素人があれこれ口を挟まぬ方がよいでしょう」

「あ、ありがたいお申し出ですが、せっかくですから、お召しになる方に似合うものを描きとうございます。せめて、ご友人の見目姿を少し教えていただけないでしょうか?」

「見目姿とな……」

峰次郎曰く、友人といってもその者はまだ二十代半ばの行商人で、背丈や身体つき、顔かたちは至って並とのことで、大して手がかりになりそうにない。

似面絵を描かせてもらおうか……?

そう、東の間律が迷う間に、先ほどとは違う、番頭と思しき年嵩の男が顔を出した。

「大旦那さま、ちょと火急《かきゅう》のご相談が。着物のことは、また日を改められませんか?」

「うむ」

男に頷くと、峰次郎は困った笑みを浮かべながら律たちに向き直る。

「お二方は音羽町へもゆかれると、三右衛門さんからお聞きしております。お待ちいただくのは心苦しいですし、着物はそう急いでおりませんので、またいずれ日を改めて……」

「あ、あの、ではとりあえず、近日中に下描きをお持ちいたします」

あまり延び延びになっても困ると、律は申し出た。

「下描きを……さようか。それではそうしていただきましょうか」

半月余り猶予《ゆうよ》をもらうことにして、折よく文月朔日に再び志摩屋を訪れることにする。

峰次郎が、傍らの手文庫から懐紙に包んだ物を取り出した。

「茶も出さぬうちから申し訳ありません。どうかこれで一休みなさってくだされ。音羽町なら旨い茶を出す店がいくつもあります。ええと、近いところでは八丁目と九丁目の間に、その名も八九間屋という茶屋がありましてな……」

「手妻師がいるそうですね」

史織が顔を輝かせると、峰次郎は嬉しげに頷いた。

定廻りの妻なれば町の者から金は受け取れぬと、峰次郎が差し出した包みは断って、律たちは志摩屋を出た。

「お律さん、ごめんなさい」

江戸川橋を北へ折り返しながら、史織が謝った。

「ご隠居はおそらく私がいたから遠慮して、詳しくお話しできなかったのだと思うのです」

「そうやもしれませんが、どのみち急用ができたようですから、お気になさらないでください。それに実は、らいの鳥がうろ覚えでして……あの場で下描きを頼まれずに済んでほっとしました」

律が苦笑を漏らすと、史織もくすりとしてから首をかしげた。

「雷鳥は確か、鶉《うずら》のようだった気が……」

「ええ。ですが、鶉よりずっと大きいと聞いたことがあるような……帰ったら、今井先生に訊ねてみなくては」

「ふふふ、先生がお隣りにいらっしゃるなんて羨ましいです。それにしても、雷鳥なんて珍しい意匠じゃありませんこと？」

「そうですね。着物や小間物では見たことがありません。屏風《びょうぶ》絵や襖《ふすま》絵ならもしや……私はやはり見た覚えがありませんが」

身体つきや顔かたちは「至って並」とのことだけど、ご友人とやらは、よほどの変わり者か洒落《しゃれ》者か……

下描きを届ける折には、今少し着物や小間物の好みを訊ねてみようと心に留めつつ、律は史織を八九間屋へ案内した。

六

「兄貴はまだ眠っておりまして……それから今日は浅草へ行くそうなので、うちでは手妻はありません」

給仕にして八九間屋の三男の彦三《ひこぞう》が、申し訳なさそうに言った。

「残念ですね」

「でもほら、朔日もありますから」と、史織。

「朔日？」

「だって、朔日もどなたかお目付役が入り用でしょう？」

史織は下描きを届けることになった文月朔日にも同行するつもりらしい。

「次は初めから茶屋で――なんならこちらで待つことにします。それなら、志摩屋も気兼ねなく着物のお話ができますでしょう？　鬼子母神さまには今日のうちにしっかりお参りして、朔日は音羽町をゆっくり見て回りませんこと？」

法明寺まで行くとなると、護国寺詣でや音羽町見物はどうしても駆け足になる。店の立ち並ぶ音羽町を、ゆっくり見物したいのは律も同じだ。

「では、朔日もどうぞよろしくお願いいたします」

徒歩の疲れを金鍔と茶で癒やしていると、律の来店を聞きつけた彦次がやって来た。身綺麗にはしているものの、起き抜けらしく、あくびを嚙み殺して目を瞬《しばたた》かせる。

「すいやせん。昨晩ちと酒が過ぎたようで……おや、今日は綾乃さんとご一緒ではないんですね。お初にお目にかかります。私は手妻師の彦次と申します」

にこやかに名乗った彦次へ、史織も微笑み返した。

「史織と申します」

「史織さん……ですか」

志摩屋での成り行きを踏まえて、できるだけ身分は明かさぬようにしようと、江戸川橋を渡りながら史織と決めていた。

志摩屋の者と同じく、史織を武家の女と見て取ったらしい彦次へ、律は小声で付け足した。

「お忍びなのです」

「なるほど」

一休みを終えて暇を告げると、縁台から立ち上がった律の肩へ彦次が手を伸ばした。

「おや、こんなところに蝶々が」

「えっ？」

史織と揃って肩を見やると、ふわりと蝶は律の肩から彦次の手のひらに降り立った。

「まあ……！」

手のひら上の、千代紙で出来た蝶を見つめて史織が感嘆の声を上げる。

彦次の反対側の手には少しだけ開いた小さな扇子《せんす》が握られており、どうやらそれで扇いで、蝶が飛んでいるように見せかけたらしい。

彦次が微かに扇子を扇ぐと、手のひらの蝶が別れを惜しむがごとく羽ばたきをする。

「また是非お寄りください」

八九間屋を後にすると、興奮冷めやらぬ史織と左右に連なる店の誘惑を振り切って、護国寺へと急いだ。護国寺詣では諦めるか、後回しにすることも考えたのだが、将軍さまのお膝元で暮らす身としては、やはり礼を重んじておきたいところだ。

史織の横で天下泰平を祈ってから、護国寺の西側から法明寺へ続く道を歩いた。

法明寺が近付いてきてまもなく九ツの捨鐘が聞こえてきて、律たちは顔を見合わせて笑みを交わした。

昨年、香とそうしたように、本堂で手を合わせてから、「子授け銀杏《いちょう》」と呼ばれている樹齢五百年以上になる御神木《ごしんぼく》の銀杏へ近付く。

幹を抱くと子宝に恵まれるという言い伝えから、銀杏の傍には女が幾人か並んでいる。律たちもしばし並んで、史織、それから律と、一人ずつじっと幹を抱いて子宝を祈願した。

律が銀杏から離れると、史織は出店の方へ律を促した。どうやら史織は、鬼子母神堂の参詣土産で有名な「すすきみみずく」を買いたいらしい。

史織の後へ続きながら、律はふと、銀杏の向こうに、列に並ぶことなく、幹を抱く女たちをただ見つめている女に気付いて足を止めた。

と、一枚の似面絵が頭をよぎって思わずうつむく。

あれは、おのとさんでは——？

そっと顔を上げて、今一度ちらりと盗み見ると、やはりほんの五日前に描いたばかりの勇一郎の女に似ている。

「お律さん?」

すすきみみずくを片手に、出店の前できょとんとしている史織に律は急ぎ近寄った。

「史織さま、ちょっと」

流石、定廻り同心の妻といおうか、史織は微かにはっとすると、急いですすきみみずくの代金を払って出店を離れた。

「……どうしました?」

「少し、気になる方がいるのです……」

囁き声で問うた史織に同じく囁き声で応えるうちに、のとと思しき女が出店へ歩んでゆくのが見えた。女は律と変わらぬ背丈だが律より細く、少し若く見えることからも、二十二歳だというのとに当てはまっている。

「悪人ではないのです」

先回りして律は言った。

「涼太さんのご友人が探しているお人だと思うのです」

「涼太さんの……あ、お帰りになるようですよ」

出店には興を惹かれなかったようで、女は山門へ足を向けた。

申し合わせたように頷き合うと、律たちは女の後をつけ始めた。

後ろから改めて眺めて気付いたのだが、女は巾着などを持っておらず手ぶらであった。財布は懐に入れているのだろうが、寺社参りに限らず、女が手ぶらというのは珍しい。

もしや、雑司ヶ谷に寝泊まりしているんだろうか……？

山門を出ると、女に気付かれぬよう充分間を空けて歩きながら、律は小声で勇一郎と、とのことを史織に話した。

「ですから、これは『余計なこと』ではなく……」

「ええ。あの方がおのとさんかどうか、しばらく後をつけてみましょう」

頷いてから、史織は微かに口角を上げた。

「ふふふ、綾乃さんの気持ちが少し判ったように思います。私もいつも、旦那さまから太郎さんや涼太さん、お律さんのご活躍を伺って、なんだか羨ましく思っていたのです。私もいつか、何かの折には旦那さまのお役に立ちたいと……これはよい稽古になりますわ」

「お言葉ですが史織さま。広瀬さまは御用聞きごっこなどとんでもないと――」

「もちろんです」

眉をひそめた律を遮って、史織は言った。

「もちろん、綾乃さんのように、お上の御用に首を突っ込むような真似はいたしません。けれども、定廻りの家に嫁いだのですもの。いつなん時、いかなる機転でも利くよう鍛錬しておかねばと、常々思っているのです」

「あの……どうかほどほどに」

女は律たちが来た道をゆったりとした足取りでたどり、やがて護国寺の下の広道に出ると、更に足を緩めて屋台を見て回る。

八九間屋で金鍔を食べたきりである。空腹を覚えて律が史織を見やると、史織も腹に手をやって律の方を見た。

「私たちも何かつまみませんか？」

「そうですね。そろそろ握り飯でも……」

だが、女は何も買わずに、護国寺から離れて音羽町を歩いて行く。仕方なく、律たちは空腹を我慢して女を追った。

参詣者の賑わいをよそに、女はどこか上《うわ》の空で、左右の店も時折遠目に眺めるだけで立ち止まりもしない。

「このままではなんですから、声をかけてみようと思います」

意を決して律は言った。

「まずは偽名を名乗ってみますので、史織さんも話を合わせてください」

「偽名を？」

「あの人がおのとさんだとしたら、勇一郎さんから涼太さんや私のことを聞いているやもしれません。どうして行方をくらましたのか判りませんが、勇一郎さんの知り合いだと知れたら逃げられてしまうこともあると思うのです。ですから私はお香さん——ううん、涼太さんの妹ではやはり知られているやも……」

「それなら、綾乃さんはいかがですか？」と、史織。

「綾乃さん？」

「綾乃さんは浅草の料亭、尾上の一人娘でしたわね。私の方も、定廻りの妻では用心されてしまうことでしょう。ぼろが出ると困りますから名前はそのままにすることにして、旦那さまは浪人で、尾上の金蔵番を勤める用心棒ということでいかがでしょうか？」

書物好きで戯作も多数読んでいるからか、乗り気になって史織は言った。

「広瀬さまがご浪人の用心棒……」

役に就く前に比べれば今の方がずっと逞しいが、学者然とした顔つきや穏やかな話し方は変わらぬゆえに、律は内心くすりとした。

「かしこまりました」

律が頷くと、史織は胸に手をやって、ふぅーっと深く息を吐く。

「なんだかどきどきして参りました」

八九間屋の賑わいを横目に九丁目を過ぎて、女が音羽町を出てまもなく、律は足を速めて声をかけた。

「もし！　お伶《りょう》さんじゃありませんか？　近江屋《おうみや》の——」

近江屋は浅草は田原町にある旅籠で、伶は律より一つ年上の友人だ。

気怠《けだる》げにゆっくり振り向くと、女は律を見つめて怪訝《けげん》な顔をした。

「人違いですよ」

「ああ、ごめんなさい」

にっこりとして、律はちょこんと頭を下げた。

「面影や歩き方がとても似ているものだから……ねぇ、史織さん？」

「ええ、綾乃さん。この方はとっても似ていますわ。近江屋の——お伶さんに」

「はあ……」

「あの、私は綾乃と申します。浅草の尾上という料理屋の娘です」

「私は史織と申します。うちの人が綾乃さんのお店で用心棒をしておりますの」

「……さようでございますか」

律と史織を交互に見やって、女は形ばかり慇懃に応えた。

「先ほどの近江屋も浅草にありまして、お伶さんがお一人なら帰り道をご一緒しようかと思ったのですが……あなたさまはこの近くにお住まいなのですか？」

「あなたさまなんて……」

小さく、どことなく蓮っ葉に女は鼻を鳴らした。

「私は神田から——神田川から江戸川沿いを歩いて来たんです。なんとはなしにぶらぶらしているうちに、随分遠くまで来てしまいました」

「まあ、神田からいらしたなんて」

やはりのとではないかと、律は殊更明るい声を出した。

「もうお帰りになるなら、途中までご一緒しませんか？」

「せっかくですけど、なんだか疲れちゃったので、一人でのんびり帰ります」

「お顔が優れませんけれど、一休みしていかれませんか？」

じきに八ツが鳴ろうかという刻限だ。

夏らしく晴れた空から降り注ぐ陽光は眩しさを増しているというのに、女の顔は青白い。

「平気です。どうかお構いなく……」

つぶやくように言いかけて、女は口元を押さえて道端へ駆け寄った。

二度、三度と女は吐瀉《としゃ》を繰り返したが、胃の腑《ふ》にはほとんど何も入ってなかったようだ。

女を史織に任せて、律は一番近い小日向水道町の表店まで走ると、店の者に声をかけて水を一杯分けてもらう。

「すみません」

ひとしきり戻した後に水を含んで、やや落ち着いてから女は律たちに頭を下げた。

「もう平気ですから、どうぞお先へ」

「一人で置いてはいけません」と、律は首を振った。「だって……だってもしや、おめでたではありませんか？」

おそるおそる訊ねた律を、女はきっと睨みつけた。

「だからなんだっていうんです？　あなたにはかかわりのないことでしょう？　どうかもう、うっちゃっといて！」

邪険に声を荒らげたが、それもほんの束の間で、女は史織が巾着と共に提《さ》げていたすすきみみずくに目を留めるとうなだれた。

「ごめんなさい……私が子供を授かるなんておかしいんです。私なんかよりも、あなたがたの方がずっとおっかさんにふさわしいのに……」

七

駕籠を拒む女に、律は改めて神田まで同行を申し出た。

「その方が私どもも安心ですから、どうかご一緒させてください」

「でも、浅草までだと大分遠回りになってしまいます」

「構いませんよ。神田からは駕籠に乗りますから」

もともと史織は、花房町《はなぶさちょう》の駕籠屋から駕籠に乗って八丁堀まで帰る手筈になっている。

女に合わせて、ゆったりとした足取りで小日向水道町を通り抜ける間に、女はぽつりぽつりと身の上を話し始めた。

はたして女はのとで、「のと」は実名であった。

だが、生国は能登国ではなかった。

「私は京の化野《あだしの》で生まれました。化野は『徒《あだ》』の野とも書き……」

のとが手のひらに「徒」と書いたのを見て、律と史織は合点した。

「ああ、それでお『のと』さん――」

「徒《あだし》野《の》を下から読んだのですね」

「はい」と、のとは頷いた。「徒は無駄や空虚、無常を表す字だそうです」

ゆえに、化野には「無常の野」という意が込められているそうである。

「他にも、かりそめ、いい加減、おろそか、浅はか、移り気という意味も」

移り気……

自嘲めいた微苦笑を浮かべたのとへ、史織が躊躇いがちに問いかける。

「あの、もしや……お腹の子は不義の……？」

律の頭もよぎったことである。

「不義？」

きょとんとしてから、のとは今度は明らかな自嘲を漏らした。

「そう思われても仕方ありませんね」

「では、違うのですね？」

「私は囲われ者なんです。何不自由ない暮らしをさせてもらってるのに、旦那を裏切るような真似は――そこまで浅はかなことはしませんよ」

「旦那さまは、おめでたをご存じなのですか？」と、今度は律が問うた。

「まだ知りません」

投げやりに、つぶやくように応えてのとは口をつぐんだ。

家は別でも、三年も男女の仲であったのだから、懐妊は少しもおかしくない。跡取りなれば、勇一郎も遅かれ早かれ子供を望むことだろう。勇一郎は母親にのととの祝言を反対されているそうだが、子供が生まれるとなれば母親も折れるのではなかろうか。

――勇一郎さん一筋で、お腹の子も勇一郎さんとの子で間違いないのなら、何がそう「おかしい」のか……

「何ゆえあなたは――あなたは何を憂えているのですか？」

律から顔を背け、のとは返答を躊躇った。

偶然にものとが目をやったのは、町を抜けた先に見えて来た江戸川と石切橋であった。

川向うを眺めながら歩くことしばし、のとはおもむろに口を開いた。

「……化野がどこにあるか、どんなところだか、綾乃さんたちはご存じですか？」

「化野は、嵯峨《さが》の奥ではなかったかしら？」と、史織が応えた。「小倉山《おぐらやま》の麓《ふもと》で、確か法然《ほうねん》上人《しようにん》の念仏寺《ねんぶつじ》があった筈……」

「よくご存じで。その化野の念仏寺には、身寄りのない無縁仏がたくさん葬られているんです。私の母はそんな無縁仏の一人でした。私は、母の死に体から生まれたんです」

誰かに運ばれて来たのか、一人で歩いて来たのか、のとの母親は化野念仏寺の山門にすがるようにして倒れていたという。

言葉を失った律たちへ、のとは続けた。

「お坊さんたちが母を運ぼうとしたところへ破水して、私を産み落とす前に母はこと切れたそうです」

僧たちによって亡骸から取り上げられた赤子は「のと」と名付けられ、近くの村人の手に委ねられた。念仏寺と村人たちの厚意で七歳まで村で過ごし、八歳になってまもなく、旅芸人の伏見座に引き取られた。

「それから十年余り、伏見座のみんなと一緒に、芸をしながら諸国を渡り歩きました。でもって三年前に江戸に来た折に、勇さんが――ああ、旦那が勇一郎っていうんです――何故だか私を見初めて、気まぐれに一座から請け出してくれたんです」

「それで神田に？」

「ええ。勇さんは日本橋のお店のぼんぼんなんです。小さいけれど、私のために神田に家を借りてくれました」

――俺をただ待つのが退屈だったら、遊びに行くなり働くなり、好きにすりゃあいい――

勇一郎にそう言われて、のとは煮売屋《にうりや》の手伝いやら、茶屋の茶汲みやら、あちらこちらで働いてみたが、どこも長続きしなかった。

「仕方ありません。芸人といっても私は出刃打《でばう》ちの的役《まと》をしてきただけで、一芸に秀でている訳ではありませんし、伏見座しか知らないからどうも世間さまと合わないようで……でもまあ、勇さんのおかげでこの三年ほど不自由ない暮らしをしてきましたが、そろそろ潮時だと思うんです」

「どうしてですか？」

「先だってひょんなことから知ったんですが、勇さんには昨年すごくいい縁談があって、お相手と勇さんの家の方々は乗り気だったにもかかわらず、勇さんは断ってしまったそうなんです。そんな話、私は一言も勇さんから聞いていなくて……なのにその話を聞いてすぐ、どうやら身ごもったみたいだと判って、なんだか怖くなっちゃったんです」

勇一郎は妾宅では、家や店のことをほとんど話さないそうである。また「気まぐれ」でのとを身請けした勇一郎は、初めからのとの身の上には無頓着《むとんちゃく》だったため、のともあえて勇一郎の私事《しじ》を聞き出すようなことはしなかった。

「けれどもいろんな人が教えてくれたので、勇さんにはあちこちに馴染みの女がいることは知っています。縁談を断ったのは、まだ遊び足りないからか、それとも誰か意中の人がいるからか……それであれからつい、おっかさんはどうして一人で化野に来たんだろう。きっとおとっつぁんに——男に捨てられたんだろう。私もそのうち、おっかさんと同じ道をたどるんだろう……そんなことを憂えるようになったんですよ」

目を落としたまま、のとは腹に手をやった。

「今まで一度も身ごもったことがないのに、今になってどうしてこんな……死に体から生まれて、人並みの暮らしをしてこなかった私が人の親になるなんて、ちゃんちゃらおかしいんです。ううん。そもそも私のような者が、三年も人並みの暮らしをしてきたことがおかしかったんです。私はおっかさんにはなれません。私にはどうにも荷が重いんです。綾乃さんや史織さんには悪いけど、いっそ流してしまおうと思うことだって」

「やめて」

思わず律は遮った。

「やめてください」

「望んでも、授かれぬ者がいるからですか?」

顔を上げて、のとは律を見つめて問うた。

「けれども、幸、不幸は人それぞれでしょう? あなたにとっては喜びでも、他人には苦しみでしかないことだってあるんです」

「仰る通りです」と、律はのとをまっすぐ見つめ返した。「赤子を望む私たちには、おのとさんの言葉は悲しいばかりです。ですが苦しみでしかないと仰るのなら、どうしておのとさんは鬼子母神さまをお参りになったんですか？　本当は、胸の内では赤子を案じて――望んでいるからではないのですか？」

たかぶった律が声を震わせると、のとは眉尻を下げて唇を噛んだ。

流してしまおうかと迷ったこともあったのだろう。

だとしても、そうと決めた人が鬼子母神参りをする筈がない――

「あなたのおっかさんが、男の人に捨てられたとは限りません。何かやむを得ない事由があったのではないでしょうか」

許婚と死別していた秀を思い出しながら、律は続けた。

「何ゆえ化野の念仏寺を頼ったのかは判りませんが、あなたのおっかさんはけして一人ではなかった……化野にはおのとさんと一緒にいらしたんです。それから、化野は無常の野やもしれませんが、あなたは違います。お坊さんたちは徒野をひっくり返して、あなたをのとと名付けました。それはきっと、あなたはけして無駄でも空っぽでもない――いい加減でも浅はかでも移り気でもない――そのような者とはまったく逆さになるよう、祈りを込めて名付けたのです。私はそう信じています」

「綾乃さん……」

偽名を呼んだのとへ、律は首を振って頭を下げた。

「ごめんなさい、おのとさん。私の名は綾乃ではありません」

「えっ？」

「本当の名は律といいます。夫の涼太は勇一郎さんの友人です」

「涼太さんというと青陽堂の？　お律さんは上絵師で、鞠巾着を描いている……？」

「その上絵師の律です。つい先日、勇一郎さんからおのとさんの似面絵を頼まれました。私は似面絵も得意ですので……置文もなくいなくなったのはおかしいと、何かやむにやまれぬことが起きたのではないかと、勇一郎さんは大層案じておられます」

「勇さんが……？」

史織の身分と、鬼子母神堂でのとに気付き、ずっと後をつけていたことを明かすと、のとは驚き、呆れ顔になった。だが、偽名を名乗った理由を聞くと、きりっとした眉をひそめて切ない目をした。

「そうですね。初めに勇さんのお知り合いだと聞いたら、逃げ出していたかもしれません」

のとは七日前、律が勇一郎と藍井で出会った日の昼過ぎに、家を出て知人宅へ身を寄せたという。

「八ツか七ツには勇さんが来ると思って支度をしていたんですが、そろそろ月のものがきていないことを話さなければと思った途端、おっかさんの死に様を思い出して、苦しくなって、怖くなって……思わず有り金を持って家を飛び出しました」

後先考えずに家を出たのとは、昔の知り合いを訪ねて気を静めようとした。だが家に戻る踏ん切りがつかぬまま、知人の厚意に甘えて知人宅で過ごすうちに早七日が経った。

「今日は隙をみて別れの文を置いてこようと思ったんですが、いっそこのまま、神隠しのように消えてしまうのも悪くないかと……私一人いなくなったところで、勇さんは女に事欠きませんし、勇さんなら神隠しも面白がって、いずれ笑い話にしてくれるような気がします」

「とんでもありません」

どうやらのとは、己が数多《あまた》いる勇一郎の馴染みの一人としか思っていないようである。

いっそ勇一郎に求婚の意があることを明かしてしまいたくなったが、それは最後の手段だと律は己を押しとどめた。

「未練があるとお見受けしました。勇一郎さんにも、おのとさんにも」

文で別れを告げてしまえば、ただ「過去の女」となるだけだ。だが神隠しなら、笑い話にしようが勇一郎は忘れまい。

結句のとは別れの文を届けられず、さまよううちに鬼子母神堂へ足を向けていた。

──本当は、勇一郎さんに見つけて欲しかったに違いない。

でもきっと、これは鬼子母神さまのお導き……

「そうですよ」と、史織も大きく首を縦に振る。「一度おうちにお帰りになって、勇一郎さんとお話しされてはいかがでしょうか？」

史織と共にじっとのとを窺うと、のとは潤んだ目を伏せてこくりと頷いた。

勇一郎は己のことを話さぬ代わりに、友人知人のことをよく話の種にしていたらしい。のとの気を紛らわせるために――また、史織も聞きたがったので――律は問われるがまま、涼太との長い恋路を話しながら、のとの足に合わせてゆっくり歩いた。

左手に湯島横町《ゆしまよこちょう》が見えてきたところで七ツを聞いた。のとは遠慮したが、いまだ顔色が優れぬことを案じて家まで送り届けることにする。

のとに頼まれ、先に家を窺った律は、人の気配を感じて振り返った。

「勇一郎さんがいらしているようです」

及び腰になったのとの手を引いて、律は戸口で声をかけた。

「勇一郎さん、ごめんくださ い。青陽堂の律です」

束の間の沈黙ののち、引き戸が開いた。

が、顔を覗かせたのは見知らぬ男であった。

八

とっさにのとを背中に庇って律は問うた。

「どちらさまですか？」

するとと男が応える前に、後ろから今度は女が顔を覗かせる。

「おのと！」

「銀姐《ぎんねえ》さん！」

驚き声を上げると、のとは上がりかまちで銀とひしと抱き合った。

「伏見座でお世話になっていた姐さん——その名も『出刃打ちのお銀』さんです。姐さん、いつ江戸に出て来たの？」

「いつ……だったかねぇ？」

「三日前だ。小田原から来て、三日間お前さんを探して、ようやくたどり着いたところさ」

「姐さん、この人は誰？」

「この人は……」

「俺は倉之助《くらのすけ》ってんだ」

「そうそう、倉さん……倉さん、この子があたしの妹分のおのとだよ」

銀はのとの姉分らしいが、のとより一回りほど年上に見える。倉之助という男も銀と同じくらいの年頃なのだが、その割に身なりや仕草がだらしない。

やり取りの中にも胡散臭さを嗅ぎ取って、律は暇を告げるのを躊躇った。

伏見座で親しくしていたなら、のとが勇一郎に——美坂屋に——身請けされたことを知っている筈だ。美坂屋で訊ねればのとの居場所はすぐに判っただろうに、三日も探していたとはどういうことか。加えて、銀は三日前のことも倉之助の名もすぐには思い出せずに何やらふわふわしており、妹分の家とはいえ、留守中に勝手にのとの見知らぬ男を連れて上がり込んでいることも律には解せない。

のとがちらりと不安な目を向けたのを見て、律は己も草履を脱いだ。

「お客さまなら、私がお茶を淹れましょう」

「私もお手伝いいたします」と、史織。「少し疲れたので一緒に一休みさせてくださいな」

「茶なんていいのに……」

倉之助はぶつくさ言ったが、のとに促されて、銀に続いて上がりかまちの向こうの座敷に座った。

座敷の横にも二部屋あったが、どちらの戸も開きっぱなしだ。のとが眉をひそめたのを見て、銀たちが家探《やさが》しでもしたのではないかと、律はますます不審に思った。

「おのと、この人たちは誰なんだい？」

銀の問いには、のとより先に律が応えた。

「私どもはおのとさんの友人です。私は律、こちらは史織――さんです」

のとに身分を明かしてからは「史織さま」と呼んでいたが、用心して律は再び史織を「さん」付けにした。

「ふうん」と、倉之助。「てっきり、お前さんもぼんぼんの女かと思ったぜ。さっき、ぼんぼんを訪ねて来たような口を利いたからよ」

「ここは勇一郎さんが借りている家ですから」

やはり気に食わない――と思いつつ、律は澄まして言った。

「まあいいや。さっさと茶を淹れてくれ。でもって、飲んだらさっさと帰ってくれよ。こちとら積もる話があるんだからよ」

「そんな言い方しなくたって」

むっとして倉之助へ言い返してから、のとは銀の方を見た。

「姐さん、私、姐さんとゆっくりお話ししたい。倉之助さんには、先にお宿に帰ってもらっちゃ駄目？」

「お宿……？」

きょとんとした銀の横で、倉之助が座敷の隅に置いてあった二つの風呂敷包みを顎でしゃくった。

「宿はもう引き払ってきた」

「えっ？」

「お銀には世話になったんだろう？　しばらくここに泊めてくれよ」

「そうだよ、おのと……しばらくここへ泊めとくれ」

倉之助の言葉を繰り返す銀は絶えず笑みを浮かべていて、どうも正気とは思えない。

「――姐さんだけならいくらでも。けど、ここは勇さんの家だもの。たとえ姐さんのいい人でも男の人は泊められないよ」

「俺だけおっぽり出そうったって、そうはいかねぇぞ」

「だったら、姐さんをお連れください。とにかくこの家に男の人は泊められませんから、今からお宿を探しに行きましょう。姐さん、お話はお宿でゆっくり聞くから」

のとを見つめて、銀は目をぱちくりしたのち、倉之助に向き直った。

「……ねぇ、あんた。今日は一人で宿に泊まっておくれよ」

「なんだと？」

「久しぶりなんだもの。おのとと水入らずで、ゆっくり話したいんだよ」

「お銀。おめぇ、いってぇどうしちまったんだ？　しっかりしろい」

苦笑いを浮かべつつ、倉之助は何気なく銀の頰を張った。

思いの外大きな音がして、銀は張られた頰へ手をやって、再び目をぱちくりする。

「……しっかりしてるさ」

笑みをすっと引っ込めて、銀は真顔になった。

「ごめんね、おのと。もう帰るよ。あたしらはここに来ちゃいけなかった……」

「おい、お銀！　どういうつもりだ？」

「この人はね……この人は、お前に無心するつもりで江戸に来たんだ」

「この野郎！　今更俺を裏切るつもりか？」

手を振り上げた倉之助から、銀は顔を背けて身を伏せた。

「やめて！」と、のとが銀を庇うように間に割って入る。

「こいつを庇うのか？　けっ、莫迦莫迦しい！　こいつだって、おめぇに無心しようとして来たんだぞ？　なぁ、お銀？」

「あたしは……」

「こいつはな、おめぇが身請けされたのを妬《ねた》んで、おめぇ憎さに、的に大怪我させたんだ」

「違う！　的を外したのは――あたしの腕が鈍ったから……」

「嘘をつくな。おめぇがそう言ったじゃねぇか。いつしか的がこいつに見えてきて、なんだか憎たらしくなって――」

「違う！　違う！」

身体を丸め、畳に突っ伏したまま銀は頭を振った。

「こいつはそののち、一座にも見限られてよ」

「黙れ！　黙れったら……！」

「こいつが教えてくれたんだよ。妹が江戸で金持ちの妾になったってな」

「それで」と、史織が口を挟んだ。「わざわざ小田原から、おのとさんにたかりに来たんですか？」

「おうよ。聞けば、お銀はおのとが八つの時から、ずっと親身に世話してやったそうじゃねぇか。旦那は日本橋のぼんぼんなんだってな。おのとに一目惚れして、伏見座が言うがままの身請金をぽんと払ったって聞いたぜ。それに比べてお銀はよ……おめぇは今、何不自由ねぇ暮らしをしてんだろう？　昔のよしみでよ、ちぃとばかり金を回してくれたっていいじゃねぇかよぅ」

おもねるように薄ら笑いを浮かべた倉之助を、のとはじろりと睨んだ。

「姐さんには返しきれない恩があります。けれども、倉之助さんに借りを作った覚えはありません。どうかお帰りください。——姐さん、姐さんはここにいてちょうだい。この人と一緒に行っては駄目」

「てめぇっ！」

腰を浮かせていきり立った倉之助へ、律と史織が声を重ねた。

「お帰りください！」

さっと史織が立ち上がり、土間に下りて引き戸を開いた。

「お帰りください」と、史織が繰り返す。「それとも、番人を呼んで参りましょうか？」

おそるおそる顔を上げた銀を始め、倉之助はのと、律、史織とぐるりと見回した。

五人の中では一番背が高く、身体つきも大きな男とはいえ、女四人を相手に喧嘩はできぬと判じたらしい。一つ舌打ちして、倉之助は風呂敷包みの一つをつかんで土間に下りた。のとも土間に下りると、戸口に足を向けた倉之助へにべもなく言う。

「二度と来ないでください。姐さんにもかかわらないで」

「はっ」

鼻で笑うと、倉之助はのとの胸ぐらをつかんで顔を近付けた。

「また来るとも。お銀を連れてここまで来るのに、いくらかかったと思ってんだ」

「放して」

「旦那に頼んで、十両用意しとけ。十両が手切れ金――いや、お銀の身請金だ。十両いただくまでは何度だって来るからな。覚悟しとけよ！」

凄む倉之助へ律と史織が固唾《かたず》をのむ中、銀が叫んだ。

「おのとを放しな！」

いつの間に取り出したのか、銀の手には小ぶりの出刃が握られている。

「やめとけ、おい。今のおめぇじゃ、今度こそ殺しちまうぜ――」

倉之助が再び鼻で笑うが否や、銀の手から出刃が放たれた。

のとは微動だにせず、出刃はのとと倉之助の鼻先をかすめて戸口の柱に突き刺さる。

「ひっ」と遅れて悲鳴を上げて、倉之助がのとを放した。

が、倉之助が怯んだのも一瞬だ。

「お銀！　てめぇ、よくも！」

いきり立った倉之助が柱の出刃を引き抜いた。

のとへ向き直るとにたりとする。

「お銀……おめぇの代わりに俺がこいつを殺してやらぁ！」

「やめてっ！」

律と銀が悲鳴を上げると同時に、倉之助がうめいて膝を折った。

史織が心張り棒で倉之助の向こう脛《ずね》を打ったのだ。

出刃を落とした倉之助が土間に手をつくと、史織は間髪《かんはつ》を容《い》れずに倉之助の利き手を心張り棒で払った。倉之助が前のめりに倒れ込むのへ、これまたすぐさま倉之助の腕を後ろに捻《ね》じり上げ、その背中を踏みつける。

裸足で土間に飛び出すと、律も史織と共に倉之助を押さえつけた。

「おのとさん、縄か襷《たすき》を！」

立ち尽くしているのとへ律が声をかけると、のとは我に返ったように急ぎ頷く。

「おーい！　無事か？」

「どうした！　なんの騒ぎだ？」

騒ぎを聞きつけたのだろう。集まって来る人々の足音を戸口の向こうに聞きながら、律と史織は顔を見合わせて頷き合った。

九

倉之助が言ったことは本当だった。

そう――番人が倉之助を連れて行ったのちに――銀が明かした。

――嬉しかったのも本当さ。あんたのことは、ずっとほんとの妹のように大事にしてきたんだもの。あんな粋なぼんぼんに惚れられて、『金に糸目はつけねぇ』なんて言われてさ。まるで自分のことのように嬉しくて……妬ましかった――

のとが去った後、伏見座は新たに娘を雇って銀の的役としたが、銀はこの娘と反りが合わず、出刃打ちの人気は今一つとなった。のとへの嫉妬に加え、的役への苛立ちと老いの焦りが相まって、ある日とうとう銀は手を滑らせて、出刃は的役の肩に突き刺さった。のとが江戸で暮らすようになって半年ほどのことであった。

仲間に大怪我させたことで、出刃打ちの看板は下ろさざるを得なくなった。銀はのとより十歳年上で、当時はまだ二十九歳であったが、芸人の中ではとうが立っている方であった。芸人の多くは三十路を過ぎると、徐々に身体が利かなくなってゆくからだ。下働きを務めるうちに銀はすさんでいき、前後して頭《かしら》が代替わりしたことも手伝って、みるみる一座の厄介者となっていった。

――あれやこれやの嫌みに耐え切れずに啖呵《たんか》を切って飛び出したけど、伏見座には体《てい》のいい厄介払いだったのさ。餓鬼の頃から、旅と出刃打ちしかしてこなかったからさ。他になんの取り柄もないんだもの。そんな女の行き先なんてしれてるよ――

美濃国で伏見座と袂を分かった銀は、職を転々としながら一年後には小田原宿《おだわらしゆく》で飯盛女《めしもりおんな》をしていたという。

――飯盛女なんて、正気じゃやってられないよ。少しずつ、何もかもがどうでもよくなってきて……倉さん――倉之助に出会って、あいつの言いなりになって、あんたのことを愚痴ったりしてさ……けれども、さっきあいつに頰を張られた時、こう――さあっと目が覚めたんだ。ごめんよ、おのと。あたしのせいで、怖い思いをさせちまったね……――

銀からのとのことを聞いた倉之助は、のとから金をせしめるべく銀を連れて江戸へ出て来た。二人は銀の記憶を頼りにまず美坂屋を訪れたが、けんもほろろに叩き出されたそうである。後で判ったことだが、勇一郎はここしばらく家を留守にしていたがため、倉之助たちが店に来たことをのとに再会した日まで知らなかった。

また、これも後から判ったことだが、のとが頼った「昔の知り合い」とは、なんと伏見屋の隠居の丈右衛門であった。安芸国に帰った女の他、のとには友人らしい友人がおらず、とっさに同じ「伏見」のよしみで身請けに尽力してくれた丈右衛門を頼ったそうである。

――身の振り方を決めるまで、どうか勇さんに内緒で置いてもらえませんか？――

聞けば、追い出された訳ではなく、勇一郎に飽いた訳でもない。

だが、身の上話を聞いてみると、同情と感興を丈右衛門は覚えた。

――儂もとしも、たまには別の話し相手がおってもよいと思ってな――

とし、というのは五十路《いそじ》過ぎの丈右衛門の娘で、夫や子供と死別したのち、丈右衛門の隠居宅で暮らすようになった。その後、丈右衛門の妻も亡くなり、今は二人暮らしだという。

涼太と勇一郎が訪ねた折、のとはとしと共に鉄砲町からほど近い、大伝馬町《おおてんまちょう》にある伏見屋へ行っていた。丈右衛門はのとが戻って来ると、勇一郎の来訪は告げず、だが勇一郎との話し合いを勧めた。

――勇一郎にばかり内緒にしておくのは公平さを欠く。それに、どうせすぐに元の鞘へ収まると思っておったんだ。おのとも勇一郎も未練が丸見えだったからな。あんまりことが長引くようなら、儂が一席設けて仲立ちすればよいと……――

そんな丈右衛門の思惑をよそに、のとはいつまでも丈右衛門の世話にはなれぬ、まだ身体が利くうちに江戸を出て行かねばならぬと思い悩んでいたのだった。

「――やはり、涼太には人探しの才があるよ」

鬼子母神参りから三日後、今井宅に八ツに現れた保次郎がにこにこしながら言った。

「おのとさんがいた丈右衛門さんの家を、真っ先に訪ねたのだからね」

「はあしかし、此度、現におのとさんを見つけたのはお律でしたがね」

丈右衛門はのとに頼まれた通り、のとのことはおくびにも出さず、涼太たちを帰したのだが、此度のとがふらりと「行方知れず」となり、のちには倉之助に殺されそうになったと聞いて、大層肝を冷やしたそうである。

「うん。お律さんは此度の護国寺行きは当たりが良かったな。――いや、そうでもないか」

「申し訳ありません。結句、史織さまを危険な目に遭わせてしまいました。ですが、史織さまがいらっしゃらなかったら、今頃おのとさんは――お腹の中の赤子や、もしかしたら私やお銀さんもあいつの手にかかっていたんじゃないかと……」

「うむ。私も実に名状し難い心持ちだ」と、保次郎は苦笑を漏らした。

――もしもの折には、たとえば心張り棒なども武器になる――

――みぞおち、顎、こめかみ、喉、男なら股も急所であるが、難しいようなら向こう脛を狙うがよい――

――腕はこう……後ろにひねるのだ。稀に左利きの者がおるゆえ、利き手をよく見ておくのだぞ――

保次郎が教えた様々な「護身術」を駆使して史織は見事倉之助を取り押さえたのだが、相手は出刃を持った男であった。一歩間違えば、史織がまず先に殺されていたやもしれぬのだから、保次郎が手放しで妻の「武勲《ぶくん》」を喜べぬのは当然だ。

一方、史織は「旦那さまの言う通りにしてみただけです」と謙遜しながらも、定廻りの妻として、「善良な民人を傷つけることなく」捕物に一役買ったことが誇らしげであった。

「史織さまの度胸にはほんに感服、感謝するばかりです。番人も驚いていました」

事の次第と共に、番人には史織の身分を明かさざるを得なかったのだ。

「そうらしいな。どこから漏れたのか、昨日は前島さまにもお褒めの言葉をいただいたよ」

与力の前島勝良は、父親の純太郎の代からの昵懇である。

「しかしなぁ……しかし、こんなことはこれきりだといいんだが……なぁ、涼太？」

「ええ、まったくです。俺の気苦労がちっとは判っていただけやしたか、広瀬さま？」

「うむ。女二人ではなんだから、朔日は誰か伴をつけようか？」

「もう！　涼太さんも広瀬さんも……女二人だから、おのとさんに逃げられずに済んだんですよ。ねぇ、先生？」

朔日は鬼子母神参りはないが、買い物も女だけの方が気安く楽しい。

「これ、お律。私を巻き込むのはよしとくれ」

今井がおどけて応えるのへ、律たちもそれぞれ微苦笑を浮かべた。

「――倉之助は獄門となる」と、保次郎。

恐喝は金額の大小や、実際に金を取る取らずにかかわらず獄門だ。倉之助はその上、のとを殺そうとしたのである。

「おのとさんには、後でお律さんが知らせてやってくれないか？」

「はい。なんなら夕刻までに伝えに行って参ります。おのとさんもお銀さんも——勇一郎さんも——安心することでしょう」

——十両いただくまでは何度だって来るからな。覚悟しとけよ！——

倉之助の脅し声を思い出しながら律は頷いた。

丈右衛門の家に居候していたのとは、此度の騒ぎを機に一旦妾宅へ戻ることにした。

「お銀さんは、しばらくおのとさんと一緒に暮らすのだったな？」

「ええ。おのとさんは、お銀さんの身の振り方が決まるまで共に暮らしたいと望んでいます。勇一郎さんもそれをよしとしてくれて——そうよね、涼太さん？」

あの日、勇一郎は七日ぶりに美坂屋へ帰っていたが、律から事の次第を聞いた涼太がすぐさま自ら美坂屋まで知らせて、同夜のうちにのととの再会を果たしていた。

勇一郎と連れ立って神田に戻った涼太は、勇一郎とは昌平橋《しょうへいばし》で別れていたが、道々、諸々の成り行きを含めて男同士であれこれ話したようである。

「ああ。そりゃ否《いな》とは言わねぇさ」と、涼太はにやりとした。「あいつはおのとさんにぞっこんだからな。けど、お銀さんにいつまでも居付かれちゃ困るからよ。お銀さんの家や勤め先は、あいつのつてでなんとかするそうだ」

「そんな、お銀さんを邪魔者みたいに」

「そうは言ってもよ。あいつとしちゃ、早いとこ身を固めちまいたいんだろう。丈右衛門さんの口添えがあれば、おふくろさんも説き伏せられるだろうと、道中でも張り切ってたさ」

「涼太さん、まさか勇一郎さんに話していないでしょうね？」

　赤子のことである。

　己の口から勇一郎に伝えたいとのとに頼まれ、具合が悪かったのは暑気あたりであったとしておくよう、涼太に口止めしておいたのだ。

「まさか。あいつの驚き顔が見られなかったのは残念だったさ」

「妻問いはうまくいったかしら？」

「あいつのことだからうまくやっただろうが……実のところどうだったのか、おのとさんに訊いて来いよ」

十

　皆が一服終えると、茶器を片付けて律は長屋を出た。

　青陽堂からのとの家まで、湯島横町を抜ければ四半里もない。

　だが、ひとときでたどり着いた家は、戸口が閉まっていてしんと静まり返っている。

　――お留守かしら？

「ごめんください」

表から声をかけると、少し遅れてのとの声がした。

「……お律さん？　どうぞ、中へ」

そっと引き戸を開くと、上がりかまちの向こうの座敷にのとが力なく座り込んでいた。

「どうしたの？　どこか痛むの？」

急ぎ上がり込んで問うた律を、のとは赤く潤んだ目で見つめて首を振った。

「姐さんがいなくなってしまいました」

「お銀さんが？」

「朝のうちに出てったそうです。私と勇さんが丈右衛門さんを訪ねている間に……」

丈右衛門宅で昼餉を馳走になって、美坂屋へ戻る勇一郎とは鉄砲町で別れた。丈右衛門にもらった菓子を銀と食べるべく八ツ前に家に戻ってみると、銀の荷物がなくなっていた。

「そしたらさっき、姐さんに言伝《ことづて》を頼まれたって人が来て――」

――あたしは京へ帰る。昔あんたを世話した貸しは、虎の子から返してもらったよ。あんたは旦那と仕合わせにおなり。でもって、ずっとずっと達者でいておくれ――

「仕事はなんとかなりそうだったんです。すぐ近くの茶屋が茶汲み女を探してて……この家は引き払うことになったので、どこかに長屋を借りようと、昨日のこと話していたのに」

勇一郎は三日前、のとと再会してすぐ妻問いを果たしたものの、当ののとは喜びよりも戸惑いの方が大きく、懐妊はいまだ伝えられずにいるという。

——どうせおふくろを説き伏せるのにしばらくかかる。それまではおのとの好きに暮らすがいいさ。ただし、黙っていなくなるのはもうよしてくれ——

そう勇一郎に言われたことを含めて、のとが翌日丈右衛門に相談したところ、丈右衛門の厚意で赤子が生まれるまでは丈右衛門宅に留まることになった。妾宅は末日までに引き払うことにしたが、長屋が見つかるまでは銀も丈右衛門宅で預かると言われており、今日は勇一郎と共に委細を詰めに行ったのだ。

唇を噛んだのとへ、律は静かに話しかけた。

「お銀さん、きっと遠慮したんでしょう。妹分におんぶに抱っこじゃ、私だってなんだか恥ずかしいもの」

恥ずかしくて——また妬ましくなったのではないかしら……？

正気に戻った銀は、改めて過去の嫉妬やしくじり、倉之助のような男の口車に乗ったことを恥じただろう。妹分の情けにすがる己をみじめに思い、伴侶ばかりか赤子をも得ようとしているのとを新たに妬み——そんな己に嫌気が差したのではなかろうか。

だが、のとの幸せや無事を祈る気持ちに偽りがないことも、律には容易に信じられた。

保次郎から聞いた倉之助の沙汰を知らせてから、律は問うた。

「お銀さんも京の出だったんですね？」

「ええ。伏見座は初代のお頭が伏見の生まれだったから、京者が多いんです。姐さんはその昔、つながれていた高瀬舟に捨てられていたと聞きました」

京の二条から東九条を抜け、伏見から淀川へと続く高瀬川を行き交う舟が高瀬舟だ。

「私と違って、姐さんは物心がつく前に伏見座に引き取られたから、京のこともあまり知らないと言ってました。だから京にはなんの未練もないと……でも、やっぱり京は姐さんの古里だったんですね」

銀が「虎の子」と言ったのは、のとが鏡台に隠していた四両ほどの金だった。家出の折に持ち出したこの金は、妾宅に帰ったのちに鏡台へ戻しておいたのだが、此度銀はその中から一両のみ持ち去っていた。

「全部、持ってってくれてもよかったのに。姐さん、変なところで律儀なんです」

江戸から京まで一人二両はかかるといわれている。切り詰めても一両では足りぬだろうが、旅慣れている銀のことだ。叶うなら、色を売ることなく京までたどり着くよう律は祈った。

「姐さんは伏見座では八本の出刃を使っていて、伏見座を出て行く時、お守り代わりに一本だけ持ち出したってんです」

「じゃあ、そのお守りでおのとさんを救ってくれたのね。あの出刃打ち、見事だったわ。おのとさんも肝《きも》が据《す》わってて、顔色一つ変えないんだもの」

「姐さんの目を見て判ったの。私には万に一つも当たらないって」

目はまだ赤いが、口元に微かに笑みを浮かべて、誇らしげにのとは言った。

「姐さんの出刃はちっとも怖くなかったけれど、あいつに向けられた出刃には肝を冷やしました。けれども、あれもきっと、鬼子母神さまのお導きだったんだと思うんです」

「あの男に殺されかけたことが？」

「今まで、ずっとどこかで、いつ死んでもいいと思ってたんです。私は死に体から生まれた子だから、いつ死んでもおかしくないって。だから伏見座で出刃の的をやれって言われた時も、私はてんで怖くなかった。でも、あいつに出刃を向けられた時、私、初めて死にたくないと思いました」

腹に手をやったのとを見て、律は微笑んだ。

「……お子さんのこと、勇一郎さんはきっと喜びますよ」

「そうでしょうか？」

「もちろんですとも」

「だといいんですけれど。じらそうってんじゃないんです。ただ、思いもかけないことがあまりにも次々と起きたものだから……それに勇さんは、出刃をも恐れない私が気に入って身請けしたんだと、前に言っていました。今はこんなに怖がりだって知ったら、がっかりして私に飽いてしまうかも……」

「まさか。うちの人曰く、勇一郎さんはおのとさんにぞっこんなんですって」

くすりとして律が言うと、のとも一瞬ののち、にこりとした。

「私も勇さんから聞きました。涼太さんはお律さんにぞっこんだって」

妻問いの折に、戸惑うのとに勇一郎は涼太を引き合いに出したらしい。

――何も一人の――それも餓鬼の頃から知ってる女にこだわらなくてもいいだろうと、ずっとからかってきたんだが、今になってようやく俺にも判ってきたさ。遊ぶ女にゃ事欠かねぇが、俺が添い遂げたい女はお前だけだ、おのと――

「その千日紅の簪は、涼太さんからの贈り物なんでしょう？　藍井っていう勇さんご贔屓の小間物屋の主が、簪も、それを選んだ涼太さんも褒めそやしていたそうです。千日紅は幼《おさな》馴染《なじ》みのごとく、身近でどこか昔懐かしい。ありきたりな花なのに、この世に二つとない意匠と細工の逸物《いちもつ》で、お律さんへの贈り物にぴったりだったと」

夏場は透かしの平打ちがちょうどよいと、近頃はもっぱら千日紅の簪を挿している。

「由郎さんは商売上手だから、そうやって勇一郎さんを煽ったんですよ」

「ふふ、それならまんまと由郎さんの思惑通り――勇さんは何か注文で小間物をあつらえようと言っていて、木蓮や辛夷、小手毬や浜茄子なんかの意匠はどうかと訊かれました。お律さんなら、どのお花がよいですか？」

「私に訊かれても困ります」と、律は苦笑を漏らした。「勇一郎さんはおのとさんのためにあつらえたいのだから、おのとさんが好きな意匠じゃないと」

「でも、私はなんだっていいんです。勇さんからの贈り物ならなんだって嬉しいもの」

「それなら、勇一郎さんにお任せしてしまえばいいわ。それに、達矢さんなら、どんな注文だろうが、きっと素晴らしいものに仕上げてくれますよ」

律がにっこりしたのに反して、のとは何故か眉をひそめた。

「その簪は達矢さんが作ったものなんですか？」

「ええ。由郎さんが格別に目をかけている錺師で、近頃引っ張りだこだそうですが、おのとさんは達矢さんをご存じなのですか？」

「私は知らないけれど、お若《わか》さん——友達が達矢さんの座敷に呼ばれたことがあって、近頃羽振りがいいからって、ご祝儀でぽんと十両ももらったんです。そんな職人なら、平打ちでもものすごくお高いんじゃないかしら？」

「じゅ、十両？」

若は芸者で、勇一郎が唯一知っていたのとの友人だった。若は年季が明けた後も通いで芸者を続けていたが、馴染みの旦那に半ば囲われていて、長屋の家賃をはじめ、日々の費《つい》えのほとんどは旦那が賄《まかな》っていた。ひょんなことで知り合ったのとと若は、囲われ者の芸人として馬が合い、時折互いの家に泊まり合う仲だったという。

だが、今年に入って若の旦那は他の女に気を移し、若は江戸を出て郷里の安芸国に帰ることを考え始めた。

「そんな矢先、お若さんは達矢さんのお座敷に呼ばれたんです。達矢さんも安芸国の生まれだそうで、お若さんの身の上に同情して、『帰れるうちに帰るがいい』と、お若さんにだけこっそり十両くれたんです」

若はその出来事をもって江戸を去ることにしたのだが、「独り占めするのはなんだか怖いから」と、のとに三両を「おすそ分け」した。のとの虎の子の大半は、若からのこのおすそ分けだったのである。

「お若さんもみなしごで苦労してきたから、吉事がどうも苦手なんです。つい、何か裏があるんじゃないかと勘繰ってしまうんですよ。私もいつ有事があるか判りませんから、ありがたくもらっておきました」

「そうだったんですか……」

日暮れ前でも少し歩けば汗ばむ陽気にもかかわらず、律の背中を微かな悪寒が走った。

――その人は、本当に達矢さんだったんだろうか……？

達矢に直に会ったことはないが、話を聞く限り至って真面目な職人で、お座敷で散財するような男とは思えなかった。また、どんなに細工が良くとも、平打ちの値段は高がしれている。鈴のような凝った細工物ばかり手がけたとしても、銀細工は元種《もとだね》の銀が莫迦にならぬから、達矢のような売れっ子でも十両稼ぐのはそう容易くない筈だ。

誰かが――たとえば、盗人にして達矢の双子の兄の晃矢が――達矢さんを騙《かた》ったのではないだろうか？

「あの、達矢さんは左の頬に大きな傷があるんですけれど、その人はどうでしたか？」

「達矢さんの顔かたちについては何も聞いておりません。でも、ちょっと変わったお座敷だったみたい。なんでもお客は達矢さんお一人で、お若さんの他にもう二人、合わせて三人の芸者を同じ置屋から呼んだけど、お若さんとゆっくり話したいからと、他の二人は半刻ほどで帰してしまったって言っていました」

そういう「気晴らし」もなくはないであろう。だが、綾乃の言葉を借りれば「勘働き」がして、律は増してきた不安を隠しつつ、のとに暇を告げた。

明日にでも、広瀬さんか小倉さまにお伝えしておこう——

門まで見送りに出て来たのとが、暮れかけた西の空を見上げて言った。

「姐さんは足が速いから、今日は川崎を通り越して神奈川泊まりかもしれません」

東海道を使うなら、日本橋から川崎宿まで四里半、神奈川宿までは更に二里半ある。

ふと、銀は化野に向かったのではないかと律は思った。

仲間から見限られ、束の間でも馴染みだった男を見捨てて、妹分のもとを去った銀にはいまやなんのしがらみもない。

お守りの出刃をしのばせた僅かな荷物を背負い、「無常の野」を目指して一人黙々と東海道をゆく——そんな銀の姿を、律は小さく頭を振って打ち消した。

銀の旅の無事を祈りつつ、律は己の家路を歩き始めた。

第三章　告ぐ雷鳥

一

水無月も残り五日となった。

来月の、のちの藪入りの前日の十五日には、手代の恵蔵が青陽堂にて祝言《しゅうげん》を挙げることになっている。佐和から祝言の手配を一任された涼太が、八ツ前に貸物屋《かしものや》に出かけて行ったため、律は今井宅の棚から茶碗を二つだけ盆に載せた。

と、八ツの鐘を聞いてほどなくして、保次郎がいつになく険しい顔をして現れた。

「お若に金を渡したのは達矢ではなかった」

「それはつまり――」

「お律さんの懸念が当たっていたのだ。晃矢が、弟の達矢を騙ったんだろう」

若という芸者が「達矢」から十両もの心付けをもらったことは、一昨日、のとから話を聞いた翌日に、太郎を通じて小倉に伝えてあった。朝のうちに池見屋に鞠巾着を納めに行った後、八丁堀の保次郎の屋敷か、四谷の小倉の屋敷に行くか迷っていたところへ、折よく太郎が茶葉を買いに来たのである。

小倉と太郎が、若を世話していた置屋を訪ねて、若が心付けをもらったと思しきお座敷が判ったそうである。二人は更に若がお座敷に呼ばれた深川の茶屋を訪れて、店の者に晃矢の似面絵を見せて訊き込んだ。

「晃矢がお座敷をかけたのは、如月の終わりだった。ゆえに店の者も顔はうろ覚えだったが、頬の傷跡にはまったく覚えがないそうだから、達矢でなかったことは明らかだ。晃矢——夜霧のあき——が千住宿で盗みを働いたのがその少し前のことゆえ、お座敷は祝い酒を兼ねての気晴らしだったのやもしれん」

——「おめぇは堅《かて》ぇから、ちと遊んで来い」と師匠に言われてよ。あんまし遊び方を知らねぇ野暮《やぼ》だけどよ。費えは先に払うから遊ばしてくれ——

そう、「錺師の達矢」と名乗った晃矢は言った。

一見客《いちげんきゃく》であったが、茶屋はもともと格式張った店ではなく、なんなら客と芸者の間を取り持ち、近くの旅籠へ導くこともあるという。

「揚代《あげだい》をその場で綺麗に払ったばかりか、いかにも職人らしい振る舞いだったから、店はすっかり晃矢を信じたそうだ。大勢で騒ぐよりも、気に入った芸者としっぽり過ごしたいというのも職人らしいと——結句、旅籠も世話して、晃矢はお若と一夜を過ごしたらしい」

つまり十両には夜伽《よとぎ》代も含まれていたのであるが、破格の「心付け」には変わりない。

「お若が晃矢と同じく安芸国の出であったから、お若から『男に捨てられた』だの『故郷が恋しい』だのと聞いて、余計に同情したようだ。達矢が言うには、晃矢は昔から気まぐれなところがあったらしいが……」

小倉から晃矢が己の名を騙ったと知って、達矢は怒り心頭に発した。

「達矢は、何度も晃矢に濡れ衣《ぎぬ》を着せられたことがあったとか」と、今井。

「ええ。二人は双子でも本当にそっくりだったそうですからね。物心ついてから、晃矢は幾度も達矢を名乗って悪さをし、その度に達矢が叱られたそうです。やがて少しずつ晃矢の所業が知れて、周りの者も気にかけてくれるようになったようですが、敵もさる者、名札や腕輪、ほくろなど、達矢が己の目印としていたものを真似て悪さを重ねたものだから、達矢はある日とうとう自ら頰を切りつけて、晃矢が真似できない目印をつけたのですよ」

達矢は十五歳だったそうである。達矢に同情し、晃矢を持て余した両親は、ほどなくして晃矢を遠方の母方の親類に預けることにした。

「だが、親類宅への道中で、晃矢と母親は川で溺れ死んだ」

「川で……」

赤間屋の三人組を思い出しながら、律はつぶやいた。

――畜生、あの野郎。もうとっくに死んだものと思っていたのに――

そう達矢が言っていたと涼太から伝え聞いてはいたが、晃矢の死に様を律たちは知らなかったのだ。

「どういう次第だか、海に近い水辺で母親の亡骸が見つかってね。晃矢の着物の袖を握っていたというんだ」

晃矢の亡骸は結句見つからず、しかしながら母親が千切れた袖を握っていたことから、晃矢は川で溺れ死に、亡骸は海まで流されたのだろうと推察された。

「けれども、晃矢は生き延びていたのですね」

「うむ」

父親も錺師だったが、母親の死後、父親は達矢を避けるようになった。達矢を見るとどうしても晃矢を思い出してしまい、「晃矢さえいなければ、妻が亡くなることもなかった」と嘆いたという。仕事を共にするのが難しくなり、達矢はやがて親類の勧めで大坂に出た。

「父親はそののち三年ほどで病で亡くなったと聞いた。達矢は大坂でとある錺師に師事していたんだが、父親が亡くなった頃と前後して師匠と反りが合わなくなり、追い出されるようにして、まずは京へ、それから江戸へきたらしい」

達矢は今年二十四歳というから、律と同い年である。

江戸に出てきたのは二十歳の時で、初めの一年は口入れ屋を通した人足仕事に従事して道具を買い足し、それから少しずつ錺師として身を立てるようになったという。

「藍井のような得意先もできて、ようやく日の目を見始めたというのに、また晃矢に台無しにされてはたまらぬと、達矢は近頃、自ら晃矢を探しに出かけているそうだ。火盗にばかり任せておられぬ、となj」

保次郎が苦笑を浮かべたのは、先だって秀から「お上はあてにならぬ」と言われたからであろう。

顎に手をやって今井が言った。

「晃矢が千住で盗みを働いたのと、お座敷をかけてお若に十両渡したのが如月。おはるの話では晃矢はしばらく江戸を留守にしていたようだが、仁太のもとに現れたのが晃矢なら、卯月の終わりには江戸に戻っていたのであろうな」

千住宿で盗んだ金は粗方《あらかた》はるが家守をしていた隠れ家に隠されていて、火盗改によって持ち主に返されている。だが、晃矢ほどの大泥棒なれば、他にも隠れ家や隠し金があるのだろう。はるがいた家は火盗改が見張っているのだが、晃矢はいまだ姿を見せていないらしい。

「達矢はどうやって晃矢を見つけるつもりなんだね？　何か心当たりでもあるのかね？」

「いえ」と、今井の問いに保次郎が首を振る。「達矢はこの数年ずっと居職《いじょく》で、盛り場や花街どころか、町のことにも疎《うと》いようです。ですが、己が町に出ていれば、晃矢を見知った者が近寄って来るのではないかと、盗みのあった千住や、隠れ家から近い上野を主に歩き回っているそうです。ああもちろん、こう——手ぬぐいを鉄火《てっか》にして、傷跡を隠しながら」

やくざ者や火消しなど鉄火肌の者に好まれていることから、手ぬぐいでぐるりと髷から頬、鼻や口元までも覆い、目だけを出した被り方は「鉄火」と呼ばれている。

「なるほど。晃矢の方もおそらく、そうおおっぴらには表を歩いておらぬだろうしな」

今井が合点する傍ら、保次郎は律が淹れた茶を含んでようやく顔を和《やわ》らげた。

「——ところで朔日のことなんだがね。その日は史織は実方に泊まることになったから、帰りは少しゆっくりでも構わぬよ」

文月朔日には、史織と再び護国寺に行く手筈になっている。此度は江戸川橋で一旦別れて、律が志摩屋に下描きを届ける間、史織には八九間屋で一休みしてもらい、その後は護国寺詣でを兼ねて音羽町の店を覗いて回るつもりだ。

史織を八丁堀まで帰すとなると、神田から駕籠を使うとしても、八ツには音羽町を出ねばならぬと思っていた。だが、湯島天神からほど近い片山家まででよいのなら、半刻は長く買い物を楽しめそうである。

冠婚葬祭でもないのに、嫁が実方を訪ねるなぞけしからん——という風潮が、武家でなくとも世間にはあるというのに、広瀬家は頓着していない。それどころか書物同心である義父の蔵書を借りるべく、保次郎は月に一、二度は史織を送り出していて、史織が青陽堂を訪ねるのも実方への行き帰りのついでが多い。

「それではお言葉に甘えて、少しのんびり過ごして参ります」

にっこりしてから、律は急いで付け足した。

「あの、道中は重々気を付けて参りますから……」

二

翌朝、律は五ツ前に青陽堂を出た。御成《おなり》街道を渡って、湯島横町から神田明神《かんだみようじん》前を抜けると、道なりに一路、白山権現《はくさんごんげん》を目指して歩く。

昨日の茶のひとときでは音羽町見物に胸が浮き立ったが、肝心の雷鳥の意匠の下描きがまだ一枚も描けていなかった。志摩屋を訪ねた日はのとの家で騒ぎに巻き込まれ、その数日後には晃矢が達矢を騙っていたらしいと知れて、どことなく慌ただしい日々が続く中、鞠巾着を仕上げるので精一杯だったのだ。

八丁堀や四谷に行かずに済んだおかげで、此度の注文の鞠巾着は、さきおととい、一昨日、昨日とそれぞれ一枚ずつ仕上げていて、今日明日は着物の下描きに費やすつもりだ。

だが、律はいまだ雷鳥の姿かたちがどうもつかめていない。

今井の記憶でも雷鳥は鶉のような鳥だという。ただし、鶉より一回り大きく、鶉が六、七寸ほどなのに対して、雷鳥はその倍ほどの一尺二、三寸にも育つらしい。

残念ながら、今井の蔵書に雷鳥の姿絵が描かれたものはなかった。今井曰く、画本の「梅《ばい》園禽譜《えんきんふ》」ならもしや、とのことであったが、「雪華図説《せっかずせつ》」と同じく貸本屋はあてにできそうにない。どうしたものかと悩んでいたところ、今井から白山権現参りを勧められた。

雷鳥は白山信仰では「神の遣い」といわれているそうである。ゆえに、白山権現なら姿絵を所蔵しているやもしれぬ、そうでなくとも白山権現の神職なら、雷鳥の姿かたちを詳しく知っているのではなかろうか——と言うのである。

神田明神から先はほぼ一本道で、駒込追分《こまごめおいわけ》で二股に分かれている道を左に行くと、四半里もゆかぬうちに左手に白山権現が見えてくる。

白山権現は加賀国一之宮《かがのくにいちのみや》の白山比咩《しらやまひめ》神社より勧請《かんじよう》し、菊理媛神《くくりひめのかみ》、伊邪那岐神《いざなきのかみ》、伊邪那《いざな》美神《みのかみ》を祀っている。白山権現社は諸国にいくつもあるのだが、小石川の白山権現はかの桂《けい》昌院《しようい ん》——第五代将軍・徳川綱吉の生母——が篤《あつ》く信仰していたことでしられている。

鳥居の手前の門前町には飯屋や土産物屋などが連なっているが、まだ早い刻限だからか客はまばらだ。鳥居をくぐると、律は足元に留意して階段をゆっくり上がって行った。

まずは参拝を済ませると、拝殿から本殿までぐるりとしてみたが、宮司《ぐうじ》や禰宜《ねぎ》、出仕らしき者は見当たらない。誰か神職の居場所を知る者がいないかと、辺りをきょろきょろしていると、階段の方からやって来た、笠と鉄火被りで顔を隠した男と一瞬だけ目が合った。

律はすぐにうつむいたが、男の目は己が描いた晃矢の似面絵に似ていた。

——達矢さんじゃないかしら？

目だけでは判じ難いが、つい昨日、達矢は鉄火被りをして晃矢を探し回っていると、保次郎から聞いたばかりである。

声には出さなかったが、律がはっとしたのは伝わったようだ。

訝しげに、だが早足で男は近付いてきて、律に問うた。

「――どこかでお目にかかりましたか？」

「あ、ええと、あなたはもしや銹師の達矢さんでは……？」

達矢に晃矢の知り合いだと思われては困ると思うと同時に、男が晃矢である見込みもなくはないと、律は言葉を濁した。

「……いかにも私は銹師の達矢だが、あなたはどうしてそれを？」

「私は律と申します」

用心深く律は名乗った。本物の達矢なら、己の名を由郎から聞いている筈である。

「お律さん？　ああ、もしや上絵師の……」

達矢が合点《がてん》した顔になって、律はほっとした。

「町奉行所御用達の似面絵師でもあられるとか？」

「はい。でもあの、御用達というほどではありませんが」

「兄の似面絵も、あなたが描いたと聞きました。そうか。それで私が判ったのか」

「それもありますが、達矢さんは今、手ぬぐいで傷跡を隠してお兄さんを探していると聞いたので……」

「なるほど、そうでしたか……こいつはちょいと人目を引きますからね」

そう言って、達矢は手ぬぐいの端に指をかけてちらりと左頬の傷跡を覗かせた。

「奇遇ですね」と、律はようやく微笑んだ。「まさかこんなところでお会いするなんて。達矢さんは千住や上野を回っているとも聞きましたが、今日はどうしてこちらへ？」

「願掛けついでの気晴らしです。お律さんこそ、どうしてここへ？」

「それが……着物の注文がきたのですけれど、頼まれた意匠が雷鳥なんです」

「らいの鳥か……」

やや目を細めて、面白そうに達矢は——おそらく——微笑んだ。

「どこの誰が、そんな風変わりな注文をしたんです？」

「ある万屋《よろずや》のご隠居です。なんでもご友人への贈り物にするそうで——といっても、そのご友人は私どもと変わらぬ年頃とのことでした。私、ご隠居の前ではなんでも描きますなんて大見得《おおみえ》を切ってしまったのですけれど、実は雷鳥は本物も絵も見たことがなくて……その、大きな鶉のような鳥だというのは、聞いたことがあったのですけれど……」

手習いの師匠の勧めで雷鳥の姿絵を求めてここへ来たこと、朔日に下描きを届けに行くことを話すと、達矢の目がますます興味深げになる。

「それで、神職の方を探していたのですけれど、どうもどなたも見当たらなくて」

「神職がいらしたところで、雷鳥の絵があるかどうか」と、達矢はくすりとした。「白山信仰の御神体《ごしんたい》は霊峰白山ですからね」

「そ、そうですね」

「ですが、お律さんは運がいい」

「えっ？」

「姿絵とは少し違いますが、雷鳥ならここに」

手ぬぐい越しにもそれと判る人懐こい笑みを浮かべて、達矢は懐から何やら取り出した。

「香合《こうごう》――いえ、懐中仏《かいちゅうぼとけ》ですか？」

懐中仏は香合仏ともいい、蓋付きの香合のごとき入れ物に、神仏が彫り込まれているものである。

だが、達矢の懐中仏から現れたのは雷鳥だった。

雷鳥の後ろにはうっすらと、白山と思しき山も彫られている。

「私の恩師の形見でしてね。恩師は白山信仰の修験者《しゅげんじゃ》だったんです」

早速巾着から矢立と紙を取り出して、律は懐中仏の雷鳥を写した。

「流石、お律さん。手慣れたものですね……けれども、ちょいといいですか？」

自身の巾着からやはり矢立を取り出し筆を舐めると、達矢は律が写した雷鳥の横に新たに一羽描き足した。

「大きさはもちろんですが、鶉と違うのは、雪の上を歩く雷鳥には足の指まで羽毛があることです。羽は年に三回生え変わる。夏の羽色は背中が黒、腹は白、秋は茶と白だが、冬は雪山になる白山と同じく真っ白になるんです。目の上には肉冠《にっかん》――鶏《にわとり》の鶏冠《とさか》のようなものがあってちっと赤く、雌《めす》のはほとんど隠れて見えないが、雄《おす》は肉冠ですぐにそれと判る……」

錺師も常から写しや意匠を描くことがあるのだろうが、達矢の筆が絵師のごとくよどみなく、美しいことに律は驚かされた。

目を見張った律へ、達矢が微苦笑を漏らした。

「といっても、私も本物は見たことがないんですがね。恩師から話を聞いただけで……」

「それでも、こんな風にすらすらと描けるなんて見事です。本当に助かりました」

「はは、お役に立ててよかった」

「他にも、雷鳥や白山信仰について、恩師の方から聞いたことがあったら教えていただけませんか？　志摩屋――ああ、万屋の名が志摩屋というんです――は江戸川橋の近くで、うちからちょっと遠いものですから、何度も通わずに済むよう、下描きは二つ三つ、違う意匠のものを用意しておきたいんです」

「お安い御用です――と、言いたいところですが、私もそう詳しくはないのですよ」

そう達矢が言ったのは謙遜だった。

二枚目のまっさらな紙を広げると、これも恩師から聞いたという霊峰と呼ばれる山並みを描きながら、雷鳥が「神の遣い」ということの他、火難、雷難避《よ》けとしても拝まれていることや、白山比咩神社が今から千九百年以上も前の崇神《すじん》天皇の代に創建されたこと、それから八百年余りを経て越前国《えちぜんのくに》の泰澄《たいちょう》という僧が初めて白山を登拝し、のちに山頂に奥宮《おくみや》を祀ったこと、白山が陸の者には「命の水」を与える山の神として、海の者には航海の道標となる海の神として崇《あが》められていることなどを、達矢はつらつらと語った。

「恩師の方は修験者から錺師になったのですか？」

「いえ。恩師は白山での修行を終えたのち、諸国の白山権現を訪ねながら、山の信仰を説いて回っていたのです。私は幼き頃からどうも巷《ちまた》の神仏が信じられなくて……白山でも菊理《くくり》媛神《ひめのかみ》を始め神々が祀られているのですが、山そのものを神と崇める白山信仰に惹かれました。いつかこの目で白山を拝んでみたいのですが、まだ叶わずにおります。それで、こうしてここには願掛けに。ついでに、晃矢とのごたごたも早く片付くよう祈っておくとします」

神仏を信じられないのは、兄の晃矢のせいだろうか……と、律は少しばかり切なくなった。

双子であろうとなかろうと、誰かに己を騙られ、悪事を働かれてはたまったものではない。ましてや、いまや晃矢は捕まったら死罪は免れない大泥棒である。

だが、実のところ律の身の周りには晃矢ほどの悪人はおらず、唯一の兄弟の慶太郎は一回り歳が離れていて、兄弟仲も良い方だ。

先生なら、達矢さんの悩みにもっと寄り添えるのやも――

今井の兄は博打《ばくち》にはまり、借金を重ねた挙げ句、藩の金に手を出そうとした。兄の愚行によって今井家は取り潰されて、今井は浪人となったのだ。

「いつか白山への参拝が叶いましたら、白山と雷鳥の絵をたくさん描いてきてくださいね」

「もちろんです」

「由郎さんからお聞きしたかと思いますが、達矢さんが作ったあの彼岸花の鈴――この千日紅の簪も――とても気に入っております。私の彼岸花の着物を注文してくだすった方にも鈴をお見せしたのですけれど、目を丸くして見事な細工だと褒めていました」

頭上の簪を指し示して律が言うと、達矢は目を細めて喜んだ。

「……そりゃ嬉しいな」

「達矢さんも、次は雷鳥の意匠はどうですか?」

「お律さんの着物とお揃いか。そうだなぁ。男なら鈴じゃなくて、根付《ねつけ》や印籠《いんろう》なんかがいいかもしれませんね」

根付や印籠なら、涼太への贈り物としてもいい。

雷鳥の着物のお代が入ったら、涼太さんへの贈り物を何か注文しようかしら――

雷鳥の絵を丁寧に巻いて矢立と共に巾着に仕舞うと、律は改めて達矢に礼を言った。

「これで下描きに専念できます。今日、ここまで足を運んでよかった」

「私もです。噂のお律さんに出会えて、私も今日はついていたようです」

達矢と会釈を交わして別れると、律は雷鳥の意匠やら涼太への贈り物やらを次々思い浮かべながら、足取り軽く家路に就いた。

三

結句、意匠は二つに絞った。

どちらも肩から胸にかけては空、胸から裾へは山肌とした。

一つ目は初秋のまだ青い葉と紅葉が入り混じった低木の合間に、背中が茶色い雷鳥を、胸の辺りは小さく、裾には大きく、前後合わせて五羽描いた。

二つ目は真冬の、僅かな岩や木々の他は真っ白な雪面に、これまた僅かな尾羽《おは》と目元の他は真っ白な雷鳥を前後合わせて三羽描き入れた。

無事下描きを終えた安堵が手伝って、次の三枚の鞠巾着も調子よく三日で仕上げることができた。

これで支度は万端──

志摩屋を訪ねたのちは、心置きなく史織と音羽町を楽しめると律が浮き浮きしているところへ、水無月末日の夕刻、志摩屋から遣いの者がやって来た。

「明日、着物の下描きを届けていただくことになっていましたが、隠居の都合が悪くなりましたので、私が受け取りに参りました」

急な遣いが不本意だったのか、男は慇懃無礼に言った。

志摩屋まで行く手間は省けるが、まだ注文が決まった訳ではない。二つの意匠の内、どちらかをその場で選んでもらうつもりだった律は慌てた。

「さようで……では、次はいつお伺いすればよろしいですか？」

「追って沙汰いたします」と、男はにべもなく応えると、意匠や色合いなども話半分の様子で聞いて、ひとときと経たずに帰って行った。

一抹の不安は残ったが、気を取り直して律は翌朝史織を迎えた。

志摩屋行きがなくなったことを伝えると、史織は遠慮がちに切り出した。

「あの……それでは本日は護国寺ではなく、入谷の真源寺に出かけませんか？」

聞けば、史織の母親の調子がどうも思わしくないそうである。

「兄からの言伝によると、暑気あたりのようなのですが、母はもともと身体が丈夫でないので、少し案じているのです」

「それなら、今日は私に構わず、おうちにいらしてください」

「ああ、そうお気遣いいただくほどではないのです」と、史織は微笑んだ。「お律さんには物足りないやもしれませんが、真源寺詣での後に一緒にうちにおいでになりませんか？」

「うち——というと片山さまのお屋敷ですか？　と、とんでもない」

禄高は広瀬家とそう変わらぬらしいが、書物同心を務める片山家もれっきとした武家だ。

「恐れ多いことで……」

「そんなことありません。八丁堀の屋敷には気軽においでくださるではありませんか。それに、うちの親兄弟は皆、お律さんに感謝しているのですよ。だって、お律さんのおかげで旦那さまとご縁を結ぶことができたのですから」

「お二方なら私が余計なことを言わなくても、いずれご一緒になられたかと思います」

「ふふ、いずれはおそらく……」と、史織はちょっぴり惚気た。「でも、お律さんが言ってくださらなかったら、ああも早くことが運ばなかったと思うのです」

――この方が史織さまの意中の君です。鉄砲方の同心さまではございません――

史織の想い人は保次郎だと、似面絵をもって律が保次郎に告げたことで、二人は相思だったと気付き、とんとん拍子に祝言が決まったのである。

史織の言葉に恐縮しながら、律は少しばかり身なりを整え直して青陽堂を出た。

真源寺まではお互い見知った道のりだ。ゆっくり鬼子母神堂をお参りしても、たっぷり時があることから、律たちは足を伸ばして善性寺《ぜんしようじ》も詣でることにした。

善性寺で和十郎と会い、近くの彼岸花の地で二人して「我が子」の冥福を祈ったのは皐月の五日――端午《たんご》の節句――であった。赤間屋の三人組や、のとのことがあったからか、あれからほんの二月ほどしか経っておらぬとは律にはどうにも信じ難い。

暦の上では秋になったが、五日前が大暑だったこともあり、律たちは善性寺に着くとまず汗を拭《ぬぐ》った。

善性寺は商売繁盛と安産の祈願寺でもある。のとの安産を史織と共に祈願した後、律は着物の注文を思い浮かべながら己と青陽堂の商売繁盛も合わせて祈った。

帰りは天王寺《てんのうじ》から不忍池《しのばずいけ》へと続く道を行くことにして、道中の新茶屋町《しんちゃやまち》で弥生に千恵や由郎と寄った安曇屋《あずみや》で一服した。史織の父親の通之進《とおのしん》が団子好きだと聞いて、手土産に安曇屋の羽二重《はぶたえ》団子を買い、下谷広小路の屋台で昼餉をつまんでから片山家へ向かう。

律たちを出迎えた史織の義姉《ぎし》が母親に知らせに行く間に、通之進が顔を出した。

眉間にうっすら皺《しわ》が刻まれていて、きりっとした目をしている。小柄で細く、背筋がぴんと伸びている割には所作が柔らかいところが文官らしい。

「まあ、お父さま。いらしたの?」

「お前こそ、随分早い帰りではないか」

しばらく手がけていた書の修復が昨日で一通り終わったからか、妻の具合が良くないことを知った上役が、今日は非番としてくれたそうである。

「お母さまはそんなに悪いのですか?」

「いや」と、首を振って通之進は苦笑を浮かべた。「昨日の朝までは顔色が悪かったが、私が帰って来た時にはしゃんとしていた。今日はお前が帰って来るからと、朝から張り切って何やら支度しておるぞ」

「もう!」と、安堵と呆れが混じった声を史織が上げたところへ、母親がやって来た。

「妻の文世《ふみよ》だ」

律が名乗ると、文世は律を見つめて目を細めた。

「お世話になりましたね。史織のことも、雅代さんのことも」

雅代は通之進の妹で、史織の叔母である。律は昨年、史織に頼み込まれて雅代《まさよ》の娘の栄恵《さかえ》のために鞠の着物を描いていた。通之進も聞いていたらしく、雅代が細かく注文しておきながら、手間賃を値切ろうとしていたことは通之進も聞いていたらしく、文世の横で再び苦笑を浮かべる。

羽二重団子を食べながら、帰宅が早まった理由と共に、律が請け負った着物の話を史織がすると、通之進が興を惹かれた顔になった。

「雷鳥とはまた、面白い注文だ。お律さんはよく知っていたね」

「話を聞いただけで、見たことがないものですから、下描きに苦心いたしました」

恐縮しながら、姿絵を求めて白山権現を訪ねたこと、運良く雷鳥をよく知る達矢と出会ったことなどを話すと、通之進は「それならちょっと待っていなさい」と腰を浮かせた。

座敷を出て行った通之進はひとときと経たずに戻って来て、にこやかな笑顔と共に律の前に一冊の書物を差し出した。

「ばいえんきんふ……でしょうか？」

四文字の書名の内、初めの「梅園」と最後の「譜」は読めたが、間の「禽」がうろ覚えであった。だが「梅園禽譜」なら、つい先日今井からその名を聞いている。

「ほう」と、通之進がやや目を細める。「これが読めるとは感心だ――ああいや、失敬」

「そうですよ。失敬です、お父さま」

史織が律のためにちくりと言ってくれたが、今井のおかげで己が並の町人より漢字を知っているという自負はある。

「長屋の隣りに、指南所のお師匠さんがお住まいなのです。おかげさまで、漢字も大分教わりました。この本も、書名はお師匠さんから聞いております」

「師匠が隣人とはよいな」

先日の史織と同じことを言って、通之進はますます目を細めた。

「これは毛利《もうり》梅園という本草学者が描いた画譜だ。毛利は草花の他、魚や鳥も多く写生していて、梅園禽譜は鳥の絵をまとめたものでな。雷鳥も描かれている。下描きはもう終えたとのことだが、多少なりともお律さんの役に立たぬかと思ってな」

おそるおそる本を開いてみると、鷹《たか》や雉《きじ》、鴨《かも》、鶏、鶯《うぐいす》、鸚鵡《おうむ》など、様々な鳥が色鮮やかに描かれている。雷鳥の絵は殊《こと》に多く、季節ごとの雌雄《しゆう》や雛鳥《ひなどり》まで十四丁分にもわたっていて、律は目を奪われ、言葉を失った。

「あの、どうか……」

「貸すことはできぬが、写す分には構わぬよ」

先回りしてにっこりとした通之進へ、律は「ありがとうございます！」と、ひれ伏した。

一休みを終えた文世は家仕事に戻っていったが、通之進は座敷に留まり、史織と語り合いながら律が雷鳥を写すのを見守った。

通之進が史織に用意させた文机、硯、墨、紙はどれも上物で、殊に硯と墨は唐物《からもの》の逸物と思われる。筆だけは手に慣れた己の矢立の、かつて涼太からもらった子供用の筆を使った。

そそうは許されぬ、万に一つも墨を飛ばしてはならぬと、初めの一筆を下ろすまではびくびくしたが、一旦描き始めると律は夢中になった。

本は色とりどりに刷られているというのに、己は墨一色しかないのが恨めしい。叶うなら己の仕事場で、もう少し良い筆を使い、絵具を使って写したかった。

だが、二つの着物の下描きの内、律が描いてみたいと思っているのは冬の白山、白い雷鳥の意匠の方だ。もしも叶えば、地色を活かし、墨絵のごとく、ごく限られた筆で雪山や白い羽を表すつもりで、誤魔化しが一切きかぬ絵となろう。

これもまた修業――と気を引き締めるも、毛利の精緻《せいち》な写生に感心したり、雷鳥の思わぬ愛らしさにくすりとしたりしながら、律は写しを楽しんだ。

全てを写すのに一刻ほどかかったが、史織も通之進も退屈した様子はなかった。

「いやはや、聞きしに勝る腕前だ」

「そうでしょう」

律の代わりに胸を張った史織に微笑を返し、通之進は乾かすために座敷に散りばめられた雷鳥の絵を見回した。

「その達矢という錺師ではないが、叶うなら私も白山を訪ねてみたいものだ。白山に限らず、山岳信仰は興趣《きょうしゅ》が尽きぬ。そのためにも早いところ隠居せねばならぬな。足腰が利かなくなってからでは、山登りどころか旅もままならぬわ」

そうおどけて通之進は続けた。

「泰澄《たいちょう》が白山を開山した頃、神と仏は合わせて語られることが多かった。本地垂迹《ほんちすいじゃく》――仏が神や人、時には獣や草花など仮の姿で現れるという考え方のもと、山々を崇める山岳信仰も広まっていったのだ。泰澄は幼少の砌《みぎり》から神童と呼ばれ、越前の越知山《おちさん》で修行を積んだそうだ。そののち、三十路を過ぎてから枕元に立った女神のお告げに従い、白山を目指したといわれている。泰澄が奥宮を建立《こんりゅう》したおかげで、修行僧のみならず、民人も山の頂《いただき》にて神を拝み――おそらく感じ見ることができるようになった」

「神さまを感じ見る……」

「白山は富士山ほど高くはないそうだが、それでも頂は江戸よりずっと天に近い。山は古来より、あの世とこの世の境目ともいわれている。彼《か》の頂は極楽浄土にたとえられ、帰り着いた魂魄《こんぱく》が新たに生まれ清まる地と言い伝えられているそうな」

これまでに数え切れぬ書物に触れてきた通之進は、書物同心である前に学者であった。達矢からも少し聞いてはいたが、通之進の言葉で人々が白山を信仰する訳がより深く解《げ》せたように律には思えた。

下描きは既に志摩屋の者に渡してしまったが、雷鳥の写しはもとより、通之進の話も上絵を描く折には必ず役に立つ。

ついてるわ——

五日前の達矢に続き、通之進にも会えた偶然を、律は白山に——ひいては天に感謝した。

四

「先生、りっちゃんへ客なんですが」

開けっ放しの戸口から大家の又兵衛《またべえ》の顔が覗いて、今井は書物から顔を上げた。

「お律なら、今日は護国寺詣でに行きましたよ」

「それなら夕刻まで戻りませんな」

又兵衛が言うと、戸口の向こうで男の声がした。

「そうですか、護国寺へ……どうもお手間を取らせました」

「お律さんに伝えておきますよ。ええと、錺師の達矢さんでしたな？」

「錺師の達矢——さん？」

思わず腰を浮かせると、又兵衛の後ろから、手ぬぐいを鉄火被りにした男が顔を見せた。

「ええ。ちょっとこちらの方へ用事があったので、お律さんの仕事場を見せてもらいたいと思って寄ってみました」

「私はお律の隣人で、今井といいます。留守中に達矢さんがおいでになるとは、お律が聞いたらさぞ残念がるでしょう。お律はしばらく雷鳥の下描きに苦心していたんだが、達矢さんのおかげで無事、客に下描きを渡せたようです」

「それはよかった」

「よかったら一服どうです？　ああ、煙草じゃなくて茶の話だが」

「……お邪魔いたします」

束の間躊躇って、達矢は応えた。

「先生もご存じの人ならよかった」

鉄火被りで顔を隠していたために、又兵衛は達矢を怪しんでいたようである。達矢が敷居をまたいで上がり込むと、又兵衛は安堵の表情を浮かべて己の家に帰って行った。

八ツを聞いて四半刻は経っている。律が出かけているからか、はたまた月初で忙しいからか涼太も現れず、そろそろ一人で一服しようかと考えていた矢先であった。

「その様子だと、晃矢はいまだ見つかっていないのだね？」

茶を淹れながら問うた今井へ、達矢は眉をひそめて問い返した。

「今井さんも、晃矢のことをご存じなのですか？」

「お律とその亭主は共に私の教え子でね。殊にお律とは、ご両親が存命だった頃からの隣り同士だ。親代わりとして大概のことは聞いているし、きな臭い話なら尚更だ。お律を訪ねて来る町奉行所や火盗改の方々と話すこともある」

「道理で。手習いのお師匠がお律さんに白山権現を勧めたと聞きました。あれは今井さんだったんですね」

「うむ。雷鳥の意匠なんて珍しい注文を聞いてきたと思ったら、達矢さんが雷鳥の懐中仏を持って現れた。えらい巡り合わせもあったもんだ」

「白山を信仰する者が白山権現を訪ねたのですから、なんら不思議はありませんよ。志摩屋が着物を贈ろうとしている者も、おそらく白山の信者でしょう。どんな男なのか、興を惹かれます。なんなら私も雷鳥の根付でも作って、志摩屋に売り込みに行こうか、とも」

「ほう。それはよいな」と、茶を差し出しつつ今井は微笑んだ。「達矢さんは今は晃矢探しで忙しいと聞きました。早く本業に専念できるようになるといいんだが……」

「ええ。早く探し出して、あいつに地獄を見せてやりたいものです。そしたら、先ほどのように怪しまれずにも済みますからね。まあ、どのみちこの傷だと、やくざ者かと思われるかもしれませんが」

そう言って達矢は口元の手ぬぐいを下ろし、ついでに頬の傷跡をちらりと今井に見せた。

目上の己が相手だからか、達矢は姿勢正しく、言葉遣いや茶を飲む所作《しょさ》も丁寧だ。

だがそれゆえに、「地獄を見せてやりたい」という兄への憎しみに凄みを感じた。

そもそも「目印」に己の頰を切り裂くことからして尋常ではないが……

しかしながら、今井も達矢と同じく兄を憎む――憎んだ――身であった。

「郷里で大分苦労したそうだね。お互い、ろくでもない兄を持ったものだな」

「――というと、今井さんも？」

「ああ。今はもう昔の話ゆえ遺恨はそうでもないが、その所業はいまだ許せぬままだ」

達矢に問われて、今井は己の家が取り潰しとなったいきさつを明かした。

「晃矢と違って実際に盗むまでには至らなかったため、切腹は免れた。だが家を取り潰されてまもなく兄は病で床につき、私や母が稼いできた金を当然のごとく費やしてあっさり死した。兄の死からほどなくして、母も病に倒れて亡くなった。心労が祟ったのだろうと医者は言い、私もそう信じている。父を亡くしてからというもの、母には苦労ばかりであった」

「さようで……」

今井の「兄」へのわだかまりを聞いて、達矢は顔をしかめて同情を見せた。

「晃矢が盗んだ金は五千両を下らぬと聞いた。捕まれば打首は免れぬな。お前さんの望む通り、晃矢は地獄を見ることになろう」

「ええ。捕まればおそらくそうなりましょう」

「盗み癖はなかなか治らぬと聞くが、お前さんが若き頃に着せられた濡れ衣には、盗みもあったのだろうな」

「……ないことはありませんでしたが、濡れ衣はどちらかというといたずらの方が多かったです。盗みはもっぱら、私の物を」

「うん？」

小首をかしげた今井へ、達矢は苦笑を浮かべた。

「双子ですから、着物やら菓子やら、ほぼ揃いの物を与えられていたにもかかわらず、晃矢は何につけても私の方がより良い物を得ていると思い込んでいました。一見して同じ物でも私の物を欲しがり、また私を貶《おとし》めるべく、私を騙っていたずらをしました」

幼いうちはまだ親や近所の者の目が行き届いていたため、大事にならずに済んだ。

だが二人が大きくなり、行動を別にするようになって、いたずらや横取りが「いたずら」で済まなくなっていった。

「幼き頃、私を押しのけて父母に抱っこをせがんだり、同じ饅頭なのに取り替えろと言ってきたりしたうちはまだよかったのです。私の名を名乗り、父の仕事の言伝をわざと違えて伝えたり、よその町で喧嘩を売ったり……年を取るにつれてそういったことが増えました」

保次郎が言ったように、達矢は名札や腕輪、己にしかない腕のほくろなどを見せて己が本物の「達矢」だと示すようになったが、全て晃矢に真似られ、いたちごっこに終わった。

「二親も町の者も晃矢の所業を知っていましたが、それゆえにあいつはますます狡猾《こうかつ》になって、皆、持て余すようになりました。そんな折、どうにも許しがたいことが起きたのです」

十五歳になった達矢は、隣町のやはり十五歳の娘と恋仲になった。

「筆おろしを済ませたばかりで私も盛りがついていましたが、相手は商売女とは違う町娘です。夫婦になるまでは手出しするまいと、胸に誓っておりました。その娘も晃矢の噂は聞いていたので、とにかく晃矢に知られまいと気を付けていたのですが、双子ゆえの勘が働いたのか、やがて晃矢に気付かれてしまいました」

語り口は静かだが、両目には剣呑《けんのん》な闇がたゆたっている。

「……晃矢は巧妙に私を装って、娘を人気《ひとけ》のないところへ誘い出しました。もしもの折に備えて、私たちはいくつか目印や符牒《ふちょう》を決めておいたので、娘は晃矢と顔を合わせてほどなくして私ではないと気付いたそうですが、人気がないのをいいことに、晃矢は力ずくで娘を己《おの》がものに――手込めにしようとしました」

幸いにも、道に迷った旅の僧が気付いて晃矢を一喝し、娘の貞操は守られた。

だが、しばしの間でも己が晃矢に騙されたこと、己が一見で晃矢だと――想い人ではないと――見抜けなかったことを気に病んで、娘は達矢を避けるようになった。

「結句、私は振られました」

「それで頰に『目印』を――」

頷いて、達矢は手ぬぐい越しに傷跡へ手をやった。

「ほくろは墨で入れられますが、この傷ならあいつも真似ようがないと……あいつには、こうするだけの度胸はないだろうと踏んだのですよ」

うっすらと自嘲を浮かべて、達矢は付け足した。

「おかげで、私の方があいつよりずっと悪人顔になってしまいました」

「親の愛を独り占めせんとする子は、双子でなくとも少なくない。聞いたところ、赤子の頃よりご両親もお前さんも晃矢の我儘を聞き入れ、晃矢を厚遇したようだ。並の子ならそれで満足しただろうに、晃矢は何ゆえお前さんにそこまで執着したのであろうな？」

「晃矢の目には何故か、いつも私の方が厚遇されているように映っていたのですよ。親からも、他人からも……いや、晃矢はまず、私が弟だと思っていなかった」

「というと？」

「晃矢には己が双子の弟とではなく、もう一人の己と生まれてきた――そんな風に思っていた節がありました」

「お前さんを己の半身だと思っていたということか？」

「いえ」と、達矢は小さく首を振った。「己が二人と……この世に己は一人で足りるというのに、二人もいるのがやつには解せず、また今一人の己の方が大事にされていることが許せなかったようなのです。殺せるものなら、やつは私を殺していたことでしょう」

「己が二人か。それは耐え難いやもしれんな。だが、いくらなんでも殺しは割に合わんよ」

「ええ。捕まれば己も死罪になりますからね。晃矢もそう考えたんでしょう」

「ならば自害はどうだろう？」

「えっ？」

「己が二人いるのなら——ましてや、今一人が厚遇されているのなら——己を殺してしまえば『二人』はめでたく『一人』となり、罪に問われることもない……」

「ははははは」

声を上げて達矢は笑った。

「そうか。そんな手があったとは——今井さんなら、そうしましたか？」

「どうだろう……？　いや、私ならきっと、全てを捨てて、もう一人とは別の道を歩んだだろう。それが一番、誰にとっても穏便な手立てであろうからな」

「——もしかしたら、父もそう考えたのかもしれません。それでまずは晃矢を私から遠ざけようと、親類に預けようとしたのでしょう。けれども母は違いました。母はいずれ晃矢が私を死に至らしめると思い込み、晃矢を己が手で殺すことにしたんです」

「なんと」

「生前、母からそれらしきことを聞きました。私が自ら頬を切りつけてからというもの、母はずっと思いつめていたようです。……可哀想に、母は一人でずっと、晃矢を葬る手筈を思案していたんですよ。もしもの時は刺し違える——心中も辞さないつもりで」

「では、お母さんの水死は事故ではなく心中だったのか。しかし晃矢は生き延びた……」

「母に己の袖を握らせ、己が死したように見せかけて……ですが、晃矢も別の道をゆこうとしたのかもしれません。晃矢のことだから一度は父や私をも疑って、復讐を考えたことでしょう。でも家に戻らなかったのは、どこかで新たにやり直そうとしたのかも……」

そう言って思案顔をしたのも束の間、達矢は打ち消すように首を振った。

「なんにせよ、もう手遅れです。あいつは生きていて、この江戸にいる。私があいつを探しているように、あいつも私を探している筈です。母の悲願を叶えるためにも、私は必ず先にあいつを見つけ出して、今度こそあの世へ送ってやりますよ」

おどけるように達矢は鼻を鳴らし、微かに口角を上げたものの、笑わぬ両目に殺意を嗅ぎ取って、今井は内心ぞっと身をすくませた。

五

雷鳥の絵をまとめて丁寧に丸めると、ほくほくとして律は片山家を後にした。

――うちには毛利の画譜の他にも希少な画本がいくつかある。ありかや扱い方は史織に教えておくから、またそのうち遊びに来るがよい。なんなら、次は絵具箱を持って――

家路で通之進の言葉を思い出しては、ついついにんまりしてしまう。

八ツはとうに過ぎていたが、写してきたばかりの雷鳥の絵を見せたくて、律は開いている今井の戸口へ声をかけた。

「先生」

「お律か。早かったではないか。達矢さんがみえてるぞ」

「達矢さんが？」

戸口から中を覗くと、上がりかまちの向こうに達矢が鎮座している。

「護国寺へお出かけだったそうですね」

「いえ、それが――」

急きょ行き先が真源寺と片山家に変わったことを話し、律は丸めた絵を得意気に出した。

「片山さまが梅園禽譜をお持ちで、雷鳥を写させてくださいました」

「ほう、流石、書物同心さまだ」と、今井が感心する傍らで、

「ばいえんきんふ……？」と、達矢は小首をかしげた。

「毛利梅園という方が描かれた画本の一つで、禽譜は鳥の絵を集めたものです」

付け焼き刃の知識を述べてから、律は十数枚の雷鳥の絵を披露《ひろう》した。

「これは素晴らしい……」

「画本の絵はそれぞれ色がついていて、もっと、ずっと素晴らしいのですよ」

「そんな画本があったとは――私も拝んでみたいものだ。羨ましいな」

「片山さまは、またそのうちおいでと仰ってくださいました。なんなら絵具箱を持って。すぐには難しいと思うのですけれど、折を見て頼めば、達矢さんと一緒にお伺いすることも叶うやもしれません」

「ははは、叶うならば是非。なんなら、道具持ちとしてでも構いません」

おどける達矢に、律は通之進から聞いた話を交えて、帰り道で考えていたことを話した。

「下描きとして二つの案を出したのですが、片山さまからも白山のお話を聞いて、できることなら冬の白山と雷鳥を描きたいと思いました。地色には灰白色《かいはくしょく》を使おうと考えていますが、冬山の方は色や絵が少ないので、似合う人や季節が限られます。よって、ご隠居はよしとされないやもしれません。もしもの折は、手間暇や染料代が夏山よりかからない分、安くできると話してみるつもりですが……」

「安売りはいけませんよ」と、達矢はくすりとした。「それに、色や絵が少ない分、誤魔化しのきかない難しい仕事になるでしょう」

「そうなんです」

絵心のある達矢ならではの言葉に、律は顔をほころばせて頷いた。

「志摩屋の隠居の友人は、白山の信者だと思われます」と、達矢。「それならきっと、より神々しい冬山の意匠を好むことでしょう。友人というからには、隠居もその者の好みを知っている筈ですが、もしもの折にはちょいと白山信仰について教えてやればよいですよ」

達矢は川北に来たついでに、律の仕事場を訪ねてみようと思い立ったそうである。

「すみませんが、彼岸花の鈴も見せてもらえませんか？　ちょうど鈴の注文がきたところでして、似たような形で、と言われたんですが、型がもう残っていないので……」

「お安い御用です」

達矢を己の仕事場に案内すると、律は箪笥《たんす》の引き出しから鈴の入った小箱を取り出した。

鈴緒をつかんで達矢に渡すと、達矢が「しゃらん」と一振り鳴らす。

「我ながら、こいつは会心の出来でした」

「次はなんの意匠の鈴を作るのですか？」

「意匠はこれから客と相談です」と、達矢は微苦笑を浮かべた。

額や頬は手ぬぐいで隠したままだが、茶を飲んだからか、今日は口元は覆われていない。

「あまりうるさい注文じゃないといいんだが」

「そうですね」

職人として、律も苦笑で応えて同意を示した。

達矢は張り枠や蒸釜《むしがま》など上絵師ならではの道具を興味深げに眺めた後、明後日池見屋に納める三枚の鞠巾着を褒めそやした。

しばらくして、達矢は遠慮がちに切り出した。

「お律さん。いつか、一緒に何か作りませんか？」

「ああ、その、けして邪《よこしま》な誘いではなく、上絵師のお律さんの腕を見込んでのお話です」

念を押してから達矢は続けた。

「お律さんの巾着に私の根付、着物なら簪でも笄《こうがい》でも櫛でもいい。二人で意匠を合わせて売り込むのも一興ではないでしょうか？」

「是非」

一も二もなく律は応えた。

「それなら、池見屋でも藍井でも、必ず乗り気になってくださいます」

類や由郎の顔を思い浮かべながら喜ぶと、達矢も目を細めて屈託のない笑みを見せた。

――だが、夕餉ののち、寝所で律が長い一日の出来事を話すと、達矢を仕事場に案内したくだりで涼太が顔をしかめた。

「それで、いつか一緒に何か作ろうって――」

涼太の眉間の皺が深くなったのを見て、律は慌てて付け足した。

「けして邪な誘いじゃないわ。上絵師である私の腕を見込んで持ちかけてくれたのよ」

達矢の方が名が売れているのだから、律にはありがたい話である。

もしかして、焼き餅かしら……？

そう思い当たった律が少々浮かれたのも束の間、涼太は渋面のまま口を開いた。

「一緒に？」

「お前が湯屋に行ってる間に、先生が来たんだ」

「先生が？」

「達矢さんを案じていてな。どうも達矢さんはよからぬことを――晃矢を自ら殺めようとしているんじゃねぇかと」

今井から伝え聞いた晃矢との確執を聞いて、律も眉をひそめた。

「だからって、いくらなんでも自ら人殺しをするとは思えないわ。晃矢は大泥棒なんだもの。捕まえさえすれば、お上が死をもって裁いてくれるじゃないの」

「うん。だが、達矢さんは大分追い詰められているようだったと……だから、先生とも話したんだが、俺は明日の朝一番に小倉さまにこのことを伝えに行くつもりだ」

「私にはそんな風には見えなかったけど……」

しかし、今井の方が人を見る目が確かで、己はまだまだ甘いことは承知している。

晃矢が達矢の想い人まで盗もうと――手込めにしようと――したことや、達矢たちの母親が我が子を手にかけようとしたことが、打って変わって律の気を沈ませた。

――もしもの時は刺し違える――心中も辞さないつもりで――

このまま放っておけば、晃矢は悪事を重ね、遅かれ早かれ死罪となると母親は予見していたのだろう。現に晃矢はいまや盗人として名を馳せていて、火盗改に追われ、捕まれば死罪を免れぬ身となった。

お母さんは、一体どんな気持ちで――

悪童といえども、自ら「始末」をつけるつもりで、我が子を連れ出した母親の心情を思うとどうにも苦しく、律はなかなか寝付けなかった。

六

翌日。

昼下がりに、二日前にやって来た志摩屋の遣いが再び現れた。

「こちらの意匠で頼むとのことです」

下描きを返しながら、にこりともせずに男が指し示したのは、冬山の方であった。

「こちらは雪山を模した意匠となります。こちらで間違いないのですね？」

「はい」

「地色は灰白色にするつもりです。空はおとといは秘色《ひそく》色や千草《ちぐさ》色はどうかとお話ししましたが、熨斗目《のしめ》色の方が合うかとも――」

「ああ、好きになさってください」

一昨日と変わらず慇懃無礼に男は律を遮った。

「あなたさまに全てお任せするよう、大旦那さまから言い遣っておりますので、どうぞ好きにお描きください」

私の好きに――

にわかには信じ難く、律が言葉に迷っていると、店者は懐から袱紗《ふくさ》を取り出した。包まれていた小判を律の前に一枚一枚、もったいぶって五枚並べる。

「前金です。受け取りの証に一筆ください。足らねばまた明日にでも持って来ます」

「ああいえ、充分でございます」

五両もの金を目の前にして、律はそわそわしながら一筆したためた。

「あの……心して描きますので」

「仕上がりまで、どれくらいかかりましょうか？」

「他の仕事もありますので、半月ほどみていただきたく……でも、あの、できるだけ早く納めますので」

「その折には店までご足労いただけますか？　日取りは追ってまた沙汰いたします」

遣いが帰ってしまうと、律はすぐさま今井を訪ねた。今井はかつて両替商で働いていたことがあり、今でもその両替商と付き合いがある。律の家は父親の生前からまとまった金は今井に預けてきて、今井もそこそこ貯まると両替商の金蔵に預け入れに行く。

「えらく気に入られたものだな。それにしても、よかったではないか。お律が描きたいと思っていた冬山の意匠を選んでもらえて」

金の出納をつけている帳面に五両を書き入れながら、今井は微笑んだ。

「ええ。私、これから池見屋に行って来ます」

「張り切っておるな」

「あたり前です、先生」

池見屋には明日の朝、鞠巾着を納めに行くつもりだった。だが、今は一刻でも早く着物を描くための反物を仕入れたく、律は急ぎ身支度をして長屋を出た。

店先で律を認めた駒三が奥へ消えると、ひとときと待たずに千恵が出て来た。

「お律さん！」

最後に千恵と顔を合わせたのは流産する少し前で、あれから二月余りが経っている。

思わぬ大声を上げたことを恥じるように、千恵はうつむき加減に小声で切り出した。

「あの、ちょうど今、雪永さんと基二郎さんがいらしているの。ですから……お律さんも一緒に一服いかが？」

「ありがとうございます。いただきます」

律が微笑むと、千恵ははにかんで律を座敷へといざなった。

「お律さん、久しぶりだね」と、雪永。

「ご無沙汰しております」

雪永の横で基二郎も会釈をこぼした。二人のおかげで、千恵とも気まずい話をせずに済みそうだと、律はほっとしながら会釈を返した。

鞠巾着を納めてから、反物のために来たことを明かすと、基二郎が目を輝かせた。

「此度はどんな注文ですか？」

「雷鳥です。後ろには白山を描こうと思っています」

「らいちょう？」「はくさん……？」と、基二郎と千恵が小首をかしげる傍らで、

「ほう」「ふうん」と、雪永と類は面白そうに口角を上げた。

「先月いらした、三河屋の三右衛門さんのつての注文です」

「注文主は志摩屋って万屋のご隠居だったね。遠方の友人へ贈り物にするとか」と、類。

「ご友人は加賀国にいるのかね？」と、雪永。

「判りません。遠方としか聞いていないので……」

「加賀国の出じゃなくたって、白山を崇めている者は大勢いるさ」

「それもそうか」

類が言うのへ頷いてから、雪永は基二郎と千恵に白山と雷鳥について教えた。

「神さまの遣いなら、さぞ綺麗な鳥なんでしょうね、お律さん？」

「大きな鶉みたいな鳥です」

両手でひと抱えほどの大きさを示して見せると、千恵の眉が八の字になった。

「そんなお化けみたいな鶉は怖いわ」

「こら、お千恵。神の遣いをお化け呼ばわりするもんじゃない」と、類が笑う。「丸っこい雌鶏《めんどり》だと思えばそう怖くはないだろう？」

「丸っこい雌鶏……」

「けれども鶏と違って、雷鳥は足の指にも羽毛が生えているそうだよ」

「足の指にも羽毛が……やっぱりなんだか怖いわ」

「そんなことありませんよ」と、微苦笑を浮かべながら律は口を挟んだ。「絵でしか見たことがないのですけれど、愛嬌のある、それでいてやはり神々《こうごう》しい姿をしています。殊に冬の真っ白な羽の雷鳥は」

「雷鳥なんて、絵でもなかなかお目にかかれないよ」と、雪永。「あれかね？　お隣りの今井先生が画本でもお持ちなのかね？」

「いいえ。此度は書物同心の片山さまに、梅園禽譜という画本を見せていただきました」

「なんと」

雪永のみならず、類まで驚き顔になる。

「そんなにすごい画本なのですか？」と、基二郎。

「そう聞いている。殊に絵師には眼福《がんぷく》だろう、ねぇ、お律さん？」

「はい」

大きく頷いて、律がその素晴らしさを語ると、基二郎と雪永は共に羨望の眼差しを向けた。

「そんなら、道具持ちでもいいんで、次は俺も連れてってくださいよ」

「道具持ちなら私にもできるよ、お律さん」

「もう、お二人とも」と、律は苦笑を漏らした。「残念ながら、まずは達矢さんと約束していますから」

「達矢さん？　達矢さんって一体どなた？」

興味津々《しんしん》で身を乗り出した千恵へ、苦笑を向けてから雪永も問うた。

「もしかして錺師の達矢かい？」

「ええ。達矢さんは白山を信仰していて、雷鳥を象《かたど》った懐中仏を持っているんです。つまりその懐中仏には、仏さまの代わりに雷鳥が彫られていて……此度は達矢さんのおかげで、下描きを無事に描くことができたんですよ」

ここしばらくの達矢とのやり取りを話すと、雪永が再び苦笑を浮かべた。

「白山権現で気晴らししたなら、どんどん仕事に励んでもらいたいものだよ。前から藍井で勧められていたからね。そろそろ何か買おうと思っていたのに、今は注文さえ受けていないと由郎さんから聞いたばかりさ」

達矢の作品がことごとく売り切れていることを、雪永と類は知っていた。

「達矢さんに目を付けた好事家がいるようだと、由郎さんは言ってました」

「その好事家ってのは、実はまだ若い女子らしい」

「えっ、そうなんですか？」

「うん。藍井とは別の小間物屋で聞いたんだ。まだ十五歳かそこらの、どこぞの大店《おおだな》のお嬢さまだとさ。親には内緒だからと身元を隠しているんだが、金に糸目はつけないと、その場で綺麗に代金を払っていくそうだ。なんともいけ好かない女子だよ」

「あははは」と、類は仏頂面の雪永を笑い飛ばした。「あんただって、夢中になったものには金に糸目をつけない、いけ好かないぼんぼんじゃないのさ」

「む……」

やり込められた雪永を見て、千恵と基二郎がくすりとする。

「そんなに売れっ子なら、どんなものを作るのか見てみたいわ」

「この簪がそうですよ」

千恵が言うのへ、律は己の頭上の千日紅の簪を指し示した。

「あら、そうだったの。ちょっと珍しい意匠だと思っていたのよ。団子花《だんごばな》でしょう？」

「ええ。他にも、彼岸花を象った鈴も持っています」

「彼岸花？」

「はい。とても凝った細工で、音も軽やかで……」

「そういえば、弥生に善性寺に行ったわね。お律さんと由郎さんと、近くに彼岸花がたくさん咲くところもあると……あの時は彼岸花は一つも咲いていなかったけど、また、それこそお彼岸の折にでも行ってみたいわ」

「お伴いたします」

「私も」と、雪永も申し出た。「次こそは私にお伴をさせてくれよ」

弥生に出かけた折は由郎が一緒で、帰り道で由郎がかつて千恵を攫った駕籠舁《か》きをやり込めていた。千恵にも由郎にもその気はないのだが、千恵を想う雪永は由郎に多少なりとも妬《と》心《しん》を抱いたようである。

「ふふ、じゃあ、帰りにまた安曇屋で羽二重団子を食べましょう」

「そうしよう」

楽しげに千恵は目を細め、そんな千恵へ雪永は温かい眼差しを向けた。

雪永さんが達矢さんに注文しようとしたのは、お千恵さんへの贈り物じゃないかしら。

善性寺詣では、後で何か用事ができたことにして、私はお断りしよう――

雪永の恋心を慮《おもんぱか》って律が思案していると、基二郎が切り出した。

「あの……それで、雷鳥の着物の下染めはどうされるんですか？　よかったら、俺に任せてもらえませんか？」

基二郎は少しずつ道具を揃えて布の染色も手がけるようになり、今は鞠巾着の下染めの他、時折池見屋に反物を納めるまでになっていた。

着物の下染めはこれまでに幾度か基二郎に頼んできたが、此度はそのつもりはなかった。

「すみません。此度の着物は雪山を模したものになるので、肩には空を描きますが、色を限って、雪や霧を交えて描きたいので、空も自分で染めたいんです」

「とすると、水墨山水《すいぼくさんすい》のような……なるほど」と、基二郎が合点した顔になる。

「真っ白な雪山に、真っ白な雷鳥か。厄介な意匠だね」と、類はにやにやした。

「ですが、私も描いてみたいと思ったんです。夏山の下描きもお渡ししたのですけれど、夏山よりも、冬山を描きたいと思っていました」

「願ったり叶ったりという訳か。まあ、心しておやりよ」

「はい」

「安心おし。描き損じても、白い反物ならたんとあるからね」

前金が五両である。後金《あときん》もそれなりにあるとすれば、万が一描き直しとなっても持ち出しにはならぬだろう。

でも、一度で描いてみせる——

「お手を煩わせないよう努めます」

類の嫌みに精一杯澄まして応えた律へ、雪永が言った。

「お律さん、もしもまた近々達矢と顔を合わせることがあったら、注文を受けてくれるよう頼んでもらえないかね？　もちろん順番でいいんだ。待たされるのは覚悟の上だが、まずは注文を受けてもらえぬことには始まらないからなぁ」

「ええ。次にお会いしたら話してみます。引き受けてくださるかは判りませんが……」

「悪いね。頼んだよ」

七

慌ただしく六日が過ぎた。

文月は八日、律は朝のうちに池見屋に鞠巾着を納めに出向き、帰宅すると青陽堂の台所からもらってきた握り飯で少し早めの昼餉を仕事場で取った。

此度の鞠巾着の注文は三枚とも女物で、花は朝顔や菊、撫子《なでしこ》などよく頼まれるものの他、秋らしく桔梗《ききょう》や木槿《むくげ》が交じっていた。表裏合わせて五つの鞠の全てに花を所望しているのは十六歳の娘、土鈴《どれい》やこけし、千代紙の鶴などを所望しているのはそれぞれ八歳と九歳の女児らしい。客が書いた委細の記された書付を見ながら、律が一枚目の布を張り枠に張ると、ふいに表から名を呼ばれた。

「お律さん」

足音にまったく気付かなかった律が、はっとして顔を上げると、開けっ放しにしていた戸口から、笠を取った達矢が土間に足を踏み入れた。

「達矢――さん？」

「すみません、急に。驚かせてしまいましたか？」

盆の窪に手をやって、達矢はおそらく微苦笑を浮かべた。

達矢はやはり手ぬぐいを鉄火被りにして、傷跡と口元を隠している。そして今日は笠の他、振り分けの旅行李《たびごうり》を肩にかけていた。

「それは……だって、あの」

「ああ、もしや、もう志摩屋のことをご存じで？」

上がりかまちに腰かけて、達矢は声を落として問うた。

「……はい」

おとといの晩、太郎さんが知らせてくれた——

そう言おうとして、密偵の太郎の名を出すのはよくないと律は思い直した。

「おととい、少しですが話を伺いました。志摩屋が実は盗人宿で、ご隠居は上方では知られた盗人頭だった、と」

峰次郎は志摩国《しまのくに》の出で、志摩屋の奉公人は皆、峰次郎を頭と仰ぐ盗人一味だったのである。

峰次郎はあまり表に出ずに済むよう「隠居」を名乗り、足が不自由というのも嘘だった。

「晃矢のことも聞きましたか？　やつは峰次郎と知り合いで、近頃、よく志摩屋に出入りしていたのです」

「そう聞きました。此度の捕物の前に、ご隠居——ううん、峰次郎と揉めて、火盗が踏み込んだ時には晃矢はもう殺されていた、とも……」

「その通りです」

頷いて、達矢は探るように律を見つめた。

律もまた達矢の心情を探るべく見つめ返したが、その瞳に喜びや悲しみの色はなかった。

だが、戸口を背にしているからか、吸い込まれるような瞳の暗さに怖気《おじけ》付いて、律の方から目をそらした。

「――それでですね」と、取り繕うように達矢は明るい声を出した。「峰次郎が注文した着物なんですが、私に引き取らせてもらえないかと思って来たのです」

「雷鳥の着物を、ですか？」

「ええ。お律さんの言い値で引き取りますよ。いかほどお支払いいたしましょう？」

懐に手をやったところを見ると、今すぐにでも買い取るつもりらしい。

「あの……ありがたいお話ですが、まだ空を描いたばかりで……」

尻すぼみに律が言うと、達矢は眉尻を下げて明らかな落胆を見せた。

「そうでしたか。お律さんのことだから、仕立てはまだでも、もしやもう描き上がっているのではないかと思って来たのですが」

「空を描いたのちに、志摩屋のことを聞いたものですから、一旦手を止めていたのです」

「……致し方ありません」

小さく溜息をつきつつも、達矢は微笑んだ。

「手付を置いていきます。仕立て上がったら、お律さんが預かっていてくれませんか？　旅から帰ったらまた寄せてもらいますから」

「旅に出られるのですか？」

「大した旅じゃありません。志摩屋の――晃矢とのごたごたが片付いたので、少し江戸を離れてのんびりしてこようと思います。上州の草津《くさつ》か、もう少し先の信州の諏訪《すわ》まででも」

「草津か諏訪というと湯治《とうじ》ですか？　どこか、お身体が悪いのですか？」

「いえ。湯治とすれば旅がしやすいものですから。ただ、ひどく疲れてはいます」

「白山までは行かれないのですか？」

「残念ながら……白山までは遠い道のりですよ」

瞳に無念を浮かべた達矢へ、おずおずと律は問うた。

「……峰次郎が着物を贈ろうとした友人とは、晃矢のことだったと聞きました」

「そうなんですよ。驚きました。晃矢も白山信者になっていたとは……双子ならではの因縁でしょうか。昔も時折ありました。なんとはなしに、あいつと同じ物を買って来たり、同じ場所を目指したり……」

どこか懐かしむように言いながら、達矢は財布から五両を取り出した。

「着物の手付です。受け取る折にもう五両でいかがです？」

「此度は染料もそんなに使いませんから、仕立ても入れて五両で充分です」

「安売りはいけませんと言いましたでしょう」

「では、上絵は五両、仕立ては別として、手付に二両のみいただきます。先だっての彼岸花の着物も私の手間賃は五両でした。それが今の私の腕に見合った値です。でももしも、出来を気に入ってもらえましたら、その時は心付けを弾んでくださいな」

おどけて言うと、達矢は目を細めて頷いた。

「その時はもちろん、たっぷりと。楽しみです。きっと気に入ると思うんです」

九ツの捨鐘が鳴り始めた。

指南所は九ツまでだが、今井が帰って来るまでしばしある。

五両の内、三両を懐に仕舞い直して、達矢が腰を上げた。

「もう行かれるのですか？　今日はどちらまで……？」

「王子《おうじ》か、せいぜい板橋宿《いたばししゅく》まででしょうね。白山権現に寄ってからゆるりと行きますよ」

「……それなら、私も白山権現までご一緒してもいいですか？」

「それは——」

「雷鳥の絵にとりかかる前に、白山権現にお参りしたいんです」

達矢を遮り、律はにっこりとして見せた。

池見屋から帰って来たままだったのは幸いだった。着替える手間もかからず、手近に置いていた巾着をそのまま持って、律は達矢と木戸の外に出た。

　今にも今井が帰って来ないものかと辺りを見回すも、その気配はまるでなく、律は仕方なく青陽堂の前にいた丁稚の新助《しんすけ》に声をかけた。

「新助さん、涼太さんはお店に？」

「いえ。でもお昼には帰ると仰っていたので、そろそろお帰りになると思います」

「では言伝をお願いします。私はこれから達矢さんをお見送りがてら、白山権現へお参りに行って来ます。涼太さんがお帰りになったら、すぐにお伝えくださいね。ああ、もしも先生を見かけたら、先生にも。先生はもうじきお帰りになる筈です」

「承知いたしました。達矢さんをお見送りに白山権現、ですね」

「ええ。八ツの茶には間に合わないかもしれませんから」

　そう言って、律は少し離れたところで怪訝な目をしている達矢に微笑んだ。

「用事がない時は、いつも八ツに先生とうちの人と、三人で一服しているんです」

「そういえば、今井さんには先日、茶を馳走《ちそう》になりました」

　達矢をいざなうように御成街道に出ると、湯島横町から神田明神前を通って、白山権現へと続く道を達矢と歩いた。

　通りをゆく人々や番屋を横目に、律はさりげなく切り出した。

「ついこの間、知人がぼやいていました。小間物屋を通して達矢さんに注文しようとしたけれど、今は注文も取っていないと言われたと」

「ああ……しばらく忙しくしていましたからね」

「その方には長きにわたって想いをかけている女性がいて、その女性に達矢さんの作った物を贈ろうと考えているみたいなんです。けれども、達矢さんの小間物は今はどこへ行っても売り切れていて——とある好事家が買い占めているそうですね」

「ありがたいことですよ」

「あの、知人の注文も受けてもらえないでしょうか？　もちろん、もういくつも注文を受けていらっしゃると思うので、それらを仕上げてしまった後で——でもその、新たな注文を取る前に是非」

「お律さんのご紹介とあらば、否やはありませんよ」と、達矢は目を細めた。

「ありがとうございます。よかった。お参りのついでにお願いしたかったんです」

礼を言ってから、律は更に切り出した。

「その方の想い人は実は、その昔、白山権現の近くの茶屋で拐かされたのです」

「拐かされた？」

「はい。女性には当時、許婚がいらしたのですが、その許婚を妬んだ男が悪徳万屋を頼って女性を茶屋におびき出し、駕籠で拐かして無体《むたい》を働いたのです」

「そんなことが……」と、達矢はなんともやるせない目をして言葉を濁した。

「その万屋は栄屋といって駕籠屋も営んでいたのです。何を隠そう、私もこの栄屋の駕籠に連れ去られたことがありまして……小石川の音羽町には、かつて堀井屋《ほりいや》という質屋があったのですが、そこの店主の徳庵という者に騙されたのです」

「騙された、というと？」

小林吉之助の名は伏せたが、両親の仇を探していたことを律は明かした。

「徳庵は江戸払になったのですけれど、なんと此度、志摩屋に厄介になっていたことが判って、志摩屋の者たちと一緒に捕まったそうです。なんでも、徳庵の甥が栄屋で働いていたそうで……」

その甥は千恵を攫った圭二という駕籠舁きと同じく、幾度も拐かしに関わっていたことから、圭二と共に打首となっていた。圭二を捕まえたのは由郎だったが、徳庵は律が捕物の場にいたことをどこからか嗅ぎつけたらしく、知人の峰次郎を頼って律への復讐を企てていたのであった。

「江戸払になって店を手放さざるを得なくなったことや、甥が捕まったことで、徳庵は私を逆恨みしたんです。つまり、着物の注文は嘘だったんです」

注文を伺いに来た律を殺し、皆で口裏を合わせて「注文を取って帰って行った」ことにして、律は「行方知れず」となる筈だった。しかしながら、こともあろうに定廻りの妻が同行していたため、あの日は諦めざるを得なかったのだ。

律に意匠を問われて、峰次郎はとっさに白山信者の晃矢を思い出し、「らいの鳥」と口にしたのだが、次の策を練りつつ律の再訪を待つ間に、当の晃矢が志摩屋を訪れた。

「晃矢が雷鳥の着物に興を示したらしく、私を始末するのは着物を納めさせてからにしようと目論んでいたと聞きました」

――らいの鳥の着物なぞまず手に入らん。殺すなら着物を描かせてからにしてくれ――

そう晃矢に頼まれて、峰次郎は徳庵を説得し、律への復讐をしばし延ばした。

「ですから――その気はなかったとしても――私は晃矢に命を救われたことになります」

「お律さんのような、腕のある職人を始末しようだなんてとんでもない。ましてや、つまらぬ逆恨みで」

「私は少し前にも逆恨みされて……結句、お腹の子を失いました」

「なんですって?」

「昨年、はるという女の夫と兄の似面絵を描いたことがあったんです。はるの夫は虎二郎、兄は卯之介という名で、巾という女を頭とする盗賊の一味でした。一味を捕らえたのは火盗改でしたが、はるは似面絵を描いた私を逆恨みして、弟を拐かしたと嘘をついて、私を殺そうとしたんです。その折に無理が祟って……」

「……弟さんを助けようとしたんですね」

つぶやくように言った達矢へ、律は頷いた。

「弟は私より一回り年下で、私はいまや親代わりです。弟のためなら、私には命を投げ出す覚悟があります」

「羨ましいな」

律ではなく、前方に見えてきた白山権現を眺めて達矢は微かに笑った。

「ほら、私はずっと兄弟を――兄を憎んで生きてきたから……」

「でも、誰かいらしたでしょう？　親兄弟や伴侶でなくとも誰か――心から大事にしたいと思う人が。たとえば、懐中仏を遺して逝かれた恩師の方とか」

「恩師か……恩師こそ我が身を投げ出して私を救ってくれましたからね。そうだな……今ならあるいは、私にも同じことができるかもしれません」

旅の途中で出会った恩師は、道中で野盗に襲われた際、達矢を庇って大怪我を負った。この怪我がもとで、恩師はほどなくして命を落としたそうである。

行く手を見据えて、達矢は思案しながら続けた。

「恩師の教えは易しかった。山を――自然を崇め、あるがままをよしとし、人や物への執着を捨てよ……しかし、たったこれだけのことが、私のような俗物にはひどく難しい……」

相槌や次の言葉に律が迷ううちに白山権現が近付いて、門前町の茶屋が目に留まる。

昼過ぎとあって盛況で、表の縁台は客で一杯だ。

ふと、客の一人がこちらを見やって立ち上がった。

十四、五歳と思しき少女で、律を認めると慌てて顔をそらして再び縁台に座り込む。
少女の後ろの縁台に太郎の姿を見つけて、律は思わず足を止めた。

「お律さん？」

さりげなく来た道を振り向くと、ほんの半町ほど離れたところに、こちらへ歩いて来る涼太の姿があった。

「どうかしましたか？」

「……なんだか、呼ばれた気がしたんです」

誤魔化してから、律は達矢を見上げて、手ぬぐいで唯一隠されていない両目を見つめた。

「達矢さん」

「なんでしょう？」

「今一度……雷鳥を見せていただけませんか？」

黒々とした二つの瞳の奥に剣呑な光が煌《きら》めいた。

が、それもほんの一瞬で、達矢はゆっくりと懐へ手をやって懐中仏を取り出した。

そっと蓋を開くと、しばし雷鳥を見つめたのち、律に懐中仏を蓋ごと差し出す。

「……預かっていてくれませんか？」

茶屋の方を見やって達矢が言った。

「えっ？」

「少し先を急ごうと思います。白山権現へのお参りはまた、江戸に戻った折にでも。その時まで……着物を取りに伺うまで、懐中仏はお律さんが預かっておいてください」

「――承知しました」

蓋を閉じて、律は懐中仏を胸に抱いた。

「では、私はこの雷鳥と一緒に、あなたさまの道中の無事をお祈りして参ります」

「そうですか。私のために祈ってくださいますか」

「はい」

「ありがとうございます」

互いに会釈を交わして別れると、律は参道をゆくべく左に折れた。

すると、百歩もゆかぬうちに小走りに足音が近付いて来る。

「お律」

立ち止まって振り向くと、律は追って来た涼太を見つめた。

「どうしてやつについてった？　やつの正体は見抜いていたんだろう？」

「ええ。でも……確かめたかったんです」

「何をだ？　やつが本当に晃矢かどうかをか？」

片手で懐中仏を握りしめ、律はもう片方の手で涼太の腕に触れて首を振った。

「いいえ。あの人が本当に悪人なのかどうか……」

参道への入り口から少し北の、茶屋の方で怒声と悲鳴が同時に上がった。

太郎を始めとする火盗改が、とうとう「夜霧のあき」を捕まえたのだ。

八

長屋に現れたのが晃矢であることに、律は時をおかずして気付いた。

一昨日のこと、太郎から己が白山権現で出会った者も、のちに長屋を訪ねて来た者も、どちらも達矢を装った晃矢だったと聞いていたからである。

だが、それでも晃矢を目の当たりにすると、信じ難い思いがしばらく続いた。

――今井が「達矢」の殺意を懸念し、涼太に相談したのが文月朔日、涼太が小倉のもとへ向かったのは翌日の二日のことであった。

一方、小倉と太郎は朔日のうちに、同心の中尾浩二郎が裏切り者である証を手に入れていた。二人はここしばらく、達矢が上野や千住宿をうろついて晃矢を探している間に、中尾と晃矢のつながりを探っていたのである。だが、中尾も薄々己が疑われていることに気付いていて、上役が呼び出す前に姿を消していた。

二日の朝に涼太から話を聞いた小倉は、すぐさま真偽を確かめるべく太郎を本物の達矢の長屋に送ったが、達矢はあいにく留守だった。大家曰く、達矢は数日長屋に戻っていないそうで、達矢の無事を案じながら太郎は「すぐ会いたし」と短い言伝を預けて帰った。

　達矢が現れぬまま丸一日が過ぎたが、三日の夕刻、火付盗賊改方の水野忠篤《みずのただあつ》の役宅に「達矢」から密告文が届いた。

　志摩屋が峰次郎を頭とする一味の「盗人宿」で、中尾と晃矢も志摩屋に潜んでいるというのである。また、中尾が晃矢を始めとする盗人たちに通じる裏切り者であることや、晃矢に恩を売るべく似面絵を始末したこと、峰次郎がこれまで主に美濃《みの》、尾張《おわり》、三河《みかわ》の三国で盗みを働いてきたことも記されていて、尾張国の奉行所が書いた人相書まで添えられていた。

　志摩屋を見張りつつ火盗改が辺りで訊き込むと、中尾や晃矢と思しき者が志摩屋に出入りしていたことが判明し、水野は敵方に気付かれる前にと、性急に志摩屋での捕物を決めた。

　火盗改が志摩屋へ乗り込んだのは五日の早朝だった。

　下っ端の者を幾人か捕らえると、峰次郎は観念したらしく自ら表へ出て来たという。江戸払にもかかわらず、志摩屋に留まっていた徳庵も一味と共にお縄になった。

　が、小倉を始めとする同心たちが店を検めるべく奥へ行くと、中尾が今まさに達矢を殺《あや》めんとしているところへ出くわした。達矢は水無月末日に、晃矢の居場所をほのめかした中尾におびき出されて、志摩屋で囚《とら》われの身となっていたのである。

　晃矢は五年ほど前――太郎が晃矢を見知っていた頃――までは己の一味を持っていたが、近年は一人で「仕事」をしてきたらしい。ただし、峰次郎や今は亡き巾などの一味から助っ人を借りたり、己が助っ人を務めることがなくもなかった。晃矢は腕の良い鍵師で、晃矢の達矢への並ならぬ憎しみを見て取った峰次郎は、この数箇月、達矢を捕らえて晃矢に差し出すことで、晃矢を己の一味に引き入れられぬかと画策していた。ゆえに、晃矢に媚びるべく着物の意匠を好きに選ばせ、晃矢が「言うがままに」律に五両の前金を払ったという。

小倉に己の裏切りを知られた中尾は、達矢を「手土産」として志摩屋に身を寄せていたのだが、捕物を知るや否や悪知恵が働き、己の悪行を知った達矢を晃矢として殺し、己の裏切りを「自ら虎穴《こけつ》に入って峰次郎や晃矢を探っていた」ことにしようとした。

――莫迦《ばか》め。殺せば達矢の口は封じられても、頬の傷跡を見れば亡骸が晃矢でないことはひと目でしれように――

そう、小倉が笑ったのも束の間だった。

峰次郎や一味の者の話から、晃矢もまた左頬に傷を負っていたことが判ったからだ。傷跡は無論そっくりではないが、やはり切り傷で、大きさや傾き加減は似ているそうである。

火盗改が持っている晃矢の似面絵は双子の達矢そのものだが、傷跡は描かれていない。晃矢にも似たような傷跡があり、達矢の似面絵が――達矢の傷跡を描いたものが――ない以上、亡骸からどちらかを判ずるのは難しいと中尾は踏んだのである。

中尾や峰次郎曰く、晃矢が自らの頬に傷をつけたのは、如月に千住宿での盗みを終えた後だという。はるが捕まった卯月《うづき》に晃矢が江戸を離れていたのも、傷を癒やすためではなかったかと二人は考えていたようだ。

火盗改は峰次郎一味と徳庵、そして中尾を捕らえたのち、志摩屋をくまなく調べて一味の隠し金を探し出した。水野を始め、与力たちが主だった者を取り調べるうちに時が過ぎ、小倉が達矢から話を聞くことができたのは日がとっぷり暮れた後だった。

律が白山権現で「達矢」と出会ったのは水無月の二十五日で、達矢曰く、その日は一日中千住宿をうろついていた。加えて、本物の達矢は雷鳥の懐中仏どころか、白山信仰そのものを知らなかった。晃矢が達矢を装って律に近付いていたと知って、小倉は翌朝ただちに太郎を青陽堂へ走らせた。

思い返せば、晃矢は峰次郎が着物を贈るという「友人」を初めから「男」だと決めつけていた。峰次郎がそうしたように、雷鳥を「らいの鳥」と呼んだこともあった。朔日に長屋を訪ねて来たのも、律が志摩屋に行かずに済むようになったことを知っていたからであろう。

晃矢を油断させるために、火盗改は「晃矢」は峰次郎に殺されていたことにした。その一方で小倉たちは、晃矢とその隠れ家、また、峰次郎や中尾から聞き出した「晃矢が時折遣いにしていた妹分の少女」を探して回った。

「その妹分が茶屋にいた――太郎さんが見張っていた――女子なのだな」

長屋に戻ってから律と涼太に話を聞いて、今井が言った。

「おそらく」と、律は頷いた。「晃矢はあの子と、茶屋で待ち合わせていたんでしょう」

「まさか、晃矢が再びここへやって来るとはな……」

「私も思いも寄りませんでした」

晃矢は律が似面絵師として、少なからず「お上」とつながりがあることを知っていた。さすればいくら巷で「晃矢は死した」と聞いたとしても――むしろそれゆえに――捕物から三日も経ってここへ現れるのは危険が過ぎる。

律がどれだけ知っているのか、己の正体に気付いているのか、晃矢は探るように言葉を紡《つむ》ぎ、律もまた同じように晃矢が己を訪ねて来た意図を探ろうとした。

「それにしても、お律。あれほど涼太に言われていたというのに、よくもこんな無茶をしたものだ。新助から言伝を聞いて、私は久々に血の気が引いたぞ」

「無茶をしたとは思っていません」

今井と涼太を交互に見やって律は言った。

「話してすぐに判ったんです。あの人は――晃矢はただ、着物が欲しくて私を訪ねて来たんです。晃矢はずっと私の前では錺師として、職人として振る舞っていました。ですから私が上絵師として、やはり職人として接する限り、ひどいことはされないと思ったんです」

達矢を装って律を騙した晃矢であったが、律の仕事に対する称賛や、雷鳥、ひいては白山を敬う気持ちに嘘はないとも律は信じた。

だが、どうしたものかと、律は晃矢を前にして考えを巡らせた。

長屋にいたのは幾人かの居職のみで、大声を上げれば逃げられてしまうと踏んだ。番屋に知らせるにしても一人では難しく。あまり引き止めても不審に思われる。そこで、とっさに白山権現まで同行することにしたのである。

「言伝を聞いたら、涼太さんか先生がすぐに追って来てくれると思っていました。でも、もしもそうでなくても、ついて行くのは白山権現までと決めていました。それより先まで行くときっと怪しまれるでしょうし、そうなったら涼太さんとの約束を破ることになると思ったから……」

我ながら言い訳がましいと、律は渋面を崩さぬ涼太を前にうつむいた。

怪しまれてはならないと思いつつ、律は幾度か晃矢を試すようなことを口にした。

雪永の注文は話の種に過ぎなかったが、千恵のことまで話したのは、晃矢が今井に語った、かつて達矢の恋人を力ずくで奪おうとしたという告白の真意を知りたかったからだ。

若気の至りとしても許されぬことだが、晃矢の目に浮かんだのは後悔の念だと律は見た。さすれば今井に語った晃矢の悪事の数々は、贖罪《しょくざい》の意の表れとも律には思えた。

太郎の話によると、達矢は密告文など書いておらず、文を中尾に見せたところ晃矢の手によるものだと判明した。晃矢はこの密告文をもって、峰次郎一味と徳庵、中尾を――あわよくば達矢をも――火盗改に始末させようとしたらしい。

いくらなんでも全て着物のための筈がない。だが、もののついでに己に情けをかけてくれたのだろうと推察し、律は晃矢に徳庵との確執を話すことにした。

おはるさんのことも、流産したことも……

偽者だと承知していながら、どこかでまだ目の前の男が「達矢」だと信じたい気持ちが律にはあった。

「晃矢はどうしてお前に懐中仏を託したんだ？」

私は、危険を知らせようとしたんだろうか……？

――今一度……雷鳥を見せていただけませんか？――

行く手には太郎が、後ろには涼太が控えていると知って、そう口にしたのは己だった。

晃矢一人ならば、もしかしたら逃げ切ることができたやもしれなかった。

しかし、晃矢は逃げなかった。

最後にじっと雷鳥を見つめた晃矢を思い出しながら、律は応えた。

「……しかとは判らないけれど、お上に取り上げられるくらいなら、私に託した方がましだと思ったんじゃないかしら。だって、何やら願掛けしたようだったもの……」

九

四日後の、文月は十二日の九ツ前に太郎が長屋へやって来た。

今井は指南所、涼太は仕事で太郎と二人きりだが、密談とすべく律は引き戸を閉めた。

「……あの茶屋で晃矢は神妙にお縄になって、二日をかけて今までの『お勤め』を洗い浚い白状しやした。ですがそののち――おとといの夜、みんなが寝静まった後に、その名の通り、夜霧のごとくひっそりあの世へ旅立ちやした」

「そんな」

隠し持っていた毒を含んだらしいが、うめき声一つ上げなかったため、誰も朝まで晃矢の死に気付かなかったという。

「おそらくおはるが含んだ毒も、晃矢のものだったんでしょう」

はるは火盗改を晃矢の隠れ家に案内した際に、家に隠していた毒を含んで自害した。

「晃矢は水野さまが御自らが調べなすって、盗みの他、生い立ちやら達矢さんとのいざこざやらもとっくりと聞いたそうです」

――晃矢が母親と親類宅へ向かったのは年の暮れで、晃矢は十五歳であった。

道中、耐えかねたのか母親は胸中の殺意を吐露《とろ》し、どちらも泳ぎを知らぬというのに、渾身《こんしん》の体当たりで晃矢もろとも冬の川へ身を投げた。死物狂いで晃矢は水辺に上がり、なおかつ己を殺そうとした母親をも引き上げたが、母親は既にこと切れていた。

生き延びた晃矢は、母親の亡骸に千切った己の袖を握らせた。

「晃矢は父親と弟も疑って、殺される前に殺してやろうと一旦家へ足を向けやしたが、途中で思い直して、二度と郷里には帰らねぇと心を決めて、京へ行くことにしたそうです」

旅路で小さな盗みを繰り返し、京では錺師の修業を活かして鍵師となった。だが、鍵師になってみると、「腕試し」に一層盗みにも励むようになり、晃矢は一年と経たずに盗人一味の頭となって京を離れた。一味を引き連れ、大坂、近江と渡り歩くうちに、やがて「夜霧のあき」として名を馳せるようになった。

「俺が晃矢の顔を拝んだのはその頃でした。並外れた切れ者かつ器用者だと、仲間内では評判でしてね……その後、達矢が大坂から江戸に移って暮らす間に、晃矢は大坂で白山信者の白遥《はくよう》って坊主に出会ったそうです。この坊主はなんと郷里で一度晃矢を一喝したことがあって、これも何かの縁だと晃矢に白山信仰を説き、盗人稼業から足を洗わせようとしやした」

白山信仰が「気に入った」晃矢は、一味を仲間の一人に託し、白遥の伴をして諸国の白山権現を訪ねて回ることにしたのだが、大坂を出てほどなくして二人は野盗に襲われた。

「その際、恩師の方が、晃矢を庇って大怪我をしたと聞きました」

「ええ。ですから晃矢は坊主を助けるために――医者と薬のために、再び盗みを働きやした。けれども坊主は甲斐なく……晃矢の所業に失望しながら亡くなったそうです」

白遥亡き後、晃矢は盗人稼業に戻った。此度は仲間を作らず、一人で主に東海道を転々としたそうである。

晃矢は江戸に隠れ家を持ち、幾度か「仕事」をしていたが、達矢が江戸にいることを、この弥生まで知らなかった。達矢が大坂へ行ったことや、父親が病で死したことを大分前に風の噂に聞いていて、達矢はてっきりいまだ大坂で暮らしているものと思っていたのだ。

——達矢の居所を突き止め、こっそりその顔を窺った途端、郷里に捨ててきた筈の悪心がよみがえってきたんです。今度こそあいつを始末したい。なんならあいつを「夜霧のあき」として殺し、私が「錺師の達矢」に成り代われば一石二鳥だと思ったんですよ——

達矢への憎しみで頭に血が上って己を抑えきれず、隠れ家に戻った晃矢は、かつて達矢がそうしたように己の頬を切り裂いた。

——あいつにできて、私にできない筈がない——

そんな思いもどこかにあったという。

晃矢が「並外れた切れ者かつ器用者」だったのは、律にも明々白々だ。

晃矢もそう自負していたからこそ、幼き頃、皆に厚遇されていた達矢が——己より不出来な「今一人の自分」が——一層許せなかったのだろう。晃矢が何ごともなく修業を続けていれば、今頃は達矢を凌《しの》ぐ錺師になっていたやもしれなかった。

痛みによって落ち着きを取り戻した晃矢は、傷が癒えるまでしばし江戸を離れたが、今井の推察通り、卯月の終わりには江戸に戻っていた。

留守中にはるが死に、託していた隠れ家が火盗改の手に落ちていたため、まずは馬喰町の旅籠に身を落ち着けた。隠し金を失った晃矢は、手始めに旅籠の客から少しばかり金を盗んだのだが、その折に兄を失って困っている仁太を知って、興を覚えた。

「途方に暮れている仁太を気の毒に思い、晃矢は中尾につなぎをつけて調べさせ、阿芙蓉一味を密告したのが役者の片桐和十郎さんだと突き止めやした」

晃矢はやはり中尾を通じて、火盗改が己の似面絵を描かせたこと、描いたのが律という上絵師にして「町奉行所御用達」の似面絵師であること、また、律が以前巾一味の似面絵も描き、はるの死にもかかわっていたことなどを知った。

「ですが、白山権現でお律さんに出会ったのは、本当に偶然だったそうで」

機転を利かせた晃矢は律から、達矢が「己のごとく、鉄火被りで」傷跡を隠して晃矢を探していることや、峰次郎が己のために雷鳥の着物を注文しようとしていることを知り、ちょうど峰次郎からつなぎを受けたこともあって志摩屋を訪れた。

「晃矢は徳庵が逆恨みからお律さんを殺そうとしていたことや、峰次郎が徳庵に手を貸そうとしていたことが気に入らなかったってんです。何より、お律さんの描く着物が欲しくなって、峰次郎たちをうまく丸め込んで着物を手に入れ、ついでにお律さんにばれる前に、達矢さんをうまく始末してしまおうと目論みやした」

だが、小倉たちが中尾の裏切りに気付いたことや、中尾が達矢を捕らえたことが、晃矢の目論見を狂わせた。

中尾から己の足がつくことを恐れた晃矢は、密告文をもって早急に火盗改に志摩屋と中尾を始末させることにした。捕物のどさくさで、峰次郎が「密告主」の達矢を、はたまた火盗改が達矢を己と誤って仕留めてくれれば御の字だが、さもなくば、いずれほとぼりが冷めた頃、江戸へ再び戻って己の手で達矢を始末すればよいと考えていた。

晃矢は捕物を見届けたらすぐさま江戸を出るつもりだったが、志摩屋で「晃矢が殺されていた」と聞いて気を変えた。

「どうせなら、旅に出る前に、お律さんの着物を買って行こうと思ったそうです」

調べで誰かが口を割れば、志摩屋で死したのが達矢だったと知れてしまう。長くは待てぬと判じて、晃矢は三日だけ出立《しゅったつ》を延ばした。

この三日が晃矢の命取りとなった。

三日のうちに、火盗改が晃矢の「妹分」を探し出したからである。

——火盗改にまんまと騙された挙げ句、己のつまらぬ欲に負けたのですよ——

そう言って、晃矢は水野の前で苦笑を漏らしたという。

「水野さまに白状した通り、晃矢は達矢さんを葬った暁には、達矢さんに成り代わるつもりでいやした」

とはいえ、達矢の友人知人まで騙せるとは思っておらず、達矢を殺した後は、達矢の振りをして江戸を出て、どこかで「錺師の達矢」として身を立てようと算段していたそうである。

「それでここしばらく、晃矢は達矢の小間物を買い集めていたってんです。晃矢はとびきりの鍵師だったが、錺師の腕前は達矢にまだ及ばねぇと悟っていて、買い集めた物を小出しにする間に、達矢の作風を会得しようと考えていたそうで」

「あっ」と、閃いて律は声を高くした。「では、達矢さんの小間物を買い占めていた好事家というのは晃矢で、小間物屋に出入りしていたのは、あの女の子だったんですね？」

雪永が言っていた「いけ好かない女子」は、晃矢の妹分だったのだ。

「いやそれが、出入りしてたのはあいつでしたが、やつは実は男でした」

「えっ？」

「昨年の長月の、白山権現での拐かし――あれは晃矢の仕業だったと、いつだったか殿がお話ししやしたでしょう？」

「ああ、あの！」

栄屋が十二歳だった男児を拐かし、晃矢の隠れ家に連れて行ったという一件である。

「晃矢は栄屋に頼んで駕籠で紀一《きいち》を――ああ、餓鬼の名が紀一ってんですが――攫って、そうすることで紀一を救ったってんです」

「救った……？　というと？」

「紀一は上野の表店の長男だったんですが、母親を亡くした後、後妻と実の父親からひどい折檻《せっかん》を受けていやした」

後妻は父親の妾で、母親が亡くなる前に、紀一にとっては腹違いの弟を産んでいた。

父親は後妻に首ったけで、後妻を家に入れてからは後妻の言いなりに弟に店を継がせることにして、一緒になって紀一をいたぶるようになったという。

「親は折々に町奉行所に顔を出してたそうですが、紀一を案じてたんじゃねぇ。紀一が見つかったら、てめぇらの所業がお上にばれると冷や冷やしていたんでさ」

自死を考えるようになった紀一はある日、なんとはなしに訪れた白山権現で晃矢に出会った。紀一の身の上に同情した晃矢は栄屋に駕籠を頼み、後日再び白山権現へやって来た紀一を「神隠し」のごとく攫って己の隠れ家に住まわせた。

「女の格好を勧めたのはおはるで、それなら身内にも気付かれねぇだろうってんで、江戸にいる間は女の格好で通すことにしたってんです」

紀一は今年十三歳だが、少女としてはやや大きく、少し年上に見えたようだ。

女連れの旅は難しいため、旅路では紀一は少年の姿に戻っていた。晃矢は卯月に江戸を離れて湯治に紀一を連れて行ったが、それは己の頰の傷はもとより、紀一の傷跡が少しでも薄れぬかと願ってのことだったらしい。

「俺は見ちゃいねぇんですが、殿が聞いた話だと、紀一には傍《はた》から見えねぇところにいくつも大きな傷跡があるとか……」

沈痛な面持《おもも》ちをした太郎も、その昔、母親や親類から「殴る蹴る」されていた。さすればおそらく太郎にも、傍から見えぬ傷跡があるのではなかろうか。

——一人前になるまでは、私が面倒をみてやろう——

そう、晃矢は紀一に約束していたという。

ゆえに晃矢は、己が知る限りの盗人と盗人宿を明かす代わりに、紀一をけして親元に帰さず、まっとうな里親か奉公先を世話してやってくれと、水野に直《じか》に掛け合い、水野はこれを承諾した。

「達矢への執着はさておき、俺が聞いたところじゃ晃矢は出来たやつで、『お勤め』で貧乏人から盗んだり、人を殺したり、犯したりしたことがねぇ。それどころか、頭だった時は手下に惜しみなく分け前をやり、一人の時はお若や紀一みてぇのに情けをかけて回っていたようなんですや。お律さん……こういっちゃなんだが、俺ぁ、やつが嫌いじゃなかった」

——いただくのは金だけ。貧乏人からは盗《と》らねぇ。女は犯さねぇ。殺しはしねぇ。穀潰《こくつぶ》しの俺でもそれだけは守ってやってきた——

盗人なりの矜持《きょうじ》を掲げていた太郎は、どこか無念そうに胸中を打ち明けた。

「私も」

しんみりとして律は応えた。

「大きな声では言えませんが、私も晃矢——晃矢さんをなんだか憎めないんです」

「そうですか。お律さんもですか」

小さく頷きながら、太郎は泣き笑うがごとく顔を歪めた。

十

太郎が帰ってまもなく九ツが鳴ったが、青陽堂の台所に握り飯を取りに行く代わりに、律は張り枠に雷鳥の着物の前身頃を張り直した。

空には結句、青でも灰がかった渋みのある御召御納戸色《おめしおなんどいろ》を使った。曇り空ではなく、晴れ空として見えるよう、上の方は大きめの刷毛《はけ》でむらなく、頂から少し下の辺りは山並みをややぼかして霧を入れてある。

前身頃には、着る者の左の腰の辺りに小さく遠くの雷鳥を、右の膝の辺りに実物と同じくらい大きな雷鳥を描くつもりであった。

峰次郎からの前金五両と晃矢からの手付の二両は、今井から火盗改に渡す手筈になっている。どちらもおそらく盗んだ金であろうから、火盗改に託すのが筋と思われた。

注文がなくなって、手間賃は見込めず、反物代も持ち出しとなってしまったが、やはり最後まで描きたいと律は思った。

遠くの雷鳥は御召納戸色より明るい灰青《はいあお》を使うことにして、まずは青花で雪上にいくつか覗く枯れ枝と、空を見やる雷鳥の下描きを入れる。

下描きに満足すると、灰青の染料を支度して、片山家で写した数々の雷鳥の絵を広げ、晃矢から託された懐中仏を開いて手元に置いた。

太郎の話を思い出しながら、描き出す前に律は幾度か筆を握り直した。

おそらく――

晃矢さんがおはるさんを家守に雇ったのは、夫の虎二郎や兄の卯之介、姉分の巾などの身内ばかりか、家まで一度に失ったおはるさんに同情したからだろう。

紀一さんを助けたのは、弟ばかりが優遇されて、折檻で傷だらけになった紀一さんに、お母さんに殺されかけた自分を重ねたから。

お若さんに十両ものお金を渡したのは、晃矢さんもどこかで古里を――もしくは盗人に至る前の暮らしを――偲んでいたからだろう。

――帰れるうちに帰るがいい――

そう言って若の背中を押した晃矢自身は、結句郷里に帰ることはなかった。

……それから、仁太さんに和十郎さんのことを教えたのは、同情よりもきっと、お兄さんを偲ぶ仁太さんと、弟さんに偲ばれている留八さんを羨ましく思ったから――

枯れ枝を描き、枝の周りに淡い影を入れる。雷鳥の身体の線は極細く、羽はぼかした影をつけることで表し、目と嘴《くちばし》、尾羽は墨色でしっかり描いた。

双子でもなく、親兄弟を愛している律には、晃矢が達矢を「もう一人の己」と見なしていたことや、達矢への執着や殺意は理解し難いことである。

だが、律とて聖人君子にはほど遠い。

人を羨んだり、妬んだり、憎んだり。

手に入らぬものを求めたり――

晃矢の生い立ちや心情に思いを巡らせながら、部屋に広げた雷鳥の絵を一枚一枚ゆっくり眺めていく。そうして今一度懐中仏の雷鳥を見つめてから、律は再び筆を執《と》った。

右膝のもう一羽は、懐中仏に似た雷鳥を、灰青よりやや薄い白鼠《しろねず》を使って描いた。遠目の雷鳥とは身体の向きを反対にして着物の外側を――尾根から人里を見渡している姿とした。

目元の黒みを強くして雄々しさを出し、仕上げに目の上の肉冠を蘇芳色《すおういろ》で描き入れる。

以前、とある絵師が枯野見の襖絵を描いた折、本来茶色の鶫《つぐみ》の背中にうっすらと緋色《ひいろ》を入れたことがあった。絵師曰く「この方が絵が引き締まる」とのことだったが、画法より前に律はこの緋色に鶫の秘めたる強さを見たものだ。

蘇芳色は赤の中では落ち着いた色合いながら、雪に覆われた白山にぴりっとした静けさと命の存在をもたらした。

懐妊を――己の内に新たな命が宿ったと――知ったのは半年前だ。

喜びと悲しみに浮き沈みした、目まぐるしい日々であった。

香と幸之助、はるとあき、和十郎と善一郎――

この半年の間に、律は様々な人の絆を目の当たりにしてきた。

留八と仁太、勇一郎とのと、のとと銀、晃矢と達矢、晃矢と白遥、晃矢と紀一……果ては徳庵とその甥の絆までも思い見るうちに、いつかの和十郎の言葉が耳によみがえる。

――だが私にとって善一郎がそうだったように、どんな生き様だろうが、仁太にとって留八は大事な身内だったんだ――

どんな生き様だろうが……

江戸払の身で律を殺すべく画策していた徳庵は、此度は少なくとも遠島に処せられると思われた。同情心は微塵《みじん》もないが、徳庵のような者にも仇討ちを考えるほど「大事な身内」がいたことには、律は何やら安堵を覚えた。

律が知る晃矢は、いまだ「錺師の達矢」のままだ。絵師のごとく絵がうまく、律の腕前を認めて、律が描く着物を本気で欲しがった「職人」である。そしておそらく紀一にとっては、晃矢は盗人の前に命の恩人であり、兄分として慕った「大事な身内」であっただろう。

前身頃を乾かす間に、早速後身頃《うしろ》に取りかかる。

下描きでは後身頃には裾の方に、雪の上に丸くなっている雷鳥を描くつもりだった。

だが、懐中仏の雷鳥を見つめるうちに、左膝の裏辺りに、前身頃の右膝の雷鳥と対になる一羽を描こうと思い立った。

ついでに律は、仕舞っていた小箱から彼岸花の鈴を取り出して、懐中仏の隣りに置いた。

――こいつは会心の出来でした――

そう、晃矢は達矢を褒め称えた。

それともあれは「自賛」だったんだろうか……？

太郎から晃矢の自死を告げられた時、律は今井から聞いた話を思い出した。

――ならば自害はどうだろう？――

達矢がもう一人の己であるなら、達矢を残して死すのもまた、望み通り「一人」となる方法ではなかったかと、今井は晃矢に話したというのである。

「いいえ」と、囁き声でつぶやいて、律は小さく頭を振った。

太郎曰く、晃矢は「錺師の腕前は達矢にまだ及ばねぇ」と悟っていた。とすると、晃矢は達矢をとうに己とは別人だと認めていたと思われる。

……晃矢さんはただ、遅かれ早かれ死罪となる己に、己でけりをつけただけ。

けして達矢さんを「自分」と見なしたからじゃない。

私はそう信じたい――ううん、そう信じよう。

律に懐中仏を託した晃矢は、行く手に待ち受けるものに気付いていた。一人なら逃げ切れたやもしれぬのに、そうせず「紀一を救う」ために、死を覚悟の上でお縄となったのだ。

――そうですか。私のために祈ってくださいますか――

そう言って、晃矢は穏やかに茶屋へと歩んで行った。

そっと筆を執って、律はまずは前身頃の雷鳥と同じく、ぼかした灰鼠《はいねずみ》の影を入れることで白い羽と身体の丸みを描いていった。

筆の数はそれほどでもないが、過不足なくうっすらと、また間違いなく描き進めるために、律は何度も手を休めて、一枚、一枚、丁寧に羽を描いた。

灰鼠で身体と足を描いたのち、律は一旦筆を置いた。

傍らの懐中仏を手に取って、どこか遠くを眺めている「神の遣い」をじっと見つめる。

――自然を崇め、あるがままをよしとし、人や物への執着を捨てよ――

白遥の教えを「ひどく難しい」と晃矢は言った。

あるがままを――私が、私であることをよしとする……

人を羨んでも始まらぬ。

だが「執着を捨てよ」という教えが、必ずしも正しいとは律には思えなかった。

執着とは、ある人や物、事へ深く思いをかけること、それらにとらわれること、それらを思い切れぬことである。さすれば、信仰や愛情も執着の一つに違いなく、時に生きる糧《かて》となったり、命を賭《と》す事由となったりするからだ。

白山は、徳川の世よりずっといにしえから人々に崇められてきた。

また、言い伝えによると「頂は極楽浄土にたとえられ、帰り着いた魂魄が新たに生まれ清まる地」だという。

手のひらの雷鳥を己の描く雷鳥に重ね見て、律は晃矢の魂魄の行く末の安寧《あんねい》を祈った。

神さまを感じ見る――

懐中仏を置き、再び筆を握って、ゆっくりと「神の遣い」の目を描き入れる。

筆を取り替えて毛先に蘇芳色をつけると、律は命の是非を問うがごとく、神妙に仕上げの筆を下ろした。

十一

翌朝。

早々に池見屋に鞠巾着を納めて戻ると、乾かしておいた雷鳥の着物に蒸しを施した。

昨日は昼餉も取らずに一度に全てを描いたが、墨絵のごとき意匠を描くには最善の時であったと、出来に満足しながら律は一人で頷いた。

昼餉ののちは鞠巾着に勤しみ、八ツの鐘を聞いて筆を置く。

涼太は芝まで、今井は両替商のもとへ出かけているが、一休みすべく茶の支度をしていると、由郎が二人の男を連れて現れた。

「由郎さん――」

連れの一人は達矢、今一人は紀一であった。

家の中へ促すと、三人は三様に乾かしている雷鳥の着物にしばし見入った。

律は律で、不躾《ぶしつけ》だと承知の上で達矢をじっと目で追った。

晃矢が死した今、達矢は傷跡を隠していない。

目元や口元に加え、背丈や身体つきは双子なりに似ている。だが、目つきや会釈、話し方、草履の脱ぎ方、座り方などは逐一晃矢とは違っていて、律は内心驚いた。

皆に茶が行き渡ると、由郎が切り出した。

「本日は、この雷鳥の着物を、私に引き取らせてもらえないかと思って来たのです」

「えっ？」

「達矢から買い手がいなくなったと聞いて、飛んで来たのですよ。まさかもう描き上がっているとは思いませんでしたが、想像していたよりもずっと素晴らしい出来だ。お律さんの言い値で構いません。是非、私に譲ってください」

「そ、それはありがたいお話です。今朝のこと、池見屋さんに買い手を探してもらえないかとお願いしてきたところでして……」

――出来次第だが、雷鳥の意匠ならおそらく雪永が欲しがるさ。そうでなくとも、店に置いときゃそのうち買い手がつくだろう――

そう、類から言われたばかりであった。

「いけません。池見屋さんはお断りしてください。なんなら私が今から断りに行ってもいい。お代は今すぐお支払いしますから、どうかこの着物はわたくしめに」

「も、もちろんです」

由郎の勢いに押されつつ、律は晃矢の時と同じくまずは手付として二両を受け取った。

「残りは、仕立てが終わった後に……」

「ええ。後金も心付けも、しっかり、たっぷり、お支払いいたしますから、くれぐれも他に気を移されませんように」

茶目っ気たっぷりに微笑んでから、由郎は続けた。

「お上からいろいろお聞きかと思いますが……紀一は達矢が引き取ることになりました」

水野は晃矢との約束を守り、紀一の引き取り手を探すことにしたのだが、晃矢の最後の願いを知った紀一が、叶うなら達矢と暮らしたいと願い出て、達矢もそれをよしとした。

「そうですか」と、律は達矢と紀一を交互に見やった。

面立ちは優しく身体も細いが、今日の紀一はどこから見ても年相応の少年だ。顔色が優れぬのは、晃矢を失った悲しみからだろう。憎しみは――達矢への復讐心や逆恨みはなさそうだと律は踏んだ。

達矢さんに、晃矢さんの面影を見てるのかしら……？

だが、律の胸中を読んだがごとく、紀一は小さく首を振った。

「判っています。達矢さんと晃さんは違う。私にはひと目で判りました。私には――」

顔を歪ませ、涙をこらえた紀一へ、律は頷いて見せた。

「私にもすぐに判りましたよ。達矢さんにお会いするのは初めてですが、すぐに晃矢さんは達矢さんとは別人だって判りました。『そっくり』だったたって聞きましたけど、それはもう昔の話。今はこんなに違う——違っていたんだわ」

「そうなんです。だから……だから、晃さんは」

達矢さんに執着して、結句、身を滅ぼすことなどなかった——

言葉にならぬ紀一の思いに、意を同じくして律は再び頷いた。

紀一を見やって、達矢が口を開いた。

「……私は初めは断ろうとしたんですが、こいつが私と晃矢はてんで違う、その証を立てることで晃矢の供養としたい——なんて言うもんだから、つい引き受けちめぇやした。しかしそうですか。お律さんにもすぐに判りやしたか……」

そう言って、達矢は微苦笑を浮かべた。

「お上に密告文を見してもらいやしたが、やつは私よりずっと学があったみてぇです」

達矢は仮名の読み書きがやっとだというのに、晃矢が達矢の名で書いた密告文には漢字がいくつも混じっていて、筆使いも達者だったそうである。

「しゃべり方や仕草なんかも、あいつの方が品があったそうですね」

白遥の教えだろうか。若を呼んだ茶屋で伝法《でんぽう》な言葉遣いをしたのは職人らしく見せるためで、盗人たちへはともかく、晃矢は常から丁寧な物腰、物言いを心がけていたらしい。

「……達矢さんは、晃矢さんには会えなかったんですか？」

「引き回しの折にとっくり顔を拝んで、恨み言を投げつけてやるつもりでしたが、あいつはとっとと先に逝きやしたからね。最期まで、身勝手でいけ好かないやつでした」

達矢の台詞に微かに眉をひそめるも、紀一は達矢をまっすぐ見つめて言った。

「晃さんは達矢さんの作る物に心から惚れ込んでいました。お律さんの長屋を訪ねたのも、彼岸花の鈴を見てみたくなったからなんです。私が思うに、達矢さんに成り代わるためというのは建前で、晃さんはただ気に入った物を独り占めしたくて買い占めたのかとも……」

「ふん。やつのおかげで、とんだぬか喜びしちまった」

「私には勿怪《もっけ》の幸いだったがね」と、由郎。

小間物に支払われた代金も盗みで得た金であった。よって達矢は代金をそっくり火盗改に返上し、品物を引き取ることにしたのだが、持ち合わせでは足りず、不足分は戻ってきた小間物を藍井で売ることを条件に由郎が出したそうである。

「お律さんの着物もそれは楽しみにしていました。しかとは話してくれませんでしたが、晃さんは白山参りに行けない代わりに、この着物を手に入れようとしていたんだと思います」

白山に行こうと思えば金も時もあったのに、そうしなかったのは、盗人であるうちは白遥の供養も、白山参りもできぬと晃矢は思っていたかららしい。

「此度、自ら手を下していないとはいえ、達矢さんを『殺して』しまったからには、たとえ盗人稼業から足を洗い、錺師になったとしても、白山参りは許されない――そんな風に考えていた節が晃さんにはありました」

紀一曰く、晃矢は峰次郎から着物の下描きを受け取っており、懐中仏と共に後生大事に懐に仕舞っていた。もしも出立前に着物を受け取れなかったら、やがて己が「偽者」だとばれることを見越して、江戸に戻ったのちにこっそり盗み出そうと考えていたようだ。

「もちろん、相応の後金を代わりに置いて……でも、出立を遅らせたのは、雷鳥の着物への未練ばかりではなく、私のせいでもあります。私は暑気あたりで文月に入ってから少し寝込んでいて……ようやく旅支度にかかった矢先に、火盗に見つかってしまいました……」

心労も祟ったのだろう。火盗改の働きぶりには、晃矢よりも紀一の方が気を張りつめていたようだ。「欲に負けた」としか晃矢が言わなかったのは、紀一を庇うためだったのだ。

腰を上げると、律は簞笥から仕舞っていた懐中仏を取り出して、唇を嚙み締めている紀一の前に置いた。

「白山権現で初めて会った時、晃矢さんは下描きに困っていた私に、この懐中仏を見せてくれました。それは晃矢さんにはとても危険なことだったのに、晃矢さんは『職人』として私を助けてくれたんです。晃矢さんは、ずっと錺師になりたかったのではないでしょうか。その、成り代わるためではなく、ただお父さんや達矢さんみたいな一人前の錺師に……」

――お律さん。いつか、一緒に何か作りませんか？――

およそ叶わぬ望みだと、晃矢は承知の上だったろう。

しかしながら、まったくの戯言《ざれごと》ではなかったと律は思うのだ。

「この懐中仏は、紀一さんがお持ちになってください」

「いいんですか？」

「そのために、晃矢さんは私にこれを託したんだと思うんです。晃矢さんは、紀一さんがいずれ私を訪ねて来ると見通していたんですよ」

「……見通していたのはらいの鳥かもしれません。晃さんは迷いごとがあるといつも、冗談交じりにだけど、『らいの鳥に問うてみよう』と、この蓋を開いてた――」

願掛けではなかったのか……

懐中仏の蓋を開け、しばし見入っていた晃矢の姿が思い出された。

――晃矢さんは最後に、何を問うたのだろうか。

らいの鳥は――「神の遣い」は――晃矢さんになんと応えたのだろう……？

此度はこらえきれずに涙ぐんだ紀一へ、達矢が黙って手ぬぐいを差し出した。

由郎が暇を告げて、二人を連れて帰ってしまうと、急にがらんとした部屋で律はぼんやりと茶器を集めた。

――と、木戸から小走りな足音が近付いて来た。

「姉ちゃん！」と勢いよく、潑剌《はつらつ》とした慶太郎が飛び込んで来る。

「け、慶太？　どうしたの？」

「ちょいと手が空いたからさ。藪入りのことなんかを話しに来たんだ。おかみさんの許しはちゃあんともらってあるよ」

「藪入り……？」

「やだなぁ、姉ちゃん。藪入りはもうすぐそこじゃねぇか」

呆れ顔で伝法に言うと、慶太郎は草履を脱いで上がり込んだ。

「おかみさんがさ、十五日は八ツ過ぎには帰っていいって言ってくれたんだ。ほら、恵蔵さんの祝言に間に合うように」

晃矢や着物のことでここしばらく頭が一杯だったが、明後日は十五日で恵蔵の祝言、しあさってはのちの藪入りである。

「ああ、そう。よかったわ」

「こないだ、遣いのついでに尾上に寄って、綾乃さんと直とも少し話したんだ。藪入りの日は、直はうちにお泊りすることになったからな。そしたら明神さまと寛永寺を回っても、ゆっくりできるだろ？　ああ、そうだ。綾乃さんが六太さんもまた一緒にどうかって」

睦月の藪入りで仲良くなった直太郎と、のちの藪入りも一緒に、次は神田で遊ぼうと約束していたのである。

「そうなのね。慶太がちゃんと話してきてくれたのね……」

ふいに何かがこみ上げて、律の声は震えた。

「なんでぇ、姉ちゃん。なんだか……おかしいよ」

眉をひそめ、次に八の字にして、躊躇いがちに慶太郎は切り出した。

「あのね、姉ちゃん……赤ん坊のこと——おれのせいでごめんなさい」

「どうして、慶太？」

不意打ちのごとき謝罪に律は慌てた。

「謝らないで。慶太のせいじゃないわ……でも、どうしてそんな」

「涼太さんが教えてくれたんだ」

律を遮って慶太郎は言った。

「けど、おれも知りたかったことだったんだ」

流産の噂は聞いていたが、そっとしておくよう奉公先のおかみの庸《よう》に言われていた。

だが、皐月の中頃、涼太が一石屋《いっこくや》を訪ねて来て、慶太郎にはるとの一件を話したという。

「姉ちゃんはおれを守ろうとして、はるって人についてったんだってね。その時は嘘だったけど、いつかほんとになっても困るから、おれに話しに来てくれたんだよ」

——お前の姉ちゃんは見かけによらず意地っ張り——いや、芯が通っていてな。あんなことがあっても、似面絵はやめねぇ、悪者には負けたくねぇってのさ。となると、俺も肚をくくるしかねぇ。でもってもしもの折を考えて、お前にも諸々留意しといて欲しいのさ——

「そんでよ、おれと涼太さんと男同士、腹を割っていろいろ話したのよ」

一人前に扱われたことがよほど嬉しかったのか、慶太郎は誇らしげに胸を張った。

「おれも変なやつには気をつけるからよ。姉ちゃんも気を付けなきゃ駄目だよ——だぜ」

言い直した慶太郎にくすりとすると同時に、律は潤んだ目元に指をやる。

「そうね……気を付けるわ」

「うん。お上の御用もいいけどさ、あんまり無茶したら、涼太さんが気の毒だよ。あんないい亭主はそうそういないって、おかみさんも若おかみも言ってたよ」

失われたもの、手に入らぬもの、ままならぬもの……

けれども、あるがままをよしとする——

さっと涙を指で拭うと、律はゆっくり微笑んだ。

「そうね。私は果報者だわ。いい夫と——いい弟に恵まれて」

「なんだよぅ。持ち上げたって、今日は土産はねぇからな」

照れ隠しに腕組みした慶太郎に噴き出すも、両目が再びぼやけてきて律は困った。

第四章　約束

一

文月は十五日。七ツの鐘が鳴ってすぐ、花嫁が青陽堂へやって来た。

花嫁の名はゆかり、花婿は手代の恵蔵である。

律たちの祝言でそうしたように三つの座敷を続きとして、夫婦となる恵蔵とゆかり、恵蔵の親代わりの佐和と清次郎、ゆかりの親代わりの大家夫婦の寛平《かんぺい》と美久《みく》、涼太と律に慶太郎、それから三十人余りの奉公人が一同に会した。

ゆかりは今年二十八歳で、三十二歳の恵蔵より四つ年下だ。若い頃に一度嫁いだが死別し、それからは独り身を貫いてきたそうである。夫と死別する前から大家の親類が営む深川の茶屋で茶汲み女として働いてきて、大家とはこれまた死別した両親がいた頃からの付き合いだという。

「生まれた時からずっとうちの長屋におりましたから……殊に二親が亡くなってからは、ゆかりは我が娘と思うてきました。何卒《なにとぞ》……」

「何卒、よろしゅうお願い申し上げます」

感極まった寛平の言葉は、妻の美久が引き継いだ。

その美久も、無論ゆかりも涙は隠せず、律ももらい涙で目元へ手ぬぐいをやる。

ゆかりの横で、恵蔵が神妙に口を開いた。

「寛平さんやお美久さんに比べたら私はまだまだひよっこですが、ゆかりさんの仕合わせを願う気持ちはお二人に負けません。二人で末永く、仕合わせに添い遂げとうございます」

寛平がそっと目元を拭ったのち、清次郎が酌人となって式三献《しきさんこん》の儀が行われた。

今は盂蘭盆会《うらぼんえ》でもあるがゆえに、清次郎の祝辞には先祖への謝意も含まれていて、律は盆棚の前でそうしたように、亡き父母を思い出しながら、新たな夫婦の門出を見守った。

無礼講となって飲み食いが始まると、若旦那の涼太を皮切りに、目上の奉公人から順に入れ替わり立ち替わり祝福の言葉を新たな夫婦にかけていく。

ゆかりは律よりは背が高く、丸みを帯びた身体つきをしている。顔もやや丸く、眉と目が緩く弧を描いていて穏やかな面立ちだ。話し方もおっとりしているが、背筋はぴんとまっすぐで、所作はてきぱきしていて無駄がない。

「お、おめでとうございます。末永くお仕合せに」

ようやく己の番を迎えた六太が、おずおずと二人の前で祝辞を述べた。

両目が少し赤みを帯びているのは、慣れぬ酒のせいだけではなさそうだ。六太は常日頃から指南役である恵蔵を敬慕している。

「そんなしけた面すんない、六太。今生《こんじょう》の別れじゃあるめぇし――あさってからまたびしびし鍛えてやるからな。覚悟しとけよ」

「はい」

伝法に言った恵蔵と嬉しげに頷いた六太を見やって、手代の作二郎《さくじろう》がからかった。

「そうとも。これからは相談ごとは次の日まで取っておくんだぞ。間違っても夜分に黒門《くろもん》町《ちょう》を訪ねるような野暮はするなよ」

「しょ、承知しています」

作二郎は番頭の勘兵衛に次ぐ古参で、長らく恵蔵と相部屋であった。六太は時折、夕餉を済ませて二階に上がった後に、恵蔵たちの部屋を訪ねて相談ごとをしていたようだ。

黒門町、と作二郎が言ったのは、恵蔵とゆかりの新居が上野の新黒門町にあるからだ。居酒屋・笹屋《ささや》の裏にある長屋で、青陽堂から七町ほどしか離れていない。

笹屋は今井とその友人にして医者の恵明の行きつけである。恵蔵のために新居を探していた涼太から今井、今井から恵明と話が伝わり、恵明が「同じ恵の字のよしみで」周りに声をかけていたところ、笹屋が裏の長屋に空きが出ることを知らせてくれたのだった。

「しかし、ほど近いところが見つかってよかったです」

そう言ったのは手代の房吉《ふさきち》だ。房吉は今まで、やはり手代の富助《とみすけ》、信三郎《しんざぶろう》と相部屋だったのだが、今日からは恵蔵の代わりに作二郎と二人部屋となる。

「うん、俺にはな」と、恵蔵が頷いた。「だが、ゆかりや寛平さんたちには悪いことをしちまった……」

上野から深川まで、毎日通うのは難しい。ゆえに、ゆかりは今日付けで長年勤めた茶屋を辞めてきた。明日の藪入りの後、近くで勤め先を新たに探すことになっている。

「なんの」と、寛平が口を挟んだ。「これからは儂らは足腰のために、神田明神に湯島天神、寛永寺に恵蔵さんちと、折々に寄せてもらいますで」

「明神さまや天神さま、寛永寺と比べられては困りますが、是非いらしてください。――あでも、明日はご勘弁願います」

そうおどけてから、恵蔵は付け足した。

「明日はともかく、これからも私は藪入りには深川へ遊びに行きますよ。これからは、ゆかりと二人で一緒に」

祝い膳を食べ終えると、深川へ帰る寛平と美久、新居へ向かう恵蔵とゆかりは早々に腰を上げた。

四人を店の者総出で見送ると、清次郎は二階へ引き取った。十人ほどの奉公人が明日を待たずに家路に就き、残りの奉公人は今しばし座敷に留まり、涼太が祝い膳とは別に用意した酒やつまみを飲み食いしながら過ごすという。

律は出立する奉公人を涼太や佐和と共に見送ってから、慶太郎を連れて長屋へ行った。

「お帰り、慶太郎」

「ただいま、先生」

「祝言は無事終わったか？」

「うん。無事に始まって終わったさ。姉ちゃんたちみたいに延びなくてよかったよ」

「ははは、そうだな。何ごともなくてよかった」

　昨年、律たちも藪入り前の今日――文月十五日――に祝言を挙げる筈だった。だが、前日に香と秋彦《あきひこ》――使番《つかいばん》兼巡見使《じゅんけんし》の本田左衛門尉《ほんださえもんのじょう》の一人息子――が、翌日には律も囚われの身となってしまい、結句、祝言は一月《ひとつき》後に延びてしまった。

「あの折には、恵蔵さんにも大分世話になったな」

　恵蔵は涼太と共に律と香、秋彦が囚われていた屋敷を探り当て、助けに来てくれたのだ。

「ええ、本当に……」

「でもさ、あのおかげで、先生とおれは祝い膳を二度食べられたね」

　仕出屋が既に支度を始めていたため、佐和の采配で、今井と慶太郎に加え、店に残っていた者は祝い膳を夕餉として食したのであった。

「こら、慶太」

　今井と声を揃えて笑ってから、律は慶太郎を今は仕事場となったかつての家に促した。

「明日はさ、おれは朝のうちにいっちゃんと夕ちゃんに会って来るから」

「はいはい」

慶太郎の幼馴染みの市助《いちすけ》と夕《ゆう》も、今はそれぞれ奉公に出ていて、帰って来るのは明朝だ。

「綾乃さんや直は、四ツ半にはここへ来るって言ってた。だから、おれも四ツ過ぎには戻るからさ。さっき訊いたら、六太さんも四ツには支度を済ませておくって」

「はいはい」

「まずは明神さま、それから寛永寺に案内するから。お昼は広小路の屋台で何かつまめばいいよな。明日ならいろんな店が出てるからさ」

「もう！　姉ちゃんちゃんと聞いてる？」

「はいはい、ちゃあんと聞いてますよーだ」

からかい交じりに応えて笑うと、慶太郎も一瞬ののちにむくれ顔から笑顔になった。

「楽しみだなぁ……」

「そうねぇ」

相槌は打ったものの、律は楽しみばかりではない。綾乃とは友情を育《はぐく》みつつあるが、尾上は青陽堂の得意先である。日中は綾乃ももてなし、丁稚といえども得意先の奉公人を一晩預かるのだから、青陽堂の嫁としては、間違ってもそそうのないよう心せねばならぬのだ。

六太さんも、少しは気が紛れるといいのだけれど……

祝言の席では始終、喜びと寂しさが相混じった顔をしていた。

六太は唯一の身内だった母親を亡くして以来、藪入りに帰る家がない。よって、此度も同行を快諾してくれたものの、おそらく律と同じく楽しみばかりではない筈だ。

日頃の労いを込めて、六太もしっかりもてなさねばと律が心にとめた横で、慶太郎が再びつぶやいた。

「早く明日にならないかなぁ……」

二

翌朝、慶太郎は朝餉を済ませると、五ツには夕と市助のいる二つ隣りの長屋へ向かい、四ツ前には戻って来た。

「あら、もう帰って来たの？」

「だって……やっぱりちゃんとお迎えしないと」

「夕ちゃんやいっちゃんは元気だった？」

「うん。二人とも元気だったよ。――姉ちゃん、ちょっと鏡を貸して」

素っ気なく応えて、慶太郎は律の返事を待たずに簞笥に仕舞ってある柄鏡を出した。

出かける前も鏡を覗いて行ったが、それは夕が慶太郎の目下《もっか》の想い人だからだろう。

綾乃さんが来るからかしら？

なんなの、もう。色気付いちゃって——

内心くすりとしながら、律も身支度を整える。

四ツ過ぎには涼太と六太が長屋に、ほどなくして綾乃と直太郎《なおたろう》がやって来た。

涼太に見送られて、律たちはまずは神田明神に足を向けた。

道中の表店は青陽堂含め軒並み暖簾を下ろしているが、神田明神の門前町はここぞとばかりに賑わっている。

律たちには見慣れている神田明神だが、直太郎は初めて、綾乃も滅多に訪れぬとのことで楽しげだ。参拝を含めて辺りをぐるりとしてから、今度は上野へ向かった。

広小路の屋台で、綾乃や直太郎、慶太郎が興を示した饅頭やら稲荷《いなり》寿司やらをつまみながら、寛永寺を詣でるべく北へ歩いて行く。

弁天堂、寛永寺と拝んでから、黒門前まで引き返した。浅草の奥山ほどではないが、黒門前は屋台の他、見世物や芸人、それらを楽しむ客で賑わっている。

はしゃぐ慶太郎と直太郎の後ろを、律と綾乃、六太がついて回っていると、「あら、お律さん」と、千恵の声がした。

振り返ると、屋台の前に千恵と雪永がいた。

「お千恵さんたちも出ていらしたんですね」

人混みをあまり好まぬ千恵が、わざわざ藪入りにこのような場所にいるのは珍しい。

「ここの花林糖《かりんとう》が美味しいの。藪入りやお祭りの時しかお店を出していないのよ」

他と比べて簡素な屋台には、暖簾の代わりに「かりんとう」と書かれた提灯《ちょうちん》が掲げられている。いつもは歩き売りゆえに、なかなか捕まえられないのだと千恵は言った。

「お千恵さんのお墨付きなら、私もお土産にします」

律が言うと、「私も」と綾乃も財布を出した。

綾乃の祖父は眠山《みんざん》という雅号《がごう》で知られている粋人で、眠山を通じて雪永と綾乃は互いを見知っていた。とはいえ、言葉を交わしたことはほとんどなかったそうで、雪永は挨拶がてら千恵を綾乃に紹介した。

綾乃の名を聞いて、千恵は手を叩かんばかりに喜んだ。

「まあ、あなたが尾上の綾乃さん――」

「はい」

綾乃が頷いたところへ、八ツの捨鐘が鳴り始めた。

「お噂はかねがねお聞きしておりますわ。あの、よろしかったら、うちで一休みしていきませんか？　うちといっても姉の店ですけれど、ここからすぐです。私、おやつにお茶を淹れようと思って、お茶請けに花林糖を買いに来たんですよ」

「ありがたいお誘いですが……どうしましょう、お律さん？」

そう言って綾乃はちらりと、少し離れたところにいる少年たちを見やった。

一休みは律も考えていた矢先であったが、少年たち――殊に直太郎と慶太郎は金輪遣いと盥《たらい》回しの二人組の芸に釘付けだ。

すると、律たちの目に気付いた六太が駆け寄って来た。

千恵からの誘いを話すと、にこやかに口を開く。

「それなら、お律さんたちは池見屋へどうぞ。あの二人はまだまだ見物して回りたいようですから……目を離さぬようにしますから、どうかご心配なく。七ツ過ぎに池見屋にお伺いして、一緒に帰るというのはいかがでしょう?」

「助かるわ、六太さん」

六太もその方が気楽だろうと、律はありがたく申し出を受け、六太に「小遣い」を預けた。

「では、綾乃さん、お律さん、参りましょう」

嬉しげに先導する千恵に続いて、律たちは池見屋へ足を向けた。

三

ご多分に漏れず、池見屋も藪入りで店を閉めている。

池見屋の奉公人は番頭の庄五郎、手代の藤四郎と征四郎、丁稚の駒三の四人で、藪入りで四人ともそれぞれ出かけているそうである。

座敷でのんびり千恵と雪永の帰りを待っていた類と、かつての乳母で今は女中代わりの杵《きね》は、突然の来客を快く迎えてくれた。

挨拶を交わしたのち、今度は綾乃が先ほどの千恵のごとく目を輝かせて言った。

「お類さんのお噂は、かねがねお聞きしておりました。こうしてお目にかかれて嬉しゅうございます」

尾上には行きつけの呉服屋が二軒あるため、綾乃はこれまで池見屋や類の噂に興をそそられながらも来店を躊躇っていたという。律が池見屋から仕事を請け負うようになったのも、綾乃を池見屋から遠ざけていた一因だろう。かつて涼太に恋心を寄せていた綾乃は、律を恋敵と見なしていたからだ。

「これからは、どうか気軽にお寄りください」

類の言葉に綾乃は嬉しげに頷いた。

千恵の淹れた茶が行き渡ると、花林糖をつまみつつ雪永が切り出した。

「ところでお律さん。件の着物なんだが……由郎さんが手付を払ったそうだね？」

「お、お耳の早いことで」

由郎が訪ねて来たのが先おとといのことで、律は明後日、鞠巾着と一緒に蒸しを終えた布を持参し、池見屋に仕立てを頼もうと考えていたところであった。

「そりゃ、由郎さんがわざわざうちまで来て、教えてくれたからね」

あの日由郎は、池見屋に断りを入れに行く代わりに、日本橋の雪永宅を訪ねたらしい。

「錺師の達矢と達矢の弟子も一緒でね。三人三様に――殊に由郎さんは――褒めそやして帰って行ったよ」

達矢の弟子というのは紀一のことであろう。

「さ、さようで」

「さようもさよう……着物の出来が素晴らしいのは判ったがね。子供じゃあるまいし、買った物を――いや、まだ手付しか払っていないくせに、べらべら自慢して回るなんて、大人げないにもほどがある」

「はあ……」

「お律。いいから放っときな」

鼻で笑って、類が言う。

「大人げないのはあんたも同じさ、雪永。私らだけじゃ飽き足らず、お律にまでこぼすなんてみっともないったらありゃしない」

「む……しかし、あんな風に自慢されたら、愚痴の一つもこぼしたくなるよ」

「どんな風に自慢されましたの？」

綾乃の問いには千恵が応えた。

「由郎さん曰く、『敬虔《けいけん》な祈りのごとく、厳《おごそ》かで恐れ多い。己が、否、人がいかほど小さいかを思い知らされ、だがそれゆえに、高みを目指してみたいと思わせる』──だそうよ」

「まあ……」

「うふふ、もう三度は聞いたからすっかり覚えてしまったわ」

一時よりよくなったとはいえ、まだ物忘れの多い千恵である。雪永をからかうためというよりも、「覚えている」ことが嬉しいようだ。

「あの由郎さんにそうまで言わしめる着物なら、私も見てみたいわ。どんな意匠の着物なんですか？」

「雷鳥よ」と、この問いにも千恵が応えた。

「らいちょう？」

「こんな大きな鶉みたいな鳥なんですって」

千恵が先日の律を真似て両手で大きさを示して見せると、綾乃はあの時の千恵のように眉を八の字にした。

「鶉は小さいから可愛いのに、そんなに大きな鶉はなんだか怖いわ」

「しかも恐ろしいことに、足の先まで羽毛が生えているんですって」

「まあ、恐ろしい」

綾乃が口元へ手をやったのを見て、類が噴き出した。

「何も恐ろしいことたありませんよ、綾乃さん。――お千恵、そんなに雷鳥が気に食わないなら、着物はお前の目につかないように仕立てて、藍井に納めちまうことにしよう」

「ああ、待って、お姉さん。冗談よ。私だって神さまの遣いをひと目見てみたいわ」

「神さまの遣い？」

小首をかしげた綾乃へ、雪永が先だって千恵や基二郎に教えたことを繰り返した。

「そうだ、お律さん。私にまた袱紗を描いてくれないか？」

「袱紗を？」

「うん。着物は冬の雷鳥なんだろう？　だとしたら、私は秋の雷鳥で頼むよ」

「もちろん、お引き受けいたしますが……」

「由郎さんは、意匠に合わせて冬の茶会であの着物をお披露目するそうだ。なんなら初雪の後まで待つと……」

つまり雪永は、由郎に先駆けて「雷鳥」を茶会で披露するつもりらしい。

「呆れたね。大人気ないにもほどがある」

「いいじゃないか。たまには。これくらい」

にやにやする類へ、雪永は澄まして応えた。

「雪永さんったら」と、千恵と綾乃の声が重なった。

微苦笑を浮かべつつ、綾乃は類と雪永、それから千恵を興味深く見回した。

「由郎さんは茶の湯はまだ素人だって言っていました」と、綾乃。「でも、雪永さんは茶人としてもお名前をお聞きしますわ」

「いや、私はまだまだだ。茶の湯なら、眠山さんの方がよくご存じだよ」

謙遜してから雪永は続けた。

「けれども、茶の湯は知れば知るほど面白い。近頃またついついのめり込んでしまって、兄たちから叱られてばかりだ」

雪永は材木問屋の三男だ。特に家業を手伝うこともなく、そこそこの道楽が許されているぼんぼんなのだが、浪費が過ぎると、二親よりも兄たちから小言を食らうそうである。

「いい茶器を揃えたところで、腕が伴ってなきゃ宝の持ち腐れさ」と、類が笑った。

「私のような未熟者は、どうしてもまだ茶器に頼ってしまうのだよ」

言い訳がましく応えて、雪永は律を見やった。

「もちろん清次郎さんのような名人なら、どんな茶器でも旨い茶になるんだろうが……」

律の義父の清次郎は茶人として市中で名を知られていて、しばしば茶会に呼ばれている。

「実はまだ、お義父さまの茶室に入ったことはないのです。でも、そろそろ茶の湯を教えてくださるそうで、楽しみにしております」

――客先にお呼ばれする機会もなくはないでしょうから、店で出している茶の淹れ方と、茶の湯を一通り覚えてもらいます――

嫁いですぐに佐和からそう申し渡されており、煎茶を始め、玉露《ぎょくろ》、番茶、ほうじ茶、新茶など店で扱っている茶葉の淹れ方は、この一年ほどで一通り涼太から教わった。

「清次郎さん直伝の茶の湯か……羨ましいよ、お律さん」

「私もいずれは茶の湯を習ってみたいわ」と、千恵。「お律さん、お義父さんから習い終えたら、私に教えてくれないかしら？」

「滅相もありません。それに、茶の湯はそんなに容易《たやす》く会得できるものではないんです。私よりも、雪永さんに教わってはいかがですか？」

人に教えられるほど己が茶の湯を極められるとは思えぬし、雪永に気を利かせたつもりで律は言ったが、千恵はあっさり首を振った。

「お律さんの方がいいわ。お律さんから教わった淹れ方にしてから、すごくお茶が美味しくなったもの。だから、茶の湯もお律さんに教わりたいわ」

「うん、まあ、お律さんの方が教え上手ではあるね……」

雪永は苦笑を浮かべたが、そのぎこちなさに気付いたのか、千恵もやや困り顔になって話を変えた。

「そういえば、お杵さんは、今日は芳枡《よします》さんとお出かけじゃなかったの？」

急に問われて、杵は口中の花林糖を茶で流し込んだ。

「……出かけましたけど、もう帰って来たんです」

「もっとゆっくりしてくるのかと思ったわ」

「お互い歳ですからね。ちょっとそこらを散歩して、一服して——藪入りで今日はどこも混んでいますしね。そうでなくたって、一刻も出かけりゃ年寄りには充分なんですよ」

「芳枡さんというのは、どなたなんですか？」と、律より先に綾乃が問うた。

「お杵さんのいい人よ」と、杵より先に千恵が応える。

「違いますよ。ただの友人です。茶飲み友達ってやつですよ」

「とても『ただの友人』とは思えないわ。そう、雪永さんともさっきお話ししてたのよ。ねえ、雪永さん？」

「私はお千恵が話すのを聞いていただけで、けしてお杵さんの恋路に口出しなんぞは——そんな恐れ多いことはしてないよ」

女五人から見つめられて、男一人の雪永は慌てて応えた。

「恋路なんて……もう惚れた腫《は》れたとはとうに無縁の年寄りですよ」

「あら、恋に歳は関係ありませんでしょう？」

興味津々で言い返したのは綾乃である。

「そうよ。恋に歳は関係ないわ」と、千恵も大きく頷く。

「綾乃さんは——お千恵さんも——まだお若いから、そんなことが言えるんですよ」

困り顔で杵は小さく溜息をついたものの、年の功か、巧みに綾乃に水を向けた。

「綾乃さんこそ、縁談が引きも切らないんじゃありませんか？」

「あら」

すぐさま関心を移して己を見やった千恵へ、今度は綾乃がやや困り顔になる。

「私ももう十九ですから、縁談がなくもありませんわ」

「まあ……」

「けれども、どなたもなんだかしっくりしませんの。なかなかこれはという――この方となら添い遂げたいと思うような――そんな殿方はいないんですのよ」

「困ったものね」

「ええ。お断りするのも手間で困っております。――ああ、けして涼太さんへの未練じゃありませんから、ご心配なく」

澄まして律に言ってから、綾乃は再び千恵に向き直る。

「きっかけは縁談でもいいのです。でも、どうせなら好いた殿方と添い遂げたいですわ」

「そうね、好いた人と一緒になるのが一番よ。それにしても、綾乃さんならいいお話がたくさんあるでしょうに……」

「それがそうでもありませんの」と、綾乃が溜息をつく。「先だってのお相手なんて、私より十も年上なのにとんでもなく子供じみていて――お話、聞いてくださいます？」

「もちろんよ」

大きく頷く千恵の傍らで、千恵より八つ年上の雪永が少々複雑な顔をしたものだから、律はつい噴き出しそうになる。

綾乃の縁談にまつわる話を聞くうちに、七ツが鳴った。

ほどなくして、約束通り池見屋に現れた六太は、慶太郎と直太郎の他、丁稚の駒三を連れていた。

四

駒三は額の右上と腕に怪我をしていた。

「どうしたんだい？」

類が問うと、駒三はうつむき加減に応えた。

「その……人が多くて、転んでしまって」

「うん？」

怪訝な顔をした類に、六太が横から口を挟んだ。

「見世物の見物客があまりにも多くて、押し合いになったんです」

「それで転んでしまったのね」と、綾乃。

「はい。私どもはちょうど近くにおりまして、駒三さんの名前は知りませんでしたが、前に見かけたことがあったので、池見屋さんの奉公人だとは存じていました」

「とにかく手当てだ」と、類。「お杵さん、焼酎《しょうちゅう》を」

「ええ、今すぐに」

「女将さん、私は平気です」

「平気なもんか。こういう傷は——殊に頭の傷は甘く見ちゃいけない。まずは酒で血を流してからだ」

類が酒で血を拭うと、半寸ほどの切り傷が現れて、律たちは一様に顔をしかめた。

「これくらいなら膏薬《こうやく》でなんとかなりそうだが、素人が判じるのは禁物だ。雪永、すまないが、ちょいと」

「うん。恵明先生のところへ行って来るよ。藪入りだが、誰かは残っているだろう」

「悪いね。頼んだよ」

雪永が出て行くと、類は駒三に向き直った。

「転んだ時に石にでもぶつけたのかい？」

「ええ、まあ……」

「そりゃまた、大きな石が転がってたもんだね」

「その、とっさのことでして……」

人通りがある分、広小路の地面はならされていて、小石はともかく、ぶつけて怪我をするような大きな石は見当たらない。

　歯切れの悪い物言いから、駒三は何やら隠しているように律には思えた。類も勘付いているらしく、探るような目をしている。

　だが、うつむいた駒三に類が問い質すことはなかった。

「腕の方はただの擦《す》り傷か。けどまあ、雪永が戻るまでしばらくじっとしておきな」

「はい」

　そうのんびりしていられない律たちは、雪永の戻りを待たずに暇を告げた。

　池見屋御用達の駕籠屋に、駕籠を頼んで綾乃を乗せる。

「では、直をよろしくお願いします」

「はい。明日は六太さんがそちらまで送って行きますから」

　綾乃の駕籠を見送ってから、律たちは御成街道へと足を向けた。

　と、池見屋から僅か半町ほど歩いたところで、侍と小者《こもの》と思しき二人連れとすれ違い、律は思わず立ち止まる。

　侍か小者のどちらかが、「池見屋」の名を口にしたからだ。

　横顔をちらりとしか窺えなかったが、侍にはどことなく見覚えがあるような気がした。

「姉ちゃん、どうしたの？」

「ううん、なんでもないわ」

「だったら、早く帰ろうよ」

慶太郎に促されて、律は再び家路を歩き始めた。

長屋へ帰ると、今井が慶太郎を呼び止めた。

「お夕から土産を言付かってるぞ」

「えっ？　夕ちゃんから？」

「朝は慌ただしくて渡せなかったそうだ」

そう言って、今井は懐紙に包まれた小さく薄っぺらい物を差し出した。

懐紙を開きもせずじっと見つめている慶太郎へ、六太が声をかけた。

「近所の子かい？」

「うん、二軒隣りの長屋の……」

「だったら、今のうちにお礼を言っておいでよ。私と直は先に湯屋へ行くから、慶太は後からゆっくり来るといい」

「判った」

短く応えて、慶太郎は律には目もくれず駆けて行く。

一抹の寂しさはさておき、少年たちが互いに一層馴染んだ様子は喜ばしい。

しかし、六太が「ゆっくり」と気を利かせてくれたにもかかわらず、慶太郎は四半刻と経たずに戻って来た。

「あら、もう帰ったの？」

「うん。向こうも夕餉前で忙しいからね。六太さんや直をあんまり待たせるのも悪いから」

夕とどんな言葉を交わしたのか、土産は一体なんだったのか気になったが、野暮はするまいと、律は好奇心を押し留めて代わりに問うた。

「慶太、あんたは駒三さんが転んだところを見ていたの？」

「えっ……？」

狼狽《ろうばい》が露わになった顔から、やはり駒三は――少年たちは――何か隠しているようだと律は確信した。

「何か、危ないことをしたんじゃないでしょうね？」

「し……してないよ」

「本当に？」

律が念を押すと、慶太郎は観念したようにうなだれた。

だが、それも一瞬で、きっと顔を上げると律をまっすぐ見つめて口を開く。

「あのね、姉ちゃん。男同士の約束だから、何があったかは言わないよ。でも、駒三さんもおれたちも、悪いことはなんにもしてないから。それは本当だから、おれを信じて――信じてください」

ぺこりと頭を下げると、慶太郎は律が応える前に湯桶《ゆおけ》をつかんで出て行った。

「もう……」

――直太郎や六太に気を遣わせぬよう、夕餉は長屋で今井を交えて五人で食した。

律は夜も長屋で過ごすつもりだったが、これまた「男同士の方がゆっくりできるから」という慶太郎の案で、律の代わりに六太が長屋で眠ることになった。

「仕事道具には触らないでね」

「判ってるよ」

「ご近所に迷惑だから、あんまり夜更ししちゃ――うるさくしちゃ駄目よ」

「判ってるったら！」

「あの、私も気を付けますから」

「私も……」

恐縮する六太や直太郎はともかく、慶太郎に追い出されるようにして律は長屋を出た。

寝所で神田明神から池見屋まで行ったこと、駒三が怪我をして帰って来たことを涼太に話し、最後に慶太郎の言い分を付け足すと、涼太が笑い出した。

「はははは、男同士の約束か。それでお律は拗《す》ねているのか」

「拗ねてなんか……ただ、心配なのよ。悪いことではないやもしれないけれど、危ないことやもしれないじゃないの」

「何を今更」と、涼太は更ににやにやした。「お前だって、慶太とおんなじことを言ってたくせに」

――やましいことは何もありません。でも、女には女同士の秘密があるんです。男の人だって同じでしょう？――

昨年末、駆け込みを手伝った由里《ゆり》に夫の所業を忘れて欲しいと頼まれて、諾《だく》したのちに律が涼太へ言った言葉であった。

「女には女同士の秘密があるように、男にも男同士の秘密があるのさ」

「もう！」

むくれて夜具に潜り込むと、掻巻《かいまき》ごと涼太が律を抱き寄せた。

店に残っている奉公人は、勘兵衛の他、ほんの数人だ。いつもより気を遣わずに済む反面、いつにない静けさが気にかかる。

何より、律はまだ「そんな」気持ちになれぬままだった。

涼太の匂いやぬくもりに安堵しながら、その想いに応えられぬ己が心苦しい。

そっと身を縮こめると、涼太は察したように腕の力を抜いた。

「……明日は、六太さんや直太郎さんと一緒に出て、慶太郎を一石屋に送ってくるわ」

「うん。俺も早起きして、みんなを迎える支度をするさ。みんな、無事に帰って来るといいんだが」

殊にまだ幼い丁稚や、朱引《しゅびき》の外に出かけた者を涼太は案じているようだ。

「そうね。みんな、どんな藪入りを過ごしたのかしら……」

ふと律は、己が初めて、藪入りの夜に長屋にいないことに気付いた。

これから徐々に、藪入りでさえ姉弟で過ごす時は少なくなっていくだろう。

慶太郎は今十二歳で、三年と経たぬうちに、武士ならおよそ元服を迎える十五歳となる。

そのうち——ううん、もしかしたらもう、「姉ちゃん」とのお出かけなんて、煩わしいと思ってるんじゃないかしら……？

いずれ慶太も誰か好いた女の人と言い交わして、恵蔵さんのように所帯を持って……

寂しくもあり、楽しみでもある「その日」を思い浮かべながら、律は眠りに落ちていった。

五

翌朝。

長屋で朝餉を食したのち、律は慶太郎、直太郎、六太と共に一石屋へ向かった。

一石屋の前で慶太郎と直太郎は別れを惜しみ、律たちは尾上へ向かう二人を見送った。

一石屋では主夫婦の喜八《きはち》と庸の他、兄弟子の吾郎《ごろう》と挨拶を交わした。

「じゃあ、しっかり働くのよ」

「判ってるよぅ」

慶太郎が店の中へ消えてしまう前に律が小声で言うと、慶太郎も小声で、だが生意気顔になって応える。

「身体には……怪我にも気を付けて」

昨日の駒三を思い出しながら、律は今一度声をかけた。

判ってるよぅ——

そう、同じ台詞と生意気顔が返ってくるかと思いきや、慶太郎は小さくだが頷いた。

「姉ちゃんも、いろいろ気を付けてくれよな」

恥ずかしげに、早口にそれだけ言うと、慶太郎はくるりと身を返して、あっという間に店の奥へと駆けて行く。

近頃、涙もろくていけないわ……

熱くなった目頭を隠すように、律は急いで一石屋を離れた。

長屋に戻ると、早速雪永の袱紗の下描きに取りかかった。

雷鳥は、着物のためにもう何度も姿絵を描いている。

一羽なら雄、二羽なら雄と雌、もしくは親子でもいいかしら——

秋ならば、背後は紅葉した白山がよかろうと、下描きの山肌に七竈《ななかまど》や岳樺《だけかんば》を注釈と共に描き入れていると、四ツ半という頃おいに笠を被った綾乃が現れた。

「……また、御用聞きごっこですか？」

化粧を控えめにしているだけでなく、おそらく祖母の古着であろう地味な着物を着ている。

「違いますわ。直と六太さんの目を誤魔化すためです」

「直太郎さんと六太さんの？」

「あの二人に見つからないよう、お伺いしましたの」

草履を丁寧に揃えて上がり込むと、綾乃は律の前に座って声を低めた。

「お律さんはお気付きになりませんでしたか？　昨日のあの子たち、何か隠しているように見えましたわ」

「――綾乃さんにもそう見えましたか？」

「もちろんです」と、綾乃は胸を張った。「お類さんの手前黙っていましたが、私の目は節穴ではありません。押されて転んだだけで、あんな怪我をするなんておかしいわ。見ず知らずの酔っぱらいにでも絡まれたのなら、そう正直に言うでしょうから、誰かよからぬ者に言いがかりをつけられたか、喧嘩沙汰に巻き込まれたかしたのではないでしょうか」

「よからぬ者に……」

睦月の藪入りで、赤間屋の三人組に絡まれていた典助を思い出しながら律はつぶやいた。

「それで私、先ほど帰って来た直と六太さんに、何か知らないかと訊ねてみましたの」

「二人はなんと？」

「六太さんは昨日お話しした通りだと。でも、のちに直が言うには」

「男同士の約束だから何も言えない。けれども悪いことは何もしていない——」

「そう！　そうなんですの！」

身を乗り出した綾乃に、律は慶太郎とのやり取りを話した。

「男同士の約束、というのはきっと、六太さんか駒三さんの入れ知恵ですわ」

「ええ。もしも問い詰められたらそう言うように、慶太や直太郎さんに言い含めておいたのでしょうね」

「もう……」

「でもまあ、私たちは信じるしかありませんよ。慶太や直太郎さんだってまったくの子供じゃありませんし、六太さんや駒三さんは分別がありますから、大ごとであればすぐに打ち明けてくれるでしょう」

「お律さんは余裕がありますのね」

「そうでもないですよ」

「私は直たちが心配で……もちろん、その、物見高《ものみだか》さもありますけれど」

「私もですよ」

律がくすりとすると、綾乃もやっと微笑んだ。

「一服いかがですか？」と、律は茶に誘った。「握り飯でよければ早めの昼餉でも」

喜ぶ綾乃のために茶の支度をする合間に、綾乃は今度は類と千恵、そして雪永のことを知りたがった。

「広小路でお目にかかった時は夫婦かと思ったのですけれど、お千恵さんは鉄漿《かね》をつけていらっしゃらないし、雪永さんも独り身だとお聞きしていましたし……けれども、どうやら雪永さんはお千恵さんにほの字のようですわね？」

「流石、綾乃さん。お察しの通りです」

「雪永さんとお千恵さん、とてもお似合いでした。お千恵さんも、多少なりとも雪永さんに気があるように見えましたわ。お二人とも独り身でいいお歳なのに、夫婦ではないのはどうしてですか？」

「それは……お千恵さんは、少々浮世離れした方でして……」

「もしや、お類さんが雪永さんに想いをかけていて、お千恵さんはお姉さんに遠慮なさっているのではありませんか？」

「いいえ、それはありませんよ」

杵によると、類にも若き日には「あんなこんな」と恋物語があったようだ。だが、類は雪永が類や両親に千恵への求婚を切り出した際、「諸手《もろて》を挙げて歓迎した」と言っていた。類と雪永は同い年だが、これまでの類や千恵、雪永や杵の様子からして、類が雪永に恋心を抱いていたとは律には考えられぬ。

律の応えに、「そうですか」と綾乃はあっさり引き下がった。

「そんな風には見えなかったのですけれど、もしやと思っただけです。お律さんの見立てがそうなら、きっと違うのでしょう。お類さんのようなお人には、雪永さんのようなぼんぼんは物足りないでしょうし……でも、それならどうして……？」

千恵の過去は特に秘密とされておらず、池見屋と親しい者たちは事情を知っている。だが、己から綾乃に明かすのはどうもはばかられた。

「さあ、どうしてでしょうね？」

はぐらかした途端、律は思わずはっとした。

村松《むらまつ》さまに似ていたような……

昨日の帰り際、池見屋の近くですれ違った侍のことである。

だが、律が千恵の許婚だった村松周之助《しゅうのすけ》の似面絵を書いたのは一昨年のことで、此度もすれ違いざまに横顔をかろうじて見ただけゆえに、自信のほどはまるでなかった。

律の顔をじいっと見つめて、綾乃は不満げに頰を膨らませた。

「何かご存じなんですね？　女同士の秘密ですか？」

「ご存じというほどでも、秘密というほどでもないのですが――ほら、人の恋路を邪魔するやつは……と、都々逸《どどいつ》にもありますでしょう？」

再びはぐらかすと、綾乃はしゅんとうなだれた。

「私はそんな、邪魔なんて……」

「綾乃さんとのおしゃべり、お千恵さん、とても楽しんでいらっしゃいました。縁談のお話も……私はなんだか驚いてしまいましたけど」

綾乃が「子供じみて」いると言った男は、両国の相撲部屋の者だった。力士ではなく、年寄――隠居した行司《ぎょうじ》で「年寄株」を持ち、相撲部屋を営む者――の孫である。この男は相撲よりも双六に夢中で、来年三十路になるというのに働いたことがなく、古今東西《ここんとうざい》の双六《すごろく》を集めて、日がな一日奉公人や下っ端の力士に相手をさせているらしい。

「面白がっていらっしゃるんでしょう?」

「とんでもない」

首を振った律へ、綾乃は微笑んだ。

「いいんです。とんでもないと、私も腹を立てていましたけれど、皆さんに――殊にお千恵さんに聞いていただいてすっきりしましたわ。それに、選《え》り好みできるだけ私はまだ恵まれています。世間ではお金のために、好きでもない殿方と一緒にならざるを得ない女性だっているのですから」

綾乃の母親と兄、義姉は「行き遅れ」となる前に綾乃を嫁に出したいようだが、祖父と父親は「そう急がずともよい」と、綾乃の「味方」だという。

「また是非池見屋へいらしてください。お千恵さん、きっと喜びますわ」

「ええ。今度はお類さんのことももっと聞きたいわ」

「あら、うまく聞き出せた暁には、私にもこっそり教えてくださいな」

「お類さんが秘密としなければ喜んで」と、綾乃は口角を上げた。「ですが、『将を射んと欲せば先ず馬を射よ』――お類さんよりも、お千恵さん……ううん、お杵さんとお話しして探ってみるつもりです」

にんまりと楽しげに、綾乃は再び微笑んだ。

六

次の日、律は鞠巾着と共に雷鳥を描いた布を池見屋に持って行った。

「こりゃまた、雪永が悔しがるだろう」

身頃を並べて類が言う。

「由郎さんのことだから、少し大げさに言ったのかと思ったけれど、腕を上げたね、お律」

「ありがとうございます」

「空はちと荒削りに見えるけど、よくいえば、その分、丹念な雷鳥が引き立っている……あくまでも『よくいえば』だよ」

「はい。そのうち、基二郎さんのお仕事を見せてもらおうと思います」

己で空を描いた――染めた――ことに悔いはない。出来にも満足しているのだが、基二郎ならもっと上手くできたことだろう。任せてしまうのも一手だと思いつつ、またいずれかの折に備えて、今少し染物を学んでおきたいところであった。

「それがいい」

短く応えて、類は手際よく雷鳥を畳んで駒三を呼んだ。

巻木綿を額に巻いているため傷跡は見えないが、それゆえにいつにも増して無愛想に見える。挨拶の言葉もなく、律には無言で頭を小さく下げたのみだ。

「永治《えいじ》さんとこに持ってってとくれ」

「はい」

類にも一言だけ応えて、駒三は座敷を出て行った。

仕立屋の永治とは顔を合わせたことがある。昨年、桜の着物の袖をしくじった折には散々嫌みを言われたものだが、此度は類のお墨付きだ。

自信のほどが顔に出ていたらしく、類が小さく鼻で笑った。

「慢心すんじゃないよ」

「……はい」

ほどなくして茶を運んできた千恵は、着物が既に仕立屋に回ったと知って頬を膨らませた。

「意地悪。お姉さんの意地悪」

「仕立て上がったら、いの一番にお前に見せてあげるよ。あれは着物になった後の方が一層映えるから」

　渋々頷いた千恵と茶のひとときを過ごし、律は長屋へ戻った。

　昼を挟んで鞠巾着に励み、やがて八ツを聞くと、筆を置いて今井宅へ上がり込む。

　律が茶器の支度をしている間に涼太が、続いて保次郎が現れた。

　水無月は保次郎が月番で忙しく、文月は涼太が祝言や藪入りの支度で忙しかったため、こうして四人が会するのは久しぶりだった。

「小倉や太郎には悪いが、藪入りが終わって、私はのんびりしているよ」

　火盗改は峰次郎一味の処罰の他、晃矢が白状した盗人や盗人宿を調べるのにいまだ目の回るような日々が続いているらしい。保次郎は今月は非番であるものの、藪入りの前後は事件や事故が増えるため、町奉行所の者は皆、それとなく市中に気を配っていたようである。

「俺も藪入りが終わってほっとしてやす」

「手代の祝言も無事に終わったそうだな」

「ええ、何ごともなく」

「若旦那の二の舞にならずによかった」

「まったくで」

　保次郎がからかうのへ、涼太は澄まして応える。

　涼太の淹れた茶を含みながら、ひとしきりよもやま話に興じていると、ふいに戸口の前を足音が駆け抜けた。

「お律さん！」

「お千恵さん？」

慌てて草履を履いて表を覗くと、仕事場の前で、息を切らせた千恵が今にも泣き出しそうな顔をしている。

男三人をおいて、律は千恵を仕事場へいざなった。

「どうなさったのです？」

「それが……村松さまが……」

はたして、一昨日、律が見かけたのは村松周之助であった。

周之助も迷いがあったらしく、あの日は千恵の居場所や様子を突き止めただけで帰宅していたそうである。

だが、今日の昼下がりに改めて池見屋を訪れて、千恵を後妻に欲しいと申し出た。

「後妻に、ですか？」

「私はとっさに隠れてしまって、村松さまには直にお目にかかっていないのですけれど、後でお姉さんがご用向きを話してくれました」

千恵は十五年前、二十一歳の折、当時江戸詰めだった周之助と言い交わしていた。周之助は浜松藩の者で、周之助を気に入っていた主は、国に帰る前に周之助と千恵が夫婦となれるよう、千恵をある武家の養女にする手配をしていた。

ところが、養女になる一月ほど前に、周之助を妬んでいた同輩の森隆典《もりたかのり》という男が頼んだ栄屋の駕籠に騙され、千恵は手込めにされた。

身も心も痛めつけられて戻った千恵は、その夜のうちに不忍池に身を投げた。

命は取りとめたものの、そののち千恵は少し「おかしくなった」。会いたいと願う周之助を泣いて突っぱねたかと思うと、祝言が待ち遠しいとにこにこするなど浮き沈みが激しくなり、結句、周之助からの申し出で縁談はなかったことになった。

耐え切れなかったのであろう。しばらくして千恵は周之助と「夫婦《めおと》になった」と思い込むようになったが、周之助は千恵に会いに来ることもなく、半年ほどで主と共に国へ帰った。

周之助が現れる前から千恵に想いを寄せていた雪永は、千恵のために「椿屋敷」を用意して杵と一緒に住まわせた。

千恵がどことなく正気に戻ったのは一昨年で、一回り以上の年月が過ぎてからだ。

……呼び方も「周之助さま」から「村松さま」に変わって、吹っ切れたご様子だったのに、まさか今になって村松さまが現れるなんて――

「驚いて、つい逃げ出したくなって……」と、千恵。「でも、どこに行ったらいいのか判らなくて、いつの間にかお律さんの長屋まで来ていたんです……」

うろたえてはいるが「正気」なようだ。

涼太に千恵のために茶を淹れてもらい、律は更に話を聞き出した。

千恵より二つ年上の周之助は三十八歳だ。十五年前、千恵を見限って浜松へ帰った周之助は周囲の勧めもあって、翌年に妻を娶ったそうである。

周之助は更に次の年から五年にわたって、男児二人、女児一人と三人の子供に恵まれたが、八年前、流行り病でまだ三歳だった次男と妻を同時に失った。

十五年の月日を経て、周之助は此度再び江戸を訪ねる機会を得た。月初に藩邸にやって来た周之助は時をおかずして千恵の消息を探り、千恵が正気に戻ったことや、まだ独り身でいることの他、亡き同輩が犯した罪を知ったという。

「それで、お千恵さんを後妻に……」

虫がいい、とは思わなかった。

一度は妻に望んだとはいえ、「傷物」で「気が触れている」となれば、まだ若かった周之助が諦めてしまったのも頷ける。

周之助にも葛藤《かっとう》はあったようだ。

――村松さまのご意志じゃなかったんだよ――いや、これは私の勝手な憶測だがね。だってあの方は江戸を出る前にここへ来て、お千恵の様子を訊いたんだ。通りがかったついでだと素っ気なかったけど、あれは他のお侍が一緒だったからだと思うのさ――

そう、以前類から聞いたことがある。

「それで……此度は江戸詰めではなく、葉月にはもう帰郷されるとのことで、月末にまた返事を伺いにおいでになると……」

「というと、もしもの時はお千恵さんも葉月に遠州《えんしゅう》に？」

「ええ。もしも……お話をお受けすることになればそうなります。役目柄、江戸行きは此度が最後であろう、だからこそ悔いの残らぬよう参った、と仰っていたとか……」

迷っていらっしゃるのか――

雪永贔屓の律は内心がっかりしたが、千恵にしてみれば迷いは当然と思われる。

雪永はずっと、事件は周之助を妬む者の仕業か、周之助自身が千恵に飽いて誰かに頼んだことではないかと疑っていた。だが、悪徳万屋兼駕籠屋の栄屋が捕まったことで、千恵の一件は全て森の仕業であったことを律たちは今は知っている。

もともと主に見込まれていた周之助は順当に出世して、主ともどもいまだ藩主に大事にされているらしい。後妻だろうが、望めば千恵より若い武家の女を迎えられるだろうに、そうせずに改めて千恵に求婚したのは、周之助の愛情と誠意の表れに違いない。

「どうしましょう、お律さん？」

「そう言われましても……」

すがるような目で見つめられて律が口ごもったところへ、今度は駒三がやって来た。

「いません。私はいないことにしてください」

「そ、そう言われましても」

千恵はさっと奥の部屋へ逃げたが、二間あっても広さはたかが知れている。声は聞かれ、逃げるところも見られただろうと、律が困り顔で駒三を迎えると、駒三もばつが悪そうに口を開いた。

「女将さんからお律さんへ頼みごとを預かってきました。もしもお千恵さんが訪ねていらしたら、一晩こちらで預かっていただけないか、とのことです」

にこりともしないのはいつも通りなのだが、千恵に聞かせるためか、駒三にしてはやや大きな声だ。

「うちは構いませんが……」

「痛み入ります。それから、少し茶葉を買って来るようにも頼まれたので、青陽堂までご一緒していただけますか？」

「喜んで」

だが、木戸を出ると駒三は律を振り向いて言った。

「茶葉のことは方便です」

「えっ？」

「明日の朝、女将さんが自らこちらへお千恵さんをお迎えに来るそうですので、ご迷惑とは存じますがどうかよろしくお願いいたします」

「め、迷惑だなんて」

「では、私はこれにて」

一礼して踵《きびす》を返した駒三を、少し離れたところから六太が呼んだ。

「駒三さん！」

ちょうど外用から帰って来たところらしい。

ぺこりと今一度お辞儀をすると、駒三は六太に駆け寄った。

千恵を案じて律も木戸へ足を向けたが、ふと振り向くと、少年たちは顔を突き合わせて何やら話し込んでいた。

・

七

駒三の言伝通り、翌朝、類が自ら千恵を迎えに来た。

が、千恵はうつむいて黙りこくったままである。

「一朝一夕に決められないのは判るがね。よそさまの手を煩わせるんじゃない。お律には仕事があるんだよ」

「……判っています。でももう少し……後で一人で帰りますから」

「後で、一人で、ちゃんと帰って来るんだね？」

「……はい」

子供のようにうなだれて千恵が頷くと、類は律を見やって言った。

「帰る前にお佐和さんにご挨拶したいんだが、青陽堂まで一緒に来てくれるかい？」

「もちろんです」

木戸を出ると、類は足を止めて声を低めた。

「厄介かけたね。あの子から話は聞いたかい？」

「はい。でも、一通りお話しされた後は、お杵さんのことやら綾乃さんのことやらばかりで、村松さまのお話は避けていらっしゃいました」

律に問うても詮無いことだと諦めたのか、駒三が帰ったのちは、千恵は世間話で気を紛らわせていたようだった。

「お悩みなのだと思います」

「そりゃそうだ。まさか、今になって村松さまが現れるなんてね」

「あの……雪永さんはこのことをご存じなのですか？」

余計なこととは思いつつ、問わずにはいられなかった。

「昨日、駒三に知らせに行かせたさ。お千恵のことだから、逃げ込む先はここか雪永のところだと思ったからね」

駒三は千恵が律のもとにいるのを認めてから、更に日本橋の雪永宅を訪ねたそうである。

「それで、雪永さんはなんと……？」

「遠州行きは――村松さまと共にゆくかは――お千恵が決めることだ。雪永が口出しすることじゃない。雪永もそんなこた承知の上さ」

「でも、お千恵さんは迷っていらっしゃいます」

「それでも、これぱっかりはお千恵が自分で決めるしかない。己がどうしたいのか、何があの子の仕合わせなのか……結句、お千恵にしか決められないことなのさ。雪永の肚ははなから決まってる。あいつの望みは昔も今も変わらない。あの子が仕合わせであること――ただそれだけだ」

お千恵さんが仕合わせであること――

類もまた、雪永と意を共にしているのだろう。

律とて千恵の幸せを願う気持ちは二人と変わらぬが、まだどこか「世間知らず」で「浮世離れした」千恵の思うがままに任せるには不安があった。

とはいえ、千恵は律より一回りも年上の三十六歳である。千恵をずっと間近で支えてきた類や雪永でさえ口出しせぬと決めているのだから、律もそうする他はない。

そもそも……

雪永の千恵へ想いは当人から聞いているものの、千恵の雪永への想いは定かではない。律や涼太はずっと雪永の恋の成就を祈ってきたが、千恵の恋心は実はいまだ周之助と共にあるのやもしれなかった。

私なら、江戸を離れるのも怖いけど――

周之助の江戸行きがこれきりならば、一度遠江国《とおとうみのくに》に嫁いだが最後、二度と江戸に戻れぬということも充分ありうる。

青陽堂の暖簾の向こうに佐和の姿を認めて、類が言った。

「ここでいいよ、お律」

「えっ？」

「すまないけど、今しばらくお千恵を頼んだよ」

それだけ言うと、類は一人で暖簾をくぐり、やはり類を認めた佐和に会釈をこぼす。

長屋へ戻ると、千恵がおそるおそる訊ねた。

「お姉さんは……？」

「女将さんにご挨拶に行かれました。お千恵さんのことは、今しばらく頼む、と」

「そう……お律さんには厄介かけてしまってごめんなさいね」

「いえ」と首は振ったものの、千恵が一緒では仕事にならぬ。

話の種に梅園禽譜から写した雷鳥の絵でも見せようかと考えたが、今は雷鳥も雪永を思い出させるかと躊躇われた。

代わりに律は、勇一郎とのとの恋の顚末を話した。

想いを確かめ合った二人とのとの懐妊を千恵は祝福したものの、顔は晴れぬままである。

「でもやはり、ただ逃げ出しては駄目ね。ちゃんと、誤解のないよう話さないと……」

「そ、そうですね」

いっそ浅草にでも気晴らしに行こうかと律が思案し始めた矢先、開けっ放しの戸口からひょいと清次郎が顔を覗かせた。

「お義父さま」

「やあ、お律——と、お千恵さんだね？　私は清次郎」

にこやかに名乗って、清次郎は律たちを茶の湯に誘った。

「私……茶の湯の作法は何も知らないのです」

「お律もそうさ。なぁ、お律？」

類から何やら聞いたのだろう。清次郎の心遣いを喜びつつ律は頷いた。

茶室は大家の又兵衛の家の裏手にあたるのだが、長屋と青陽堂の裏庭は板塀で仕切られている。清次郎の案内で律たちは勝手口から青陽堂に入り、ぐるりと座敷や納戸《なんど》、律たちの寝所を回って裏庭へ出た。茶室は出入り口のすぐ右手にあり、寝所と隣り合わせである。

「さ、どうぞ」

先に上がった清次郎に手招かれ、律と千恵はそろりと茶室に足を踏み入れた。

「堅苦しい作法は今日はなしだ。作法を楽しむのも茶の湯の醍醐味《だいごみ》なんだが、二人にはまずとびきりの茶をのんびり味わってもらいたいからね」

茶室は三畳台目《さんじようだいめ》で、素朴で穏やかな佇まいに清次郎の人となりが感ぜられる。にじり口から手前の二畳が客畳、その向こうに炉畳、点前《てまえ》畳と洞庫《どうこ》、そして一番奥が床の間だ。

床の間にかけてあるのは栗の墨絵なのだが、栗の実にだけ微かに黄櫨染《こうろぜん》が使われている。

「私は食いしん坊でね。栗が出回るまでまだしばらくあるが、待ち切れないよ」

「私も……栗は大好きです」と、千恵。

「そうか。それはよかった」

清次郎が微笑むと、千恵もつられたように微笑み返した。

栗が好物だなんて知らなかったわ――

毎日の食事の様子から好き嫌いはなさそうだと踏んでいたが、あえて清次郎の好物を問うたことがなかったのだ。

「そういえば、藪入りのお律の土産の花林糖は、お千恵さんが勧めてくれた菓子だとか」

花林糖を始め、上野の名物菓子や店を話しながら、律たちは湯が沸くのを待った。

「少し早いが、二人にはこいつの味見に付き合ってもらおうか」

そう言って清次郎が淹れたのは、茶席で主に出される抹茶ではなく、蔵出し茶であった。

蔵出し茶は口切り茶とも呼ばれ、春の新茶を蔵や岩屋などの冷えた場所で熟成させたものである。口切り茶と呼ばれる所以《ゆえん》は、蔵出し茶は炉開きに合わせて封の「口を切る」ことが多いからだ。

「荒茶を——つまり葉や茎はそのままに、夏の暑さに触れないよう茶壺に封をしておくんだよ。そうして秋まで仕舞っておくと、いつの間にやら新茶とは別の旨味が出てくるんだ」

清次郎は春に店の新茶とは別に荒茶を茶産地から取り寄せていて、茶室の隣りの蔵に工夫を凝らして、蔵出し茶造りに精を出しているそうである。

新茶の青く清涼な香りの代わりに、秋の実りを思わせる香ばしい香りが茶室に満ちた。

一口含むと、まろやかな旨味はもちろんのこと、ほっと小さな焚き火が胸に灯った気がして律は思わず笑みをこぼした。

律の隣りで千恵もまた顔をほころばせた。

「美味しゅうございます」

「ええ、とっても」

千恵と律が口々に言って見交わすと、清次郎も嬉しげに目を細めた。

「それは重畳」

八

八ツの捨鐘を聞いて、涼太は恵蔵に声をかけた。

「ちょっといいか？」

「はい」

「女将の命で、田代屋の跡取りを調べることになってな……」

「林太郎さんをですか？」

田代屋は不忍池のほとりにある料理茶屋で、青陽堂の長年の得意先である。佐和はどうも跡取りの林太郎の品行が気になるようだが、何故かは詳しく語らなかった。

「うん。田代屋は恵蔵の受け持ちだから、ちょと助けてもらいたいんだ。その跡取りの、林太郎さんとやらの顔は見知っているかい？」

「ええ、まあ」

頷いた恵蔵を連れて勝手口から長屋へ出ると、今井宅の敷居をまたぎながら、隣りの律にも声をかける。

「お律、筆を持って来てくれ。似面絵を一枚頼みたいんだ」

律が筆を持って現れると、涼太は恵蔵に言った。

「林太郎さんの顔かたちをお律に話してくれ。お律、頼むよ」

「お安い御用よ」

「しかし、女将さんは一体どうして？」

「それがただ、『少し気になるから』としか。林太郎さんってのはどんなお人なんだ？」

「若旦那よりも若いぼんぼんです。私があすこを受け持ってから大分経ちますが、店にはかかわっていないようで、ほとんど見かけたことがありません。旦那さんも時たま、『そちらさんと違って、うちの倅《せがれ》は遊んでばかりで』とこぼしています」

涼太が湯を沸かして茶を淹れる間に、律は恵蔵から林太郎の顔かたちを聞き出した。

似面絵が描き上がると、律と今井を残して涼太は恵蔵と早々に腰を上げた。

「私はこれから田代屋へ行って来るから、店を頼んだよ」

「はい。しかしそんなにお急ぎなんで？」

「近日中に、とのことだったが、早いに越したことはないだろう」

何より、佐和からこんな頼まれごとは初めてである。

お律や綾乃さんのことを言えねぇな。これじゃあ、俺もまるで御用聞きだ――

恵蔵を店に返してしまうと、涼太は内心苦笑を漏らしつつ、一路、仁王門前町《におうもんぜんちょう》の田代屋へ向かった。

だが、「遊んでばかり」の林太郎は店にいなかった。

辺りでそれとなく訊き込んだところ、今年二十歳だという林太郎の評判はかんばしくなかった。田代屋が儲かっているのをいいことに、林太郎は道楽三昧で、殊に女遊びが激しく、吉原を始めとする花街での費えが莫迦にならぬらしい。

更に翌朝、恵蔵が涼太を内蔵《うちぐら》の前にいざなって耳打ちした。

「林太郎さんですが、大層な女好きで、玄人ばかりか素人にも手を出しているようです」

佐和からの急ぎの命とあって、恵蔵は昨晩店が退《ひ》けたのち、上野の盛り場をうろついて林太郎の行状を探ったそうである。

「田代屋の若おかみの座を餌にたぶらかし、傷物にした挙げ句、ほんの二月ほどで飽きて捨てた女もいたとか。それで、目下のお気に入りは、二丁目の白屋《しろや》のお澪《みお》という娘だと聞きました。ですがこのお澪は身持ちが固くて、林太郎は袖にされっ放しみたいです」

二丁目というのは不忍池の西側の下谷《したや》茅町《かやちょう》二丁目のことで、白屋は豆腐屋だそうである。

「わざわざ昨晩探って来てくれたとは、悪かったね」

「なんのこれしき」

「いや、ゆかりさんにだよ。祝言を挙げたばかりだというのに――」

「あはははは」

笑い飛ばした恵蔵へ苦笑を返して、涼太は店に戻った。

昼餉を挟んで八ツまで仕事に励むと、今井宅での茶は諦めて茅町へ向かう。

白屋の澪は十七、八歳と妙齢で、色白で穏やかな顔立ちや、すらりとした身体つきが観音菩薩を思わせる。店先でくるくる働く澪に話しかけるのは躊躇われ、遠目に眺めていたところ、雪永がやって来て澪から豆腐を買った。

「雪永さん」

雪永が白屋を離れるのを見計らって声をかけたが、雪永はどこか上の空で、涼太を認めるまでにひとときあった。

「ああ、涼太か」

「まさか、それを持って日本橋までお帰りではありませんよね？」

豆腐の入った手桶を指すと、雪永はようやく笑みを浮かべた。

「まさか。お遣いさ。お杵さんに頼まれたんだ。涼太は届け物かい？」

「私もちょっと白屋に用事がありまして。といっても、豆腐とは別用ですが」

かいつまんで事情を話すと、雪永はもっともらしく頷いた。

「田代屋の跡取りの女癖の悪さは私も聞いたことがある。昨年だったか、奉公人の女を寝取ったという噂を聞いたよ。刃傷沙汰《にんじようざた》になるところを、女将さんが跡取り可愛さに金で収めたそうだ。お澪さんに執心していたとは知らなかったが、田代屋は白屋の得意先だから、お澪さんもそう無下にはできないだろう。殊に今は、親爺さんが身体を悪くしているからね」

店主にして澪の父親は初夏から床に臥せっているという。澪には弟が一人いるが、まだ十二、三歳の子供ゆえに、店は今は奉公人が切り盛りしているそうである。

「親爺さんはなかなかの頑固者でね。細かなことまで自分でやってきたから、奉公人だけではどうも味が今一つで、少し客が離れたみたいだ。親爺さんは身体がもとに戻ればすぐにも盛り返せると言い張っているそうだが、どうなることやら……白屋の豆腐はお千恵の——池見屋の女子たちの好物だからね。なんとか乗り切って欲しいものだが」

切なげな目をしたのは、白屋のためばかりではないと涼太は踏んだ。

一昨日、千恵と長屋に泊まった律曰く、千恵のかつての許婚だった村松周之助が江戸に来ていて、千恵を後妻に望んでいるという。

またこれも律曰く、雪永も周之助の再びの求婚を知っていて、だが類と共に千恵の意のままに任せるそうである。

――判ってるわ。私が口出しすることじゃないって。でも、お千恵さんは迷っているのだから、せめてお類さんは姉として、一言お話ししてくれたっていいのに……――

やきもきする律の気持ちも判らぬでもない。

記憶を取り戻し、椿屋敷にいた頃よりも大分「まし」になったと聞いたが、律より一回り年上にもかかわらず、千恵はいまだ十代の少女のごとき見識しかないようだからだ。

涼太は律ほど千恵を知らぬが、千恵は少なからず雪永を好いているらしい。

雪永さんは言わずもがな――

――お千恵が仕合わせであればそれでいい。そう思ってこの十数年を過ごしてきたんだ。これからどうなろうと、私はそれを貫くだけさ――

以前、雪永が律に吐露した言葉が思い出されて、涼太も何やら切なくなった。

「お千恵さんが、お律のところへ逃げて来た訳を聞きました」

「そうかい」

「お千恵さんは迷っていらっしゃるようですね」

「当然だろう。何分、急な話だから……だが、お千恵にはまたとない話だ。私は――私やお類は見守る他ないよ」

見越した通りの応えであったが、それゆえについやきもきした涼太へ雪永は付け加えた。

「そういや、お千恵はしばらくお律さんと一緒に清次郎さんから茶の湯を習うそうだね。私も近頃一層茶の湯に傾倒していてね。やはり茶の湯はいいよ」

茶の湯の心得として「和敬清寂《わけいせいじゃく》」という言葉がある。

解釈は様々なれど、人と人が「和」やかに親しみ、「敬」い合い、「清」らかであろうとすれば、いつ何時も動じぬ心の静「寂」が得られるのだと、涼太は清次郎から教わった。

さすれば茶の湯に打ち込むことで、いくばくかでも雪永の葛藤が和らぐよう涼太は願わずにはいられない。

雪永と別れると、涼太は似面絵を片手に茅町の二丁目から一丁目、池之端仲町《いけのはたなかちょう》、下谷御《したやお》数寄屋町《すきやまち》と、不忍池の西側から南側へと歩いて、田代屋と林太郎の噂話を聞いて回った。

すると、六ツを聞く前に広小路で、似面絵に似た林太郎と思しき男が、今一人の男と連れ立って歩いて行くのが目に留まった。

常から保次郎には「人探しの才がある」と言われているものの、己の引きの良さに驚いて、涼太は思わず苦笑を漏らした。

後をつけて行くと、二人は下谷車坂町《くるまざかちょう》の蕎麦屋の縁台に腰かけた。迷わず涼太も二人と背中合わせに腰かけて、二人に倣って蕎麦を注文しつつ聞き耳を立てる。

どうやら二人はこの後、吉原に遊びに行くようだ。

「聞けば聞くほど、腹立たしい男でしたよ、林太郎は」

二人が吉原へ向かったのち、涼太は急ぎ青陽堂へ帰って佐和と向き合った。

「やつは、どうにかしてお澪さんを手込めにできぬか、仲間に相談していました」

――なぁに、女なんて一度ものにしてしまえば、いくらでも言いなりにできるさ――

――だが、何もあの女でなくともいいじゃないか――

――嫁にするには、お澪みたいな働き者がいいんだよ。おふくろも乗り気だしな――

「田代屋の女将は――林太郎の母親は――お澪さんをものにした後、白屋を乗っ取って冷や飯食いの弟に与えるつもりらしいです。旦那は女将の言いなりのようでした」

「田代屋の旦那さんは入婿ですからね。表向きは旦那さんを立てているようでいて、店を牛耳《ぎゅうじ》ってるのは女将さんなんですよ」

己も店を「牛耳って」いる身だからか、佐和は僅かに口角を上げて言った。

「田代屋が相手にしているのは、寛永寺詣での客ばかりです。ゆえに、料理も茶も大したものは出していません」

帳場で調べて判ったことだが、この十年ほど田代屋にはごく安い茶葉しか卸《おろ》していなかった。おそらく、女将が代替わりしてから諸々の仕入れをけちるようになったと思われる。

「何が言いたいのです？　安物でもうちの茶葉ですよ」

「林太郎は一人息子です。それがあれでは、代替わりしても先は知れています。いえ、土地が土地ですから客が切れることはないやもしれませんが……」

混ぜ物騒ぎ以来、客をつなぎとめるため、新たな客を得るために涼太は苦心してきた。よって田代屋のような客でも手放し難く、また林太郎や女将の性根からしてこちらから取引を断れば根も葉もない噂を立てられそうである。

「ですが私は、安物でもうちの茶葉をあんな店に卸したくありません」

跡取りとしてまっすぐ訴えた涼太へ、佐和はやはり僅かに目を細めて応えた。

「考えておきましょう。田代屋との取引をやめるか否か……追って沙汰します」

九

鞠巾着や袱紗を描きつつ、律は一日置きに千恵と共に清次郎の茶室で茶の湯を習った。

千利休が説いた四規七則《しきしちそく》の内、四規の「和敬清寂」は初日に蔵出し茶を飲みながら、七則は二度目に茶室を訪れた折に、抹茶を馳走になりながら教わった。

「人と人が和やかに親しみ、敬い合い」

「清らかであろうとすれば、いつ何時も動じぬ心の静寂を得ることができる」

「茶は服のよきように、炭は湯の沸くように、夏は涼しく冬は暖かに」

「花は野にあるように、刻限は早めに、降らずとも雨の用意、相客に心せよ」

律と千恵は交互に四規七則を復唱すると、互いに顔を合わせて笑みを交わした。

七則の「服のよきように」とは心を込めて茶を点てること、「炭は湯の沸くように」とは炭をつぐごとく物ごとの本質をよく見極めてかかること、「夏は涼しく冬は暖かに」は移りゆくどの季節も大切にすること、「花は野にあるように」は野花を始めとする自然から命の尊さを学ぶこと、「刻限は早めに」は時のみならず心にもゆとりを持つこと、「降らずとも雨の用意」は何ごとにも柔軟に応じること、そして「相客の心せよ」は互いを尊重し貴重なひとときを楽しむこと――だそうである。

一方で、茶の湯の心得を判りやすくまとめた利休道歌――またの名を利休百首――の中では、清次郎は次の歌がお気に入りだという。

《茶の湯とは、ただ湯を沸かし茶を立てて、飲むばかりなることと知るべし》

「歌の通り、ただ旨い茶を淹れて、客と自分をもてなすのが私の茶の道さ。何も難しいことはないんだよ」

そう言いながら、清次郎は作法よりもまずは旨い茶で律たちをもてなした。

少しずつ作法を教わるうちに、律には時折、茶を点てる清次郎に亡き父親の姿が重なって見えることがあった。

茶の湯も上絵と変わらない……

雑念を払い、客と自分自身に真摯《しんし》に向き合ってこそ、良きものが生まれるのだと律はしみじみと、喜びと共に学んでいった。

稽古は半刻から一刻ほどだが、千恵も楽しんでいるようである。

だが、その口から周之助の名を一度も聞かぬうちに八日が過ぎ、文月は二十七日に律たちは四度目の稽古を終えた。

いつも通り、店先まで千恵を見送るべく裏口から表通りに出ると、千恵がおずおずと口を開いた。

「あのね、お律さん。明日の朝、うちにいらした後に、私と一緒に……椿屋敷に行ってもらえないかしら?」

「もちろん構いませんが……」

「お姉さんには内緒にしてね。約束よ。福成寺《ふくじょうじ》で待ち合わせて、お昼は向こうで食べましょう。お稲荷さんはどうかしら? 根津《ねづ》権現に美味しいお稲荷さんのお店があるのよ」

「承知しました」

福成寺は池之端仲町より少し西の、茅町一丁目にある小さな寺だ。

――翌朝、律は鞠巾着を納めた後に、千恵と福成寺で落ち合った。

「お千恵さんは茶菓子を買いに行ったきりだって、お類さんは何やら怪しんでいましたよ」

「茶菓子を買いに行ったのは本当よ」

手にした包みを得意気に掲げて、千恵は先導するように歩き出した。

千恵は身投げ、律は流産のきっかけとなった不忍池のほとりは互いに避けて、茅町の西側の通りをぐるりと北へ歩いて椿屋敷のある宮永町《みやながちょう》へと向かう。

律が椿屋敷を訪れるのは一昨年、雪華の着物の注文を受けて以来だ。

律がそう言うと、「私もよ」と千恵は微苦笑を浮かべた。

千恵が池見屋に引っ越したのちも、雪永は杵に屋敷の手入れを託し、折々に椿屋敷で時を過ごしているという。

庭を見回して千恵はやや困った顔をした。

「椿はまだ、早秋《そうしゅう》咲きにも早いわね。この屋敷はいつでも使っていいと言われていたのだけれど、一度足を踏み入れたら帰れなくなる気がして、あれから来たことがなかったの」

「……今日はよいのですか？」

「ええ。いつまでも逃げてばかりじゃいけないわ」

周之助のことだろうと推察したが、問い返すのは躊躇われた。

忌まわしい事件ののち十年余りも過ごしたこの屋敷で、周之助へは無論のこと、雪永へも千恵が思いを馳せぬ筈がない。明後日には周之助が再び池見屋にやって来る。周之助と共にゆくにせよ、思い切るにせよ、この屋敷への再訪は千恵には大事なことなのだろう。

「お千恵さんに初めてお会いしたのは、このお屋敷でしたね」

千恵の決断を訊ねる代わりに、律は努めて明るい声で言った。

「意匠を描いても描いても今一つと言われて、帰り道で何度肩を落としたことか」

「今一つだなんて言ってないわ。ただ、どれもそぐわない気がしただけ……それに結句、あんなに綺麗な着物をいただいたんだもの。お律さんには悪かったけど、これだと思うまで待ってよかったわ」

「ええ。おかげさまで自分でも良いと思うものが描けました」

「お律さんはあれから随分腕を上げたわね。素人の私にも判ってよ。昨晩、お姉さんが件の雷鳥の着物を見せてくれたわ。神さまのお遣いは私にはやっぱり少し怖かった……でも、姿かたちのせいじゃないの。どの雷鳥もよそを向いているのに、なんだか見透かされているような、突きつけられているような……けれども、あの着物のおかげで何やら勇気を得たわ」

にっこりとして、千恵は律を座敷の奥へといざなった。

座敷にしか上がったことのなかった律は知らなかったが、屋敷の奥には茶室があった。

「十年余りもここに住んでいたのに、私は茶の湯を知ろうともしなかった。もったいなかったわね。自分がどんなに恵まれていたのか、ちっとも知らなかったのよ。雪永さんにも悪いことをしてしまったわ」

茶室は雪永が時折使っているそうで、床の間の掛け軸に描かれているのは、季節に合わせた早秋咲きの椿の荒獅子《あらじし》だった。釜や茶器には触れずに、だが茶室で律たちはしばし付け焼き刃の茶の湯のあれこれを語り合った。

昼餉は千恵の案内で、根津権現の門前町の茶屋で稲荷寿司をつまんだ。

陽射しは眩しいが、処暑《しょしょ》とあって暑さの中にも秋の訪れが感ぜられる。

根津権現をゆっくり回ってから、律たちは帰路に就いた。

宮永町には晃矢のかつての隠れ家もあるのだが、詳しい場所を律は知らぬ。行き交う者が多い割には、町は穏やかで、時折頰を撫でてゆくそよ風が清々しい。

千恵も吹っ切れたように晴れやかな顔をしていたが、茅町に差しかかった辺りで八ツを聞くと、急に顔を曇らせた。

「お律さん、あの……お帰りになる前に、うちでおやつをどうかしら？　とびきりのお茶をご馳走するわ」

「いただきます」

頷いたものの、千恵の様子を訝しみながら福成寺の前まで来ると、池見屋の方から「お千恵さん！」と大声がした。

目の色を変えて駆けて来る駒三に、怯んだ千恵が律の袖をつかんだ。

「どちらへいらしていたんです？　村松さまがお待ちですよ」

「村松さまが……？」と、律は駒三と千恵を交互に見やった。

「ええ。お約束通り、八ツが鳴ってすぐにおいでになったんです」

「お約束は月末ではなかったのですか？」

「おととい、村松さまから遣いがあったんです。月末に外せぬ用事ができたので、二日早いが二十八日の八ツにおいでになると……」

駒三が応える傍らで、千恵はうつむいて声を震わせた。

「あの、お律さん。どうか一緒に……」

己の袖を握っていた千恵の手を取って、律は頷いた。

「一緒に参ります。とびきりのお茶でおもてなしいたしましょう」

十

千恵は周之助の再訪が二日早まったことを知っていた。

その上で、心を決めるべく律を椿屋敷へ誘ったのだった。

はたして座敷では周之助と類が待っていて、千恵が顔を覗かせると、珍しく類が安堵の表情を露わにする。

座敷に上がると、千恵と共に律は神妙に頭を下げた。

「二人とも面《おもて》を上げてくれ」

促されて顔を上げると、千恵を見つめる周之助を律は盗み見た。

周之助は千恵より二つ年上の三十八歳だ。顔立ちには似面絵の面影があるものの、目尻や口元の皺に加え、頬や顎がふっくらしている。

「お千恵……無沙汰をしたな」

「お久しゅうございます……村松さま」

小声ではあるが、千恵の挨拶は律が案じたよりもずっとしっかりしていた。

「――こちらはお律さんです。お律さんは上絵師で、私の大事なお友達なんです」

「上絵師のお律さんか。村松と申す」

「律と申します」

律たちが挨拶を交わすと、千恵はおもむろに腰を浮かせた。

「私、お茶を淹れて参ります」

「お千恵」と、類がたしなめた。「お茶なら、お杵さんが」

「いけません。お茶は私が支度いたします」

これまたしかとした声で類を遮ると、千恵は周之助に向き直る。

「村松さま。どうか今少しお待ちくださいませ。せっかくこうしてお越しいただいたのですから、とびきりのお茶でおもてなししとうございます」

「あ、ああ」

戸惑う周之助へ小さく頭を下げると、千恵はそそくさと座敷を出て行った。

残された類と周之助、そして律はやや気まずい笑みを交わしたが、杵が既に湯を沸かしていたらしく、千恵は時を待たずして茶櫃を抱えて戻って来た。

追って杵が運んで来た湯で、千恵がゆっくりと茶を淹れ始める。

茶碗に注がれた茶は、いつもの茶より落ち着いた香りと黄みのある色合いをしている。

「蔵出し茶でございます」

心持ち胸を張って千恵は言った。

「まだお出しするには少し早いのですが、新茶とは違った美味しさを味わっていただけるかと存じます」

蔵出し茶と聞いて、つい先ほど訪ねた椿屋敷が、清次郎の言葉と共に思い出された。

――夏の暑さに触れないよう茶壺に封をしておくんだよ。そうして秋まで仕舞っておくと、いつの間にやら新茶とは別の旨味が出てくるんだ――

千恵なりのたとえかどうかは判らぬが、千恵が今の己を多少なりとも誇らしく思っていることは伝わった。

「うむ。旨い」

周之助が目を細めると、目尻の皺が一層深くなる。周之助ほどではないが、千恵も目尻に年相応の皺を刻みながら微笑んだ。

自らも茶を含み、満足げに小さく頷いてから、千恵は改めて周之助を見つめた。

茶碗を包む両手が微かに震えたものの、やはりしっかりとした声で千恵は言った。

「村松さま。私はお嫁には参りません」

茶碗を置いて周之助は千恵を見つめ返し、ゆっくりと、微苦笑と共に口を開いた。

「そうか。『村松さま』と呼ばれた時から覚悟はしていたが……致し方ない」

溜息を飲み込むごとく口元を引き締め、周之助は続けた。

「必ずそなたを仕合わせにする――そう固く約束したというのに、守ることができずにまことにすまなかった」

侍ゆえに頷きのごとくではあったが、周之助はしばし頭を垂れて詫びの意を示した。

「お互いさまでございます。何があろうと、あなただけをお慕いいたします――私もそう誓った言葉を破りました。申し訳ございません」

こちらは手をついて、千恵は深く頭を下げる。

千恵が顔を上げるのを待ってから、周之助が問うた。

「お千恵、そなたは今、仕合わせか？」

「はい。私は今の暮らしにとても満足しております」

はきとして迷いなく応えた千恵に、周之助は温かい笑みをこぼした。

「ならばよい」

「村松さまも……？」

「うむ。役目にも暮らしにも満足しておる。そなたに振られたのは痛手だが、そなたの仕合わせはすなわち私の仕合わせでもある。どうか、末永く達者に暮らしておくれ」

十一

池見屋から戻ると、律は湯屋へ向かった。

いつもより少し早い刻限だが、七ツ過ぎゆえにそこそこ混んでいる。流し場で身体を洗っていると、石榴口から出て来た市助の母親の兼《かね》が声をかけてきた。

「あら、お律さん。久しぶり」

「お兼さん、ご無沙汰しております」

「ほんと、ほんと。近くに住んでるのに、なかなか会わないもんだねぇ。慶ちゃんはついこないだ藪入りで顔を見たけどさ。慶ちゃん、大きくなったねぇ」

「それほどでも……」

「そりゃ、お律さんは慶ちゃんを時折見かけているからだろうよ。うちの市助みたいに、半年ごとだと、見る度成長していて驚くよ。二人とも、なんだか色気付いてきたしねぇ」

「いっちゃんもですか？」

鏡を覗いていた慶太郎を思い出しながら、律は問うた。

「うん。頑として教えちゃくれなかったけど、どうやら奉公先に気になる子がいるみたいでさ。慶ちゃんはあれだろ？　まだ夕ちゃんにほの字みたいだね。夕ちゃんも満更でもないくせに、慶ちゃんに冷たくしては後で気を揉んで——ふふ、可愛いもんだねぇ」

兼曰く、夕は睦月の藪入りで慶太郎と遊べなかったことがずっと不満で、此度も慶太郎は直太郎と出かけてしまうと聞いて、つい素っ気なくしてしまったそうである。

「そればかりか、わざと奉公先の旅籠で時折見かける役者がいることや、その色男ぶりなんかを話したもんだから、慶ちゃんはへそを曲げちゃってさ」

だから、早くに帰って来たのね——と、律は合点した。

鏡を覗いていたのも、役者と比べられたからだろうと思うと、ついくすりとしてしまう。

「でも、夕ちゃんはそれをまた気にしてね。せっかく持ち帰ったお土産も渡せなかったって、しょんぼりしててさ」

「ああでも、お土産は長屋に届けてくれたみたいで……」

「そうそう。けれども慶ちゃんは留守だったんだろ？　それで夕ちゃんはずっと浮かない顔をしてたんだけど、夕刻に慶ちゃんが訪ねて来てさ。『友達を待たせてるから、ちょっとしか話せないけど」なんて言いつつも、池見屋で買ったって手絡を夕ちゃんに渡してさ。どうしてどうして、いい男っぷりじゃないのさ。市助にも見習うように言っといたよ」

物によるものの、結髪《ゆいがみ》にかける手絡は櫛や簪に比べて安価な小間物だ。とはいえ、手絡を夕へ「土産」にするなぞ慶太郎の案とはとても思えぬ。おそらく、兄弟子の吾郎の入れ知恵だろうと律は踏んだ。

あの日池見屋は店を閉めていた。また、慶太郎は六太に言われてすぐ、その足で夕の長屋へ走って行った。ということは、手絡はおそらく藪入りの前に買いに行き、朝、訪ねた折には渡せずに、ずっと懐に忍ばせていたに違いない。

「あの子ったら、そんなこと一言も……」

「そういう年頃なんだよ」

にんまりとして、兼は脱衣所の方へ歩いて行った。

夕餉の席で、律は千恵の決断を皆に話した。

いつもは余計なおしゃべりは控えているのだが、千恵はいまや清次郎の知人であり、涼太と清次郎はもちろんのこと、事情を聞きかじった佐和や女中のせいも千恵の身の振り方を気にかけていたからだ。

「ということは、お千恵さんは村松さまより、雪永さんを選んだんだな？」

喜びを露わにした涼太の斜向《はすむか》いで、落ち着き払った佐和が口を挟んだ。

「それは早計《そうけい》でしょう。お千恵さんは村松さまをお断りしただけじゃありませんか？　どうなのです、お律？」

「……お義母さまの仰る通りです。村松さまがお帰りになった後、私もお類さんもそれとなく雪永さんを引き合いに出してみたのですけれど、お千恵さんはお類さんに『これからもお世話になります』と仰っただけで、はぐらかされてしまいました」

眉尻を下げた涼太を、清次郎が慰めた。

「まあ、いいじゃないか。兎《と》にも角《かく》にも、お千恵さんは江戸に残ったんだ。そもそも雪永さんは妻問いもしてないようだからな。これからだよ、二人のことは」

「そうですよ」と、佐和。「お前たちがやきもきせずとも、ご縁のある二人なら、そのうちすんなりまとまるでしょう。ねぇ、おせいさん？」

「そうですとも。それこそ若旦那とお律さんのように」

にっこりとしたせいと見交わしてから、佐和は再び口を開いた。

「私からも知らせがあります。田代屋のことです」

田代屋はつい三日ほど前に、白屋に縁談を持ち込んだ。

だが、林太郎の女癖を聞き及んでいた白屋はその場できっぱり断ったという。

「田代屋の女将は負けじと取引を即刻やめると声を高くして言ったそうですが、白屋の旦那さんは病を押して、こちらこそ願い下げだと啖呵《たんか》を切ったとか。うちもまた、田代屋との取引は取りやめることにしました」

律が千恵のことに心を砕いている間、涼太は田代屋と林太郎を探っては腹を立てていた。田代屋と縁を切りたいと言い出したのも涼太で、その意が叶った涼太は嬉しげに律を見やって口角を上げた。

「とはいえ、うちも白屋も長年の得意先を一つ失いました」

涼太をたしなめるように、じろりと見やって佐和は言った。

「幸い、清次郎さんと雪永さんのご尽力で、白屋にもうちにも田代屋に代わる新たな得意先が見つかりそうです。涼太、詳しくはのちほど清次郎さんから聞いて、客先にはお前も恵蔵と一緒に赴きなさい」

「――はい」

神妙に頷いてから、涼太はおずおずと切り出した。

「しかし、林太郎のことは恵蔵でさえよく知らなかったのに、母さまはどうしてやつを調べようと思い立ったのですか？」

「お類さんに頼まれたからですよ」と、佐和は澄まして言った。

九日前、類は千恵が世話になった礼を述べたのち、田代屋について知りたがった。青陽堂が田代屋と取引があると知ってのことである。

「藪入りで池見屋の駒三さんが怪我を負ったそうですね。お類さんが手代の二人に広小路での出来事を探らせたところ、駒三さんが転んだというのは嘘でした。あの日、駒三さんは三《み》橋《はし》の袂で、林太郎に言い寄られて困っているお澪さんを見かけたのです。駒三さんは林太郎を止めようとしましたが、まだ身体が小さいため林太郎に返り討ちにあって突き飛ばされて、橋の袂の石で額を切ったのです」

三橋は、広小路を横切る忍川《しのぶがわ》に架かっている三つの橋のことだ。

藤四郎と征四郎の訊き込みによると、慶太郎たち三人は一部始終を目撃し、駒三を見知っていた六太が倒れた駒三を助け起こした。駒三が血を流しているのを見て取って、林太郎はすぐさま人混みに紛れて逃げて行ったらしい。

――すぐに恵明先生のところへ連れて行こうとしたのですが、駒三さんは「大したことない」の一点張りで……結句、六太さんという方にお任せしてしまいました――

委細を聞きに行った類に、澪はそう明かしたという。

澪は藪入りの日、親兄弟と奉公人のために花林糖を買いに広小路まで出て来た。己も少々息抜きすべく屋台を覗いていたところへ、林太郎が現れたそうである。

――茶屋に誘われたのですが、お断りするとうちとの取引をやめると脅されて、どうにも困っておりました――

「打ちどころが悪ければ、駒三さんは死していたやもしれません。お類さんは怒り心頭で、駒三さんに無体な真似をした林太郎を許すまじとして、まずは敵を知るべく私に相談をもちかけてきたのです。駒三さんに起きたことは、うちの奉公人にだって起こりうることですからね。泣き寝入りして、悪人をのさばらせておくなんて業腹《ごうはら》です。ですから、助っ人もやぶさかではないと、お前に林太郎を探るよう頼んだのですよ」

「そうだったんですか……」

涼太と口を揃えて律はつぶやいた。

怒り心頭の類と業腹な佐和は想像するのも恐ろしいが、奉公人を大事に思う二人の計らいには胸がすいた。

類が聞いたところによると、澪には想い人がいるらしい。白屋の奉公人の一人で、男もどうやら澪に気があるようだ。また、此度のことで澪の父親にして店主は考えを改めて、病の床からでも少しずつ、澪や奉公人に豆腐作りの「奥義《おうぎ》」を伝授することにしたらしい。

「田代屋と取引をやめることは、六太を含めて皆に知らせます。ですが涼太もお律も、六太や慶太郎さんには余計なことは言わないように。三橋での出来事は、子供たちは互いに約束を交わして他言無用としているのです。お類さんとも話したのですが、此度私たち大人がつけた始末は、大人の約束として他言無用といたします。涼太、恵蔵にもそのようにしっかり言い含めておきなさい」

「はい」

涼太の傍らで、律はおそるおそる口を開いた。

「あの……綾乃さんにはお話ししてもよいでしょうか？　綾乃さんもその、子供たちを案じておりましたので……」

「構いませんよ。直太郎さんは尾上の奉公人ですからね。早いうちにお律から話しておくとよいでしょう」

「はい」

頷いたのち、律は涼太とそっと見交わした。

十二

寝所に引き取ったのち、律は涼太と改めて千恵の決断を喜び合った。

「お義母さまは早計だと仰ったけど……私もいつか——なるたけ早く——お千恵さんと雪永さんが一緒になる日がくるよう祈っているわ」

周之助とのことは方《かた》が付いたが、千恵にはまだ向き合わねばならない、おそらくいまだ癒えていない過去の傷がある。

「そうだな。あの二人のことだから、一朝一夕にはいかねぇだろうが、うまくことが運ぶよう俺も祈っているさ」

にっこりした涼太へ微笑み返し、律は有明行灯《ありあけあんどん》の油を確かめた。

箱蓋をかけて寝間着に着替え、夜具を広げながら律はふと小首をかしげた。

「ねぇ、涼太さん」

「なんだ？」

「慶太たちはどうして、三橋での出来事を秘密にしたのかしら？　返り討ちに遭ったとはいえ、駒三さんはお澪さんを助けたんでしょう？　だとしたら、怪我もちっとも恥ずかしいことではないじゃないの」

やはり寝間着に着替えた涼太は、くすりとしながら夜具にごろりと横になった。

「お律には――女には恥ずかしくねぇやもしれねぇが、男は別さ。駒三と林太郎じゃあ、身体つきがまるで違う。駒三はきっとまったく勝負にならずに、難なく転がされちまったんだろう。だとしたら、俺も駒三みてぇに嘘をついたさ。正直に――ましてや『女将さん』に明かすなんて、俺ぁ嫌だぜ」

「……そういうものですか？」

「うん。そういうもんだ」

微苦笑を浮かべて涼太は続けた。

「ついでに言うと、おそらく駒三はお澪さんに少なからず気があったんだろう」

「えっ？」

「白屋は池見屋のお気に入りなんだろう？　駒三はきっと何度も遣いで白屋を訪ねて、お澪さんを見知っていたに違ぇねぇ。好いた女だから、あんなに人出が多いとこでもいち早く目に留まったのさ。もしかしたら、林太郎より先に見つけていて、遠目に窺ってたのやもしれねぇぜ。ああその、けして林太郎みてぇな邪な思いからじゃなく――いやまあ、まったく下心がなかったかどうかはしらねぇが――ほら、年頃の『初恋の君』みてぇなもんだ」

「お澪さんが、駒三さんの初恋の君……」

澪の方が四、五歳年上だが、六太が綾乃に「気がある」ように、あの年頃の少年少女がやや年上の者に憧憬を抱くことは珍しくない。

「六太たちは駒三の恋心に気付いたんだろうな。はたまた、駒三がこっそり胸の内を明かしたのやもな。それでみんなで『他言無用』としたんだろう。俺が思うに、駒三はお澪さんに想い人がいることも知っていたんじゃねぇのかな……」

何やら切なげな目をした涼太へ、律は問うた。

「涼太さんにも、お澪さんみたいな年上の初恋の君がいらしたの？」

「なんでぇ、急に改まって。お前も知っての通り、俺の初恋の君はお前さ、お律」

「そうなの？　ちっとも知らなかったわ」

気恥ずかしさからつんとして応えると、涼太は小さく噴き出した。

「そうか。知らなかったか……まあ、初恋は叶わねぇというからな」

身体を起こして座り直すと、涼太は律を見つめて微笑んだ。

「けれども、俺はこうして初恋の君と一緒になった。我ながら大した果報者さ。俺はな、お律、これから何があろうとも、お前と最期まで添い遂げてぇ」

「わ、私だって……」

どぎまぎして、律は言葉に詰まった。

己が一体いつから涼太に恋をしていたのか、思い出そうとして律は小さく頭を振った。

遠き日の「初恋の君」よりも、目の前の「夫」の方がずっと頼もしく、愛おしい。

目を細めて再び横になろうとした涼太へ、律はとっさに手を伸ばした。

肩から腕へと手を滑らせて、戸惑い顔になった涼太の手を取る。

「お律？」

両手で涼太の手のひらを包み込み、泣き出さぬように声を絞る。

「私もこれから何があろうと、あなたとずっと添い遂げたい……」

もう片方の空いた手を伸ばして、涼太が律を抱き寄せた。

律も涼太の手を放して、代わりにその背中をしかと抱き締める。

涼太の頬がひやりとしたのは己の頬が熱いからだ。

目を閉じて腕に力を込めると、律は何ものにも代え難いぬくもりに身を任せた。

光文社文庫

文庫書下ろし

告《つ》ぐ雷《らい》鳥《ちょう》　上絵師《うわえし》 律《りつ》の似面絵帖《にづらえちょう》

著者　知《ち》野《の》みさき

2022年5月20日　初版1刷発行

発行者　鈴木広和
印刷　萩原印刷
製本　ナショナル製本

発行所　株式会社 光文社
〒112-8011　東京都文京区音羽1-16-6
電話（03）5395-8149　編集部
8116　書籍販売部
8125　業務部

ISBN978-4-334-79348-7　Printed in Japan

組版　萩原印刷